EL SILENCIO DE
BERLÍN

ÁFRICA VÁZQUEZ BELTRÁN

EL SILENCIO DE BERLÍN

Editado por HarperCollins Ibérica, S.A.
Núñez de Balboa, 56
28001 Madrid

El silencio de Berlín
© 2022 África Vázquez Beltrán
© 2022, para esta edición HarperCollins Ibérica, S.A.

Diseño de cubierta: CalderónStudio
Imagen de cubierta: Shutterstock

ISBN: 978-84-18976-14-8
Depósito legal: M-34569-2021

Para mis padres

«A veces, el silencio es la peor mentira».
MIGUEL DE UNAMUNO

1

Berlín, 1938

Berthold

Berthold Hoffmann se consideraba a sí mismo un buen alemán.

No era un joven orgulloso, o no más que el resto. Simplemente esa idea, la del «buen alemán», se constituía como una suerte de brújula moral que regía todos los aspectos de su vida. Berthold era, antes de nada, un buen hijo, y así podían corroborarlo Franz y Katja Hoffmann. Había ido a la escuela, donde sus faltas más graves habían consistido en fumar cigarrillos a escondidas con Herman Meyer, un mocoso con las orejas de soplillo y las rodillas nudosas que siempre le invitaba, y manosear un poco a Gerda Schmidt, que solía levantarse la falda al pasar por su lado. Cuando su padre se había afiliado al Partido Nazi en 1933, después de que esos malditos comunistas incendiaran el Palacio del

Reichstag, Berthold se había unido a las Juventudes Hitlerianas; y ahora no solo formaba parte del Partido, sino que tal vez pronto lo nombraran *Blockleiter*. Exhibía con orgullo la camisa parda y fantaseaba con todo lo que haría cuando se convirtiera en líder del Block y tuviera la oportunidad de supervisar cincuenta hogares. Él creía firmemente en el poder del buen ejemplo, y estaba seguro de que esas cincuenta familias, con la orientación adecuada, serían una inspiración para el resto.

También era un buen hermano, y eso que Wolfram no se lo ponía fácil. Las chicas eran otra cosa, pero Berthold tampoco les prestaba demasiada atención. Kristin y Louise eran niñas, al fin y al cabo; Berthold esperaba que, con el tiempo, ambas desempeñaran el papel que les correspondía, aunque Kristin fuera un poco rebelde y Louise, demasiado blanda. Pero cambiarían. Todo el mundo acababa cambiando.

Wolfram le preocupaba más. Berthold y él se llevaban solo un par de años, pero Wolfram se empeñaba en comportarse como un adolescente rebelde, poniendo a prueba la paciencia de sus padres y de él. Se había negado sistemáticamente a participar en las actividades que con tanto entusiasmo preparaban en las Juventudes, y del Partido no quería saber nada. Berthold era consciente de que su enfermedad no ayudaba, pero a veces sospechaba que Wolfram la ponía como excusa. El joven siempre había sido débil, enfermizo y —lo peor de todo— *afeminado*. En una ocasión, Berthold había tenido que pegarle un puñetazo a uno de sus compañeros del Partido, que se había atrevido a insinuar que Wolfram era... Que él era... En fin, que era uno de esos. De esos de los que Berthold no quería ni oír hablar y que, desde luego, carecían de vínculos con su familia.

Había intentado razonar con Wolfram, pedirle que se uniera a los otros muchachos de vez en cuando, por contentar a los padres, por guardar las apariencias. Todo había resultado ser en vano. El joven prefería encerrarse a tocar el piano, y en una ocasión Berthold había amenazado con destrozar el instrumento si Wolfram no empezaba a comportarse como un hombre. Pero, como su hermano se había limitado a esbozar una sonrisa burlona, al final lo había dejado en paz.

Wolfram se burlaba de él con frecuencia, porque se creía más listo. Además del piano, le gustaban los libros; no los que todo buen alemán estaba obligado a leer, como *El motín de las flotas de 1918*, *La batalla de Tannenberg* o *Mi lucha*, sino esos libros inútiles que nada tenían que ver con el sentimiento patriótico y solo gustaban a los melifluos y a los holgazanes. Su madre solía decirle, en susurros, que así Wolfram intentaba «compensar». Compensar su debilidad física, su falta de voluntad y su poca hombría, aunque, naturalmente, Katja Hoffmann no hablaba en estos términos. Pero daba a entender cosas y Berthold, que no era estúpido aunque Wolfram creyese que sí, entendía y perdonaba a la sangre de su sangre.

A Wolfram no le interesaba la política. No le preocupaban los temas de actualidad, el paro, la injusta situación de los excombatientes de la Gran Guerra, la necesidad de limpiar Alemania para recuperar toda su grandeza. No se indignaba cuando alguien mencionaba la humillación de Versalles, e incluso se atrevía a reírse de él y a decirle que «hablaba como si él mismo hubiese estado hundido hasta la cintura en alguna repugnante trinchera de Verdún».

—Por supuesto que estuve —se defendía él acaloradamente—, aunque no fuese un soldado aún. Porque allí estuvo todo el pueblo alemán, y todo el pueblo alemán dejó su sudor y su sangre en las trincheras para después ser traicionado por los políticos.

—Hasta que llegó Hitler, ¿no? —No le gustaba el tono que empleaba Wolfram para referirse a él, aunque solía pasarlo por alto.

—Hasta que llegó el *Führer* —zanjaba él, y se recordaba a sí mismo que su hermano estaba enfermo para resistir el impulso de agarrarlo de las solapas.

Era él, por tanto, un buen hijo, hermano y patriota; le preocupaban su familia y su país, y estaba dispuesto a sudar por ellos.

Pero también era un hombre joven y apasionado, y tenía otra clase de necesidades. Por eso sabía que el reencuentro con Annalie Weigel iba a tener repercusiones en su vida, aunque no imaginaba de qué manera.

Se podía decir que Ann y él habían crecido juntos. El señor Hoffmann y el señor Weigel habían sido grandes amigos, y con frecuencia los niños habían jugado en el jardín de los primeros. Wolfram también solía unirse a ellos, claro, pero era el más joven de los tres y Berthold y Ann apenas le prestaban atención. Ann era una chica peculiar, delgada y pecosa, no demasiado bonita, pero con cierto atractivo. Decía lo que pensaba y eso, lejos de molestar a Berthold, le fascinaba. Gerda también era un tanto deslenguada, pero carecía del ingenio de Ann; esta última, a diferencia de Gerda, había sabido cautivar al joven sin necesidad de subirse las faldas.

Todo había cambiado después de las elecciones de 1933, por desgracia. El padre de Berthold y el tío Dieter habían discutido. El tío Dieter había pasado a convertirse en «el señor Weigel» y no se le había vuelto a invitar a casa, ni tampoco a su mujer ni a su hija. Hacía cinco años que Berthold no veía a Ann y, aunque no tenía muy claro si había llegado a estar enamorado de ella en la adolescencia, el reencuentro que iba a producirse lo llenaba de zozobra y anhelo.

La carta de la señora Weigel los había sorprendido a todos. Al parecer, Ann había sido expulsada de la escuela en la que trabajaba como maestra y buscaba trabajo, y su madre se había enterado de que Louise iba a pasar varios meses postrada por culpa de un accidente de trineo y Kristin y ella necesitaban una institutriz que pudiera enseñarles en casa.

—Me pregunto por qué habrán echado a Annalie —había dicho la madre de Berthold al conocer la noticia—. Siempre fue una buena muchacha.

—De tal palo, tal astilla... —había murmurado su padre, pero la madre de Berthold no parecía de acuerdo con él.

—Que Dieter fuese por el mal camino no significa que su hija haya hecho lo mismo.

—¿Por qué nunca ha venido a visitarnos, entonces?

—Porque será leal a sus padres, igual que tus hijos —había zanjado su madre—. Y voy a darle una oportunidad, aunque solo sea por Dagmar. Ni ella ni su hija tuvieron nada que ver con vuestra discusión sobre política.

—¿Sobre política? ¡Dieter decía que el Reichstag lo había

quemado Hitler en vez de los comunistas! ¡Eso no es política, son calumnias!

Berthold estaba de acuerdo con su padre; y, pese a todo, se alegraba de que su madre hubiese decidido contratar a Ann. Sentía el deseo de volver a verla.

Sin embargo, las cosas no sucedieron exactamente como esperaba.

2

Diario de Ann

Cuando el invierno llegó a Berlín, ninguno nos dimos cuenta. No hasta que la escarcha lo había cubierto todo y ya solo podíamos observar, mudos de miedo, cómo otros caían alrededor como hojas desprendidas de la rama de un árbol. Un día le tocó al señor Bremen, banquero de profesión; al otro, lamentablemente, al joven Hans Kittel, acusado del atroz crimen de verse a solas con otro muchacho. Después vinieron el pobre señor Blumer, nuestro vecino de toda la vida, que había ayudado a quien no debía cuando no debía, y una muchacha con trenzas llamada Gretel que siempre llamaba a la puerta equivocada.

Vi caer presa del frío a gente buena, gente que no había hecho nada excepto ser quien era y vivir como vivía. Pero mi propia rebelión no empezó hasta que la ventisca irrumpió en mi escuela y trató de hacer estallar a algunos de mis niños en esquirlas de hielo.

Entonces me planté, pero pronto aprendí que los inviernos no pueden detenerse con el viento en contra.

Y así fue como terminé frente a la casa de los Hoffmann aquella mañana de octubre de 1938. Iba tiritando dentro del abrigo nuevo que me habían regalado papá y mamá, a pesar de que me había puesto dos pares de calcetines y los guantes de Olivia. Mi amiga siempre me decía que tenía que ganar peso para no congelarme cada invierno, pero, por mucho que yo comía, no conseguía engordar. «Pues ahora debes esforzarte, mi pequeña Ann», me había insistido Olivia cuando habíamos hablado del tema la tarde anterior. «Las maestras regordetas inspiran más confianza que las que parecen bailarinas de ballet».

Suspiré al pensar en Olivia, pero también sonreí. Sabía de lo que hablaba: ella misma era bailarina, aunque no la clase de bailarina que podría presentarse frente a la puerta de los Hoffmann. Trabajaba en Eldorado —aunque ella *solo* bailaba, como le gustaba recordarnos siempre— y nos habíamos conocido un día en el que yo volvía tarde de la escuela y unos borrachos me dieron un buen susto en un callejón. Olivia salió por la puerta trasera del cabaret armada con un zapato de tacón y los puso en fuga, y así comenzó una peculiar amistad que me había hecho conocer a gente de lo más interesante. Gente a la que probablemente no aprobarían los flamantes Hoffmann.

La niebla se arremolinaba en torno a mí cuando me detuve frente al número seis de la Schlossplatz. La casa que tenía enfrente, aunque antigua y señorial, seguía el mismo patrón que las que había en el resto de la calle: fachada gris, verja de hierro forjado, un jardín que había conocido tiempos mejores... Yo misma había jugado en aquel jardín, aunque mis viejos compañeros de juegos debían de ser hombres adultos ya, incluido el pequeño Wolfram. Al ver una muñeca de porcelana tirada entre los parterres, supuse que habrían sido reemplazados por las hijas de los Hoffmann, menores que sus hermanos. La última vez que las vi, si mis cálculos no fallaban, Kristin tendría ocho años y la pequeña Louise, tres.

Por fin, me decidí a empujar la verja. Una de las ventanas del piso superior estaba abierta, pero no había nadie asomado a ella. Llamé al timbre y aguardé, encogida en mi abrigo, rezando por parecer una maestra «de las que inspiraban confianza».

La puerta se abrió y el rostro que vi al otro lado hizo que mi sonrisa vacilara. Mi memoria, en un alarde de sabiduría, había decidido olvidar a la señorita Klausen, pero ahora aparecía frente a mí, cinco años mayor y cinco veces más tiesa de lo que recordaba.

—Buenos días, señorita Klausen, ¿se acuerda de mí? Hacía mucho que no...

—Los señores la están esperando —graznó ella dando un paso atrás que me hizo pensar en un soldado desfilando con su pelotón—. Venga conmigo, señorita Weigel.

No me dio tiempo a responder: para cuando quise reaccionar, ya se alejaba con las faldas desplegadas tras ella, como un cuervo antipático. Resignada, me aferré a mi pequeña maleta y la seguí hacia el interior de la casa.

Al menos, fue un alivio entrar en calor. Mientras recorríamos el pasillo en silencio, traté de descubrir lo que había cambiado desde la última vez que había estado allí: el papel pintado que cubría las paredes ya no era azul celeste, sino de tonos ocres, y algunos muebles habían sido reemplazados por otros nuevos. Los retratos de las paredes ya no solo pertenecían a muchachos rubios y rollizos, sino que creí entrever rostros jóvenes de mi edad. Me moría de ganas de curiosear, pero no osé hacerlo frente a la señorita Klausen. No quería que el servicio chismorreara desde el primer día: tendrían tiempo de sobra de hacerlo cuando descubriesen por qué estaba allí.

La señorita Klausen se detuvo frente a una puerta de madera oscura y llamó con los nudillos. Esperó a que una voz masculina dijese «adelante» y abrió.

—La señorita Weigel ya está aquí, señores —dijo haciendo una exagerada reverencia.

—Gracias, Bette, querida. —Esta vez fue una mujer quien habló. «La señora Hoffmann», pensé, y contuve el aliento.

A regañadientes, la señorita Klausen se apartó para dejarme entrar en el salón. Aquella habitación sí que estaba tal y como la recordaba: seguía siendo de madera oscura, con los asientos tapizados de beis y las cortinas sujetas con gruesos cordones dorados. La biblioteca de la señora Hoffmann estaba justo al fondo, cargada de libros amarillentos, flanqueada por los trofeos de caza del señor Hoffmann.

Fue este quien se levantó de su butaca en primer lugar.

—Bienvenida, señorita Weigel. —Su tono era tan cálido como su mirada, del azul más brillante que yo había visto nunca—. Es un placer tenerla aquí de nuevo.

—¡Por el amor de Dios, Franz, no le hables así a nuestra niña! —La señora Hoffmann se dirigió hacia mí y tomó mis manos afectuosamente. Seguía siendo tan pequeña como la recordaba, pequeña y regordeta, con aquellos tirabuzones rubios cayendo a ambos lados de su rostro sonrosado—. ¡Hay que ver cuánto has crecido, Ann! ¿Hacía cuánto que no te veíamos, cinco años?

—Creo que la última vez fue en la ópera —contesté devolviéndole el suave apretón. «Justo después de las elecciones», añadí mentalmente, aunque no se me hubiese ocurrido decirlo en voz alta.

No obstante, creo que el señor Hoffmann pensó lo mismo, porque carraspeó:

—¿Te acuerdas de nuestro Berthold?

Entonces me fijé en la tercera persona que había en la habitación y no pude contener una sonrisa, una de verdad.

—¿Cómo iba a olvidarse de mí, padre? —El joven se puso en pie y me tendió una mano grande y sonrosada, a juego con su cara—. Es un placer volver a verte, Ann.

También a él le brillaban los ojos. Era el vivo retrato de su padre: alto, robusto y rubicundo, aunque Berthold no llevaba aquel mostacho rubio y su pelo era más rojizo que dorado. Con todo, tenía buen aspecto.

—¡Señorita Weigel! —corrigió el señor Hoffmann, aunque sin demasiada convicción.

—Padre, me he escondido con ella en la despensa y hemos jugado a ver quién golpeaba más fuerte al otro. No creo que tengan sentido tantas formalidades a estas alturas.

Berthold soltó una potente carcajada. Aunque algunos hubiesen considerado aquello un tanto descarado por su parte —estaba segura de que la señorita Klausen lo haría en cuanto se enterara—, a mí me aliviaba comprobar que no había resentimiento alguno entre los Hoffmann y mi familia. O lo ocultaban muy bien.

21

—Ann está bien —dije sin perder la sonrisa—. Me alegro mucho de verlos…, de veros a los tres —me corregí.

—Y nosotros nos alegramos de que estés aquí. —Mi anfitriona juntó las manos sobre el regazo—. Cuando tu madre me escribió, pensé que sería una oportunidad de oro para que todos volviésemos a pasar tiempo juntos.

No dije nada, solo esbocé un aire de cortés expectación. A pesar de todo, no podía engañarla: mi padre no pisaría aquella casa ni en un millón de años. Por mucho que hubiese aprobado que mi madre escribiera a los Hoffmann, había cosas que sencillamente iban en contra de sus principios.

Y yo lo entendía. Por eso mis ojos evitaban ciertos rincones de aquel salón tan acogedor.

—¿Dónde está Wolfram? —decidí romper el silencio—. Debe de haber crecido mucho.

Para mi sorpresa, los tres Hoffmann intercambiaron una mirada. Tras un instante de vacilación, Berthold empezó a hablar:

—Mi hermano está…

—Tu hermano está encantado de volver a saludar a su vieja amiga —dijo una voz agradable a mis espaldas—. Si mal no recuerda, Ann era la única que le hacía caso cuando tus amigotes y tú estabais haciendo el bruto en el jardín.

Me volví hacia la puerta del salón y me quedé perpleja. Por alguna razón, había esperado que Wolfram se hubiese convertido en una réplica más joven de Berthold, pero no era así. El hombre que tenía delante era esbelto, de rostro pálido y ademán elegante. Sus ojos no eran tan claros como los del resto de su familia, sino de un azul más oscuro, casi gris, y brillaban con inteligencia. Mientras se acercaba a mí lentamente, me fijé en que llevaba el pelo más largo de lo normal en un joven y vestía ropas holgadas de lana. Deduje que había perdido peso recientemente.

—Bienvenida a esta casa. —Se detuvo frente a mí y observé que me sacaba casi una cabeza de altura, aunque caminaba ligeramente encorvado—. Hay que tener valor para trabajar para nuestra familia, y ya no digamos para enfrentarte a lo que te espera en el cuarto de los niños. ¿Recuerdas el papel pintado que lo cubría, el de los animales de la selva? Kristin ya se ha encargado de arrancar la mitad. De la pobre jirafa solo ha quedado el cuello.

—¡Wolfram! —siseó su madre con tono de reproche. Su padre y Berthold lo miraban con resignación.

—Lo hago por su bien, madre. No quiero que se desmaye al ver a la jirafa decapitada.

—No suelo desmayarme a menudo, pero gracias por tu consideración —respondí reprimiendo una sonrisa.

Wolfram me miró con las cejas rubias ligeramente arqueadas. Definitivamente, ya no era el niño al que había conocido: si mis cálculos no fallaban, debía de tener casi veinte años.

De pronto, se fijó en algo que había en la pared, justo a mi derecha. Algo que yo llevaba todo ese tiempo tratando inútilmente de ignorar.

—Dios bendito, ¿todavía no habéis quitado esa cosa? —Con un resoplido, alargó la mano para descolgar la foto enmarcada de la pared. Sus movimientos eran firmes, pero había algo aristocrático en ellos—. ¿Podríais ser padres normales por una vez y colgar un retrato de vuestros hijos?

—Wolfram. —Esta vez fue su padre quien le dirigió una mirada de advertencia, pero él no se dio por aludido.

—Un retrato de vuestros hijos, una acuarela campestre, un anuncio de crecepelo… Las posibilidades son infinitas. —El joven suspiró teatralmente y contempló el retrato de aquel hombre torciendo el gesto—. Cualquier cosa menos esta…

—¡Wolfram! —El señor Hoffmann perdió la paciencia—. ¡Devuelve el retrato del *Führer* a su sitio inmediatamente!

Wolfram me dirigió una mirada hastiada, pero accedió.

—Buscaré anuncios de crecepelo —murmuró entre dientes.

Yo estaba deseando romper a reír histéricamente, pero me contuve. Por suerte para mí, Wolfram cesó las hostilidades por el momento. Con la misma lentitud con la que se había acercado a mí, se dirigió hacia la puerta del salón y la abrió de golpe.

—¡Señorita Klausen, usted por aquí! —exclamó con tono jovial—. Siempre me la encuentro en los lugares más inesperados.

Oí cómo la señorita Klausen murmuraba una disculpa azorada y me figuré que no sería la primera vez que la sorprendían con la oreja pegada a la puerta. Cuando estaba a punto de ahogarme de risa, el señor Hoffmann se dirigió a mí de nuevo:

—Disculpa a Wolfram, muchacha, no está pasando por un buen momento.

—¿Hay algo que deba saber? —me atreví a preguntar.

—No, no. —Era obvio que sí había *algo*, pero el señor Hoffmann no consideraba que yo debiese saberlo, por lo que me resigné—. Verás, somos conscientes de que hubo un, ejem, incidente en la escuela en la que trabajabas. —Me puse tensa sin pretenderlo—. No vamos a juzgarte por ello, querida: eres joven y es normal que… En fin, que no debes preocuparte por eso. Aquí podrás empezar de cero.

Empezar de cero. Como un prisionero que ya hubiese cumplido su condena o un criminal fugado y dispuesto a ser un buen ciudadano por primera vez en su vida. Me costó fingir una sonrisa agradecida, pero me tragué el orgullo y lo hice. El señor Hoffmann me miró complacido y su mujer se adelantó:

—¿Vamos a ver a las niñas? Después te enseñaré tu habitación.

—Os acompaño. —Berthold, que se había sumido en un incómodo silencio al ver llegar a su hermano, pareció recuperar el buen humor—. Louise está deseando verte, Ann. Ha estado hablando de ti desde que le dijimos que vendrías.

—¿Sigue siendo tan rubia? —pregunté recordando a la criatura de mejillas arreboladas que lloraba cuando su hermana mayor le quitaba su oso de trapo.

—Ya no. Kristin es la que se parece más a mí. —La señora Hoffmann nos condujo hacia una de las habitaciones que había al fondo del pasillo—. Las dos echan de menos la escuela, pero, después de todo, no creo que sea tan malo tenerlas en casa. En los tiempos que corren…

Apreté los labios, pero no dije nada. Era lo más prudente.

—Librarás todas las tardes y el domingo entero —siguió diciendo la señora Hoffmann—. Les he recordado a las niñas que serás su maestra, no su niñera, y que deben mostrarte el debido respeto. Castígalas siempre que lo consideres necesario.

—Espero no tener que hacerlo a menudo —dije con cautela—. Trataré de que nos llevemos bien.

—¡Buena suerte con eso! —Rio Berthold.

Aunque bromeaba, yo no pude evitar recordar lo que Wolfram me había dicho sobre Kristin. Por lo poco que sabía, Louise era una criatura pacífica de ocho años dispuesta a agradar a todo el mundo; Kristin, que ya había cumplido los trece, debía de ser más rebelde. Teniendo en cuenta que ninguna de las dos iba a la escuela desde que Louise se había roto las dos piernas al caerse del trineo, cabía suponer que Kristin no estaría muy contenta con aquel encierro.

Para mí, por duro que fuese admitirlo, el accidente de la pobre Louise había resultado ser providencial: cuando mi madre se enteró de que las hijas de los Hoffmann debían ser instruidas en su propia casa durante el resto del curso escolar, se apresuró a escribirle una carta a la madre de las niñas. Mi *incidente* en la escuela, como lo había llamado el señor Hoffmann, había sucedido unos días antes; el hecho de que incluso mi padre se resignara a pedirles a los Hoffmann un puesto de trabajo para mí me daba a entender lo mucho que me costaría encontrarlo en otra escuela, por lo que acepté de buen grado aquella oportunidad.

Al fin y al cabo, me recordé a mí misma mientras la señora Hoffmann entraba delante de mí en el cuarto de los juegos, ni Louise ni Kristin tenían la culpa de que sus padres tuviesen un retrato de Hitler en la pared de su salón.

Cuando entré en la habitación, había dos niñas allí: la más pequeña, que deduje que era Louise, se encontraba tumbada en una pequeña cama que alguien debía de haber trasladado al cuarto de los juegos y tenía una muñeca en el regazo; lo primero que me llamó la atención fue su pelo, rubio oscuro como el de Wolfram, y las gafas redondas que agrandaban sus ojos azules y le conferían el aspecto de un búho joven. La otra niña, que era casi una muchacha, me observó con frialdad desde una butaca manchada de tinta. Ella no había cambiado tanto. Jugueteaba con una pequeña cruz metálica, con el pelo desparramado por los hombros y la nariz fruncida en un mohín. Parecía un hada del bosque malhumorada.

—Saludad a la señorita Weigel, niñas —les dijo mi anfitriona con tono ampuloso.

Aprecié el sutil cambio que se había producido en ella: ya no me tuteaba ni se mostraba cariñosa conmigo, y comprendí que lo hacía para que sus hijas viesen en mí a alguien a quien respetar.

Yo desempeñé mi papel con bastante convicción.

—Buenos días, niñas —dije sonriendo muy levemente. Tampoco quería parecer una institutriz avinagrada del siglo pasado.

—¡Buenos días, señorita Weigel! —exclamó Louise con tanto entusiasmo que casi se le cayeron las gafas—. Lamento no poder levantarme a saludar como es debido.

—No debes disculparte por eso. —Me acerqué a la cama y le tendí la mano, que ella me estrechó con fervor—. Encantada de conocerte, Louise; espero que nos llevemos bien durante el resto del curso.

—Sí, señorita Weigel. —Por cómo lo dijo, supe de inmediato que así sería.

Kristin continuaba sumida en un hosco silencio. También me acerqué a ella con la mano extendida; tal y como esperaba, no la aceptó.

—Kristin —dijo su madre con tono de advertencia.

Kristin parecía dispuesta a desafiarla, pero entonces Berthold intervino:

—Kristin. —Solo pronunció su nombre, pero la niña me ofreció su mano velozmente. Aunque no apretó la mía, me di por satisfecha por el momento.

—Vayamos a su habitación, señorita Weigel. —La señora Hoffmann echó un último vistazo a sus hijas—. Portaos bien, niñas.

—Sí, madre. —Louise le sonrió. Fue la única que lo hizo.

Me abstuve de hacer comentarios mientras nos dirigíamos hacia mi habitación. Afortunadamente para mí, la señora Hoffmann continuaba dándome conversación, preguntándome por mis padres y enviándome toda clase de recados para ellos. Lo hacía con cierta afectación, pero no podía reprochárselo: después de todo, la separación de nuestras familias había sido un tanto forzada. Ya era un acto de generosidad por parte de los Hoffmann avenirse a contratar a una pobre maestra apestada.

Sabía que debía mostrarme agradecida, y lo estaba realmente, pero una pequeña parte de mí se rebelaba. La misma que había tenido que reprimir un gesto de asco al ver aquel retrato en el salón y la condecoración nazi en las manos regordetas de Kristin. Pero, una vez más, me sobrepuse y logré mirar a mi nueva jefa con una sonrisa.

El cuarto que me habían reservado era pequeño, pero luminoso y amueblado con gusto: tenía una cama con el cabecero de hierro, un armario ropero con un espejo y hasta un escritorio. Tanto el armario como el escritorio eran de madera lacada de color azul claro, y la mullida alfombra que había bajo mis botines apenas tenía una mancha de tinta desvaída. Además, había un bancal bajo la ventana en el que podría leer cuando tuviese tiempo. Supe de inmediato que me sentiría a gusto allí, y más cuando descubrí, gratamente sorprendida, que alguien había puesto flores frescas en el jarrón que había en la mesilla de noche.

—Fue idea de Louise —dijo la señora Hoffmann al ver que me acercaba a olerlas—, pero tuve que ir yo a recogerlas. Le hubiese encantado acompañarme, pero, naturalmente, no se lo permití...

—Parece una muchacha encantadora —dije con sinceridad.

—Ha sido una bendición para la familia, en efecto. —Mi jefa pareció satisfecha.

Berthold nos contemplaba sin perder la sonrisa. Cuanto más lo miraba, más guapo me parecía que estaba; saltaba a la vista que hacía deporte. No acababa de entender por qué nos había acompañado hasta allí, pero lo supe en cuanto la señora Hoffmann hizo ademán de salir de mi habitación.

—A propósito —dijo carraspeando—, había pensado que quizá podríamos salir a pasear alguna tarde. Para recuperar el tiempo perdido.

—Tiempo no os va a faltar, Berthold, puesto que ahora viviréis bajo el mismo techo —intervino su madre.

Me pareció que al joven se le ponían rojas las orejas y decidí acudir al rescate.

—No es la mejor época del año para pasear, pero hay que salir de casa de vez en cuando —dije por cortesía.

—Si no, podemos ir al cine.

Estuve a punto de romper a reír: yo ahora trabajaba para sus padres, por lo que quedaba totalmente descartada como posible novia. Por no hablar de que no hacía ni una hora que nos habíamos reencontrado después de cinco años separados.

Pero estaba decidida a mostrarme diplomática, por lo que tan solo esbocé una sonrisa de compromiso. Y, por suerte para mí, la señora Hoffmann arrastró a su hijo tras ella.

Estaba dejándome caer sentada en la cama cuando me fijé en algo que había junto al jarrón de flores y mi sonrisa se esfumó por completo.

Me levanté de golpe y masculló una maldición que hubiera escandalizado a mi madre y provocado un desmayo a la señorita Klausen. Junto al jarrón había una tarjeta enmarcada: una invitación a una cena con el *Führer* a nombre de los señores Hoffmann. La cena se había celebrado el año anterior y, al parecer, los señores Hoffmann no solo habían asistido orgullosos, sino que habían decidido enmarcar la invitación y dejarla en el cuarto de la nueva maestra de sus hijas.

¿Qué era eso, una advertencia? ¿Una forma de darme a entender con poca sutileza lo que pensaban de Hitler en esa casa? ¿Cuánto sabrían los Hoffmann de lo que había sucedido en mi escuela? Todas esas preguntas se agolparon en mi garganta de pronto, formando un nudo que solo se aflojó ligeramente cuando cogí la dichosa invitación y la guardé en el cajón de la mesilla de noche. Luego cambié de idea y la trasladé a uno de los cajones del armario: no la quería cerca, ni siquiera si estaba fuera de mi vista.

«¿Con esos nazis, Dagmar?», volví a oír la voz de mi padre dentro de mi cabeza. «¿Con ellos quieres enviar a tu hija?». «Los Hoffmann son buenas personas, Dieter», le había dicho mi madre. «Entiendo que tú ya no quieras saber nada de ellos, pero Ann está en un aprieto y podrían ayudarla». Mi padre se había rendido a la evidencia e incluso yo tenía que darle la razón a mi madre: aparentemente, los Hoffmann no eran malvados. Por eso mis padres apenas habían dado crédito cuando el señor Hoffmann se había unido al Partido Nazi tras el incendio del Reichstag en 1933, justo después de las elecciones que cambiarían Alemania para siempre.

Saltaba a la vista que le había ido bien desde entonces. Por lo visto, Berthold también pertenecía al Partido Nazi ahora; en cuanto a Wolfram, apenas sabía nada de él. Ni su familia parecía dispuesta a saciar mi curiosidad.

Mi mente aún era un hervidero de preguntas sin respuesta cuando comenzó a sonar un piano.

Me quedé quieta, casi sin respirar, para captar las notas de la melodía, amortiguadas por varias puertas cerradas. Logré distinguirla al cabo de unos segundos: era el nocturno más conocido de Chopin, una de mis piezas favoritas.

Sin ser consciente de lo que hacía, comencé a mover la cabeza al compás de la música, con los ojos entrecerrados y las manos trazando florituras en el aire. Hubiese dado cualquier cosa por aprender a tocar el piano, pero el sueldo de tabernero de mi padre no le permitía comprar uno. Antes, cuando era profesor, las cosas nos iban mejor, pero parecía que habían transcurrido siglos desde entonces.

Aunque las manos que tocaban el piano eran gentiles, pronto me di cuenta de que algo no encajaba. La melodía era la del nocturno, sin duda; el pianista no fallaba ni una nota. Pero no respetaba el ritmo de la canción. Las notas no sonaban cuando debían sonar, sino que se dejaban caer perezosamente las unas detrás de las otras, como si los dedos del intérprete jugaran a saltar sobre las teclas a su antojo.

Molesta sin saber por qué, me puse a deshacer la maleta mientras el nocturno flotaba en aquel dormitorio de muebles azules. No obstante, durante lo que duró la música, fue como si tuviese un amigo en casa de los Hoffmann. Uno de verdad, no el eco de lo que había sido mi infancia detrás de aquellas paredes. No una ficción a la que todos parecíamos aferrarnos a sabiendas de que no era real.

3

Berthold

Hacía ya más de un año que Berthold había conocido a Carl Klein, el *Stellenleiter* al que tendría que rendir cuentas si en el futuro lo nombraban *Blockleiter*. Era un tipo de aspecto gris, de personalidad gris, que fumaba cigarrillos tan grises como él. Berthold le sacaba casi una cabeza de altura y tenía las espaldas el doble de anchas; no obstante, se sentía vagamente intimidado cada vez que el *Stellenleiter* se dirigía a él con su voz atiplada.

Konrad sabía imitarlo a la perfección, y conseguía que Lukas y los demás muchachos prorrumpiesen en carcajadas. Berthold solía afearles la conducta, aunque lo hacía con la boca pequeña porque, de lo contrario, los otros jóvenes se hubiesen burlado de él. Todos se conocían de las Juventudes Hitlerianas. Hacía poco tiempo que militaban en el Partido, y todavía no se habían acostumbrado a la férrea disciplina que se les imponía en este.

Konrad estaba más preocupado por pasárselo bien que por hacer méritos, por eso disfrutaba mortificando a Berthold en presencia de sus superiores. Lukas le seguía el juego, quizá porque siempre iba un poco a la zaga de sus compañeros. Konrad era tan alto como Berthold, igual de rubio y casi igual de fuerte —él, por supuesto, insistía en que era *más* fuerte. Le gustaban las mujeres y las malas lenguas lo relacionaban con Jutta Rüdiger, la líder de la Liga de Muchachas Alemanas. Berthold no creía que una joven que se había comprometido a «criar a las niñas como portadoras de antorchas del mundo nacionalsocialista» tuviese algún interés en Konrad, que era tan guapo como mastuerzo; pero, como tampoco tenía pruebas para negarlo, dejaba que su amigo presumiese a media voz en presencia de Lukas y los otros chicos. A Berthold no le interesaba Jutta.

Sea como fuere, cualquier chismorreo estaba fuera de lugar en presencia de Carl Klein. Cuando Berthold acudió a la cervecería en la que los había citado, Konrad y el *Stellenleiter* ya se hallaban sentados en una de las mesas del fondo, conversando en voz baja. A Berthold le sorprendió ver la expresión grave de su amigo, y no dejó de notar el modo en que se inclinaba hacia el *Stellenleiter*, como si estuviesen intercambiando algún tipo de confidencia. Klein, por su parte, tenía los párpados entrecerrados y bolsas bajo los ojos, como si hubiese pasado la noche en vela o envejecido cinco años desde su último encuentro.

—Necesitaremos furgones, claro —estaba diciendo el *Stellenleiter* cuando Berthold se acercó a ellos—. Es el mecanismo más eficiente, las balas suponen un gasto demasiado elevado…

En ese momento, Konrad le hizo un gesto de advertencia. Berthold frunció el ceño, sin saber muy bien lo que estaba ocurriendo; pero, cuando el *Stellenleiter* se giró hacia él, su expresión seguía tan gris como de costumbre.

—Ah, Hoffmann —saludó con tono neutro—. Siéntate.

Berthold quiso preguntarles de qué estaban hablando, pero entonces llegó Lukas y los cuatro comenzaron a discutir acerca de su tema de conversación predilecto en los últimos tiempos: la cuestión judía.

—Se ha cancelado la vigencia de los pasaportes judíos —informó Klein.

—¡Ya era hora! —Konrad soltó un bufido.

—¿Y qué pasa con los que emigran? —quiso saber Berthold, que ya había olvidado lo sucedido hacía tan solo unos minutos.

—Que son ratas —dijo Konrad

Pero el *Stellenleiter* lo ignoró y respondió:

—Se les imprime un sello especial. Ya es hora de que los tengamos localizados y, hablando de eso… —Se inclinó hacia delante y contempló fijamente a los tres jóvenes—. Hemos resuelto el asunto de los nombres.

Se produjo un silencio expectante.

—Como ya hemos comentado alguna vez —siguió diciendo Klein—, no es justo que muchos judíos se oculten detrás de nombres alemanes como Hans o Bertha. A partir de ahora, los funcionarios estatales elaborarán listas de nombres judíos y, si el nombre de alguno de ellos no aparece en dichas listas, se le añadirá «Israel» o «Sara».

—¿Israel para los varones y Sara para las mujeres? —preguntó Berthold.

Los ojos grises del *Stellenleiter* parecieron atravesarlo.

—Israel para los machos —replicó con lentitud— y Sara para las hembras.

Berthold se cruzó de brazos y asintió secamente.

—Todos los cambios son bienvenidos —dijo Konrad—, pero a veces me gustaría que fuesen más rápidos.

—Eres impaciente como todos los jóvenes —gruñó Klein, pero después se volvió hacia Berthold y su expresión se suavizó—. O como algunos. Tus superiores están contentos contigo, Hoffmann.

Le dio una palmada en el hombro y Berthold sintió que se ruborizaba de puro orgullo. Ignorando las miradas burlonas de Konrad, dedicó una inclinación de cabeza al *Stellenleiter*.

—Solo intento servir a mi país.

—Y lo estás haciendo bien, chico. —Klein encendió un cigarrillo y le dio una calada—. Si sigues así, yo mismo te propondré como *Blockleiter* el año que viene.

Era la primera vez que se lo decía tan claramente. El corazón de Berthold se aceleró, pero trató de no parecer demasiado ansioso.

—Sería un gran honor.

—Y un gran sacrificio —puntualizó Klein—, pero sabemos que estás dispuesto a hacer sacrificios por el Reich, Berthold, ¿no es cierto?

—Más que dispuesto —dijo él con calor. Konrad puso los ojos en blanco, pero el *Stellenleiter* ni siquiera lo estaba mirando ya.

—Bien, bien. —Por primera vez en todo ese rato, Carl Klein sonrió—. Eso era lo que quería escuchar.

4

Diario de Ann

—Gracias por rescatar a mi muñeca, señorita Weigel. La pobre Brigitte se hubiese resfriado de no haber sido por usted.

Mientras hablaba, Louise sostenía la muñeca de porcelana que yo había visto tirada en el jardín al llegar a casa de los Hoffmann el día anterior. Había tenido la prudencia de recogerla antes de acostarme, preguntándome si Louise sería una de esas niñas que maltrataban sus juguetes, pero parecía tan aliviada de haber recuperado a su Brigitte que descarté aquella posibilidad de inmediato.

Kristin, Louise y yo habíamos salido al jardín a instancias de la señora Hoffmann, que no quería que su hija menor estuviese encerrada todo el día mientras durara su convalecencia. Había colocado la silla de ruedas de Louise, un armatoste infernal con el que apenas podía doblar las esquinas, bajo uno de los abedules del jardín, y Kristin se había instalado en una de las hamacas. Yo me había conformado con el banco de madera en el que recordaba que la señora Hoffmann se sentaba a leer cuando hacía buen tiempo, y había traído conmigo uno de mis libros de texto, dispuesta a aprovechar aquella salida al jardín para impartir una lección de botánica.

Por desgracia, ninguna de las niñas parecía dispuesta a cooperar: ya había intentado hablarles de los abedules hasta en tres ocasiones, pero Louise se empeñaba en darme conversación y Kristin permanecía sumida en un ofendido silencio, como una anfitriona frente a un pariente lejano que se hubiese presentado a almorzar sin previo aviso. No hacía tanto frío como el día anterior, pero la niebla había sido reemplazada por una brisa helada que me hacía encogerme en el abrigo. Cuando ya estaba a punto de rendirme y olvidar los abedules, tuve un arrebato de inspiración:

—Louise, ¿tú crees que Brigitte es una chica inteligente?

La niña me miró parpadeando tras sus gafas. Ni ella ni yo prestamos atención al resoplido indignado de Kristin, que hacía aspavientos cada vez que su hermana pequeña se empeñaba en dirigirse a su muñeca.

—Claro que lo es —dijo Louise al punto. Tal y como yo esperaba.

—En ese caso, ¿crees que podría enumerarme las características de los abedules después de haberlas escuchado una sola vez?

Louise solo dudó un momento:

—Sí, señorita Weigel.

—Bien, presta atención…

Diez minutos después, Brigitte había entonado con voz de falsete toda una retahíla de datos acerca de los abedules, «árboles de hoja caduca que sirven de alimento a un buen número de lepidópteros, de ramas flexibles y corteza blanquecina y hojas simples, cerradas y romboidales, que se encuentra por buena parte del hemisferio norte de la Tierra», y yo no podía evitar recordar cómo coreaban todo aquello mis alumnos de la escuela sin necesidad de que sus muñecas hiciesen de intermediarias. Pensar en ellos me hizo sentir una punzada de nostalgia, por lo que me concentré en las dos niñas que tenía enfrente.

—¿Y tú, Kristin? —dije con suavidad—. ¿Eres tan inteligente como Brigitte?

—No creo que la inteligencia de una persona dependa de lo mucho que sepa sobre abedules, señorita Weigel.

Su tono era perfectamente cortés, y perfectamente desagradable. Yo la miré sin parpadear.

—Tienes razón.

Supe que aquello no se lo esperaba, porque me miró con la boca entreabierta. Ese día llevaba el pelo recogido en una gruesa trenza que la señorita Klausen le había sujetado con horquillas alrededor de la cabeza y se había puesto un abrigo que combinaba con el azul de sus ojos; una vez más, pensé en lo bonita que debía de ser cuando sonreía, si es que tal cosa era posible.

—La inteligencia de una persona no está tan relacionada con los conocimientos que posee como con la curiosidad que demuestra.

—¿Qué quiere decir eso? —preguntó Louise, que también me miraba sorprendida.

—Que un ignorante deseoso de aprender es más inteligente que un sabio que ya no se interesa por nada —dije cerrando el libro de botánica sonoramente.

Entonces oí una voz sonora a mis espaldas:

—Sus palabras sí que son inteligentes, señorita Weigel.

Me giré hacia la verja y vi que Berthold se hallaba apoyado en ella, relajado, mirándome con una sonrisa que no conseguí devolverle. Todos mis esfuerzos estaban concentrados en no mirar con demasiada insistencia su uniforme.

—¡Berthold! —Louise extendió sus brazos hacia él—. ¿Dónde estabas? ¡No te hemos visto en todo el día y ya es casi la hora de cenar!

Por fin, Berthold se apartó de la verja y fue a abrazar a su hermana pequeña; la mayor tan solo le dirigió una mirada adusta, pero Berthold la ignoró, creo que deliberadamente.

—Tenía una reunión con los muchachos —le dijo a Louise. Yo no quería saber quiénes eran «los muchachos», pero el joven decidió explicármelo—. Con un poco de suerte, el año que viene me nombrarán *Blockleiter*. Quiero demostrarles a todos que estoy preparado.

—Comprendo —fue todo lo que pude decir. El *Blockleiter* era el líder del *Block*, una de las muchas subdivisiones del Partido Nazi, que se encargaba de supervisar alrededor de cincuenta hogares.

O más bien de espiar cincuenta hogares.

Respiré hondo para ahuyentar los malos recuerdos. Pero Berthold interpretó erróneamente mi silencio y se frotó la nuca con aire azorado.

—Puede que no lo sea, después de todo. Algunos de mis compañeros son realmente capaces. —Aquel elogio a sus iguales no me conmovió—. Supongo que sucederá lo mismo con sus compañeras, ¿verdad, señorita Weigel?

—¿Mis compañeras? —Casi escupí las palabras, pero ya empezaba a darme cuenta de que Berthold era impermeable a las sutilezas.

—Las de la Liga de Mujeres Nacionalsocialistas, naturalmente.

—No pertenezco a dicha organización.

—¿No? —Berthold parecía más perplejo que ofendido—. Pero es lo que hacen las mujeres después de dejar la Liga de Muchachas Alemanas…

—Tampoco formé parte de ellas —dije de inmediato. Kristin y Louise nos miraban como si estuviesen viendo un partido de pimpón—. El ingreso no fue obligatorio hasta hace dos años, y le recuerdo que yo soy mayor que su hermano.

—Vaya. —El joven parpadeó—. Siendo usted la hija de una buena familia, me figuraba que…

—Me halaga que tenga esa opinión de mi familia. —Estaba apretando el libro de botánica con tanta fuerza que empezaban a dolerme los dedos—. No quisiera ser descortés, pero ha interrumpido una lección apasionante.

Me alegré de que Berthold no pudiese tratarme con familiaridad en presencia de sus hermanas: estaba segura de que, de haberse encontrado a solas conmigo, hubiese insistido en quedarse. Pero debió de recordar las instrucciones de sus padres y se despidió de nosotras con una cálida sonrisa.

Yo no me relajé hasta que desapareció. Entonces pensé que mi vida con los Hoffmann iba a ser mucho más complicada de lo que creía.

Estuve a punto de abrir la boca para decirles algo a las niñas, cualquier cosa que relajara un poco la tensión de los últimos minutos, pero, antes de que pudiese hacerlo, volví a oír aquel piano.

Miré hacia arriba y descubrí que, como el día anterior, una de las ventanas del piso superior estaba abierta de par en par. A pesar del frío. La música salía de ella, una melodía sin cadencia que tardé unos segundos en identificar como el *Arabesque 1* de Debussy.

Si la belleza del nocturno de Chopin dependía del ritmo en gran medida, aquel *Arabesque* destartalado me puso de los nervios. O quizá fuese el resultado de mi desafortunado encuentro con Berthold.

—¿Quién toca? —pregunté con cierta brusquedad.

—Wolfram. —Por una vez, fue Kristin quien contestó primero—. ¿Por qué, le molesta?

No le di el gusto de coger el guante que me lanzaba. Desvié la mirada y observé que una niña que pasaba por la calle en bicicleta se había detenido para escuchar: era solo un poco mayor que Kristin y las trenzas pelirrojas le llegaban por la cintura.

—En absoluto, me encanta oír tocar el piano —dije sin mentir—. Pero no recordaba que Wolfram fuese músico.

—No lo era hasta que le dijeron que estaba enfermo, entonces tuvo que buscarse algo que hacer —saltó Louise. Su hermana le dio un codazo en el estómago y ella gimió—. ¡Ay!

—¿Está enfermo? —Aquella revelación me produjo cierto desasosiego—. ¿Qué le ocurre?

—Nuestros padres no quieren que ningún extraño lo sepa —dijo Kristin.

—¡La señorita Weigel no es una extraña! —protestó Louise—. Hace tiempo sus padres venían a vernos a menudo, y ella era amiga de Berthold y Wolfram. Yo no lo recuerdo porque era pequeña, pero madre me lo ha contado.

—Sigue sin ser de la familia. —Kristin hablaba como si yo no estuviese delante—. Bien que se olvidó de nosotros en cuanto tuvo la ocasión de hacerlo...

Aquella acusación me hizo volverme hacia ella. Kristin era demasiado joven para unirse a nuestros juegos cuando los muchachos y yo éramos niños, y luego, cuando se hizo lo bastante mayor como para participar en ellos, yo ya era una señorita y no iba correteando por ahí. Aun así, recordaba sus vivaces ojos azules persiguiéndome por la casa cuando visitaba a los Hoffmann.

Me sentí incómoda a pesar de todo.

—Por si os interesa saberlo, sigo apreciando a vuestros hermanos —dije con firmeza—, pero estoy aquí por vosotras, no por ellos. Por muy agradable que me parezca la música.

—¿La música o Wolfram? —preguntó Kristin.

—¿Qué? —Apenas podía dar crédito a lo que acababa de decirme—. ¿De qué hablas, niña?

—¿Niña? ¡Ja! Me entero de mucho más de lo que creéis. —Kristin me hablaba como si fuese una niña particularmente estúpida y, sin embargo, yo no era capaz de ponerla en su lugar. Tenía el pulso completamente acelerado y me sudaban las manos de repente—. Casi todas las mujeres suspiran por Berthold, pero usted prefiere a Wolfram, lo noté desde el principio. Ayer se ruborizó al verlo, y hoy solo ha necesitado oír hablar de él.

—Estás siendo muy grosera, Kristin —farfulló Louise, que se aferraba a su muñeca como si fuese una tabla de salvación.

—¿Solo porque estoy diciendo la verdad? —Su hermana alzó las cejas—. No se moleste en negarlo, señorita Weigel: ayer estaba espiándola cuando llegó. Vi la cara que ponía al ver a mi hermano y, si quiere mi opinión, tiene usted más cerebro que las demás al fijarse en él, pero eso no quiere decir que pueda hacerse ilusiones. —Una sonrisa perversa curvó sus labios rosados—. Berthold asegura que es de buena familia porque desea halagarla, pero sigue siendo demasiado vulgar para Wolfram. Además, mis padres jamás permitirían que uno de sus hijos…

—Ya está bien, Kristin —la interrumpí sin levantar la voz. Estaba más cansada que enfadada—. Es impropio de una muchacha de tu edad estar pensando en esas cosas, y no creo que sea bueno para ti envenenar tus palabras de ese modo. Estoy aquí para enseñaros algo de lo que sé a Louise y a ti, no porque mis padres y los Hoffmann sean viejos amigos, sino porque soy maestra y desempeño bien mi trabajo. Eso es todo lo que debe importarte de mí.

—Si tan buena maestra es, ¿por qué la echaron de su escuela?

—¡Kristin! —Louise le dirigió una mirada horrorizada—. ¿Cómo puedes ser tan mala?

—¿Mala? ¿Ahora tengo que fingir que no sé nada solo para ser buena?

Mi mente trató de no recordar el aula en la que impartía mis lecciones, el olor de las ceras y la tiza, las manos levantadas y los ojos brillantes de mis alumnos. En vez de eso, recordé algo que la señora Hoffmann me había dicho el día anterior: «Les he recordado a las niñas que serás su maestra, no su niñera, y que deben mostrarte el debido respeto. Castígalas siempre que lo consideres necesario».

¿Serviría de algo castigar a Kristin ahora? ¿Qué iba a hacer, decirle que copiara cien veces «No acusaré a mi maestra de tener intenciones deshonestas con mi hermano»? ¿O mejor «Dejaré de tener esta lengua viperina que no parece de una niña de trece años, sino de la madama de un burdel»?

Nada de eso funcionaría. Tenía que pensar en algo mejor, pero no debía precipitarme.

—Se acabó por hoy —dije poniéndome en pie y empujando la silla de Louise hacia la puerta—. Ya es casi la hora de cenar.

—¿No se suponía que tendría libres las tardes, señorita Weigel? —Louise giró el cuello para mirarme con cierto apuro mientras trataba de hacer que la silla cruzara el umbral de la puerta sin recibir ninguna ayuda por parte de Kristin—. ¿Por qué ha pasado esta con nosotras?

—Porque tu madre quería que tomaras el aire y hacía bueno.

—Ha sido muy amable.

—Gracias, querida. —Le dirigí una breve sonrisa y, finalmente, me las arreglé para llegar hasta el recibidor.

Dejé a las niñas preparadas para la cena —o más bien dejé a Louise preparada para la cena, porque Kristin se limitó a encerrarse en su dormitorio con el pretexto de que debía cambiarse de ropa— y me dirigí hacia mi cuarto. Yo no cenaba con los Hoffmann, naturalmente, sino que la señorita Klausen me subía una bandeja a mi habitación. Después de mi breve charla con Berthold y mi encontronazo con Kristin, aquella perspectiva no podía alegrarme más.

Y, sin embargo, me sentí extrañamente desasosegada cuando cerré la puerta y miré alrededor. Había una lámpara en mi mesilla de noche, pero no la encendí de inmediato; todavía en penumbra, me apoyé en la pared y cerré los ojos, tratando de captar las últimas notas desacompasadas de aquel peculiar *Arabesque*.

Mis mejillas ardían de nuevo. Con una espontaneidad que solo me permitía estando a solas.

Kristin tenía razón en algo: ver a Wolfram el día anterior me había provocado cierta turbación, pero lo había achacado a que no me lo esperaba. El Wolfram con el que había jugado cinco años atrás apenas era un adolescente, y lo recordaba mirando con lástima a sus compañeros de juegos, a quienes consideraba patanes y ordinarios. Su soberbia infantil me había resultado divertida entonces, pero se había convertido en una seguridad en sí mismo que no parecía encajar con la debilidad de su cuerpo. Por otro lado, saltaba a la vista que su ingenio era tan afilado como su lengua, o más, y que poseía una inclinación al arte que yo no había encontrado en otros hombres a los que había conocido. Ni siquiera Günther…

No, prefería no pensar en Günther.

Me senté en la cama y me tapé la cara con las manos. ¿De cuántas cosas de mi pasado tendría que huir? La lista ya era bastante larga: la escuela, Günther, el pobre Hans Kittel… ¿Acaso debía añadir otro secreto más?

«Sigue siendo demasiado vulgar para Wolfram», me había dicho Kristin.

El eco de sus palabras hizo que me decidiese a encender la lámpara por fin. Contemplé mi propio reflejo en el espejo del armario, mortecino bajo aquella luz eléctrica, y analicé mi aspecto por primera vez desde que Günther y yo habíamos dejado de vernos: ya no era ninguna niña, eso estaba claro, y lo demostraban las pequeñas arrugas que había alrededor de mis ojos y la anchura de mis caderas. Aun así, seguía siendo delgada, más de lo que los hombres consideraban atractivo. «Como si la opinión de los hombres nos importase algo», hubiese dicho Olivia entonces. Ese pensamiento me hizo sonreír brevemente y mi rostro se iluminó un poco. Al menos, me dije, tenía una boca en condiciones, con los labios bien delineados y todos los dientes blancos y en su sitio. Mis facciones eran correctas, aunque no hermosas, y mis ojos eran de un color gris amarronado. En resumidas cuentas, no parecía un hada del bosque, como Kristin, ni era exuberante como las mujeres de Eldorado. En realidad, y por mucho que Olivia me aconsejara engordar para parecer «más respetable», era exactamente lo que la gente esperaría que fuese una maestra de escuela.

Y, sin embargo, la escuela era un lugar que yo ya no volvería a pisar. O no durante bastante tiempo.

Desanimada por ese pensamiento y por los acontecimientos del día, me resigné a esperar mi bandeja, que no tardó en llegar: aquella noche la cena consistía en salchichas con puré, pero no logré disfrutarlas del todo pese a su excelente sabor. La cocinera de los señores Hoffmann, la señorita Bauer, sabía lo que hacía con los fogones, pero los nervios me cerraron el estómago y tuve que masticar sin ganas y tragar por cortesía. No quería devolver la bandeja intacta.

Cuando terminé, preparé el vestido del día siguiente, de color marrón y abotonado hasta el cuello, y me cepillé el pelo antes de acostarme porque era lo que mi madre hubiese querido. Echaba de menos darles un beso de buenas noches a papá y a ella, y me prometí visitarlos al día siguiente. Aquello me animó un poco mientras me metía entre las sábanas frías y trataba de entrar en calor cubriéndome con ellas hasta la cabeza.

Entonces, irremediablemente, me vino a la cabeza la sonrisa de Wolfram Hoffmann. Y las palabras emponzoñadas que Kristin me había dedicado esa misma tarde. La mezcla de ambas cosas era como las pesadillas que uno se empeña en recordar morbosamente una vez que ha despertado, y creo que fue el agotamiento el que, finalmente, me permitió refugiarme en el sopor.

5

Diario de Ann

La cocina se quedó en silencio y, durante unos segundos, me limité a disfrutar de las sensaciones que tan familiares me resultaban. El olor del café, el delantal de mi madre colgado del gancho de la puerta, el ejemplar del *Frankfurter Zeitung* abierto sobre la mesa. Aquel diario era el único que mis padres soportaban todavía, aunque yo me había limitado a hojearlo antes de devolverlo a su lugar. El café, muy cargado, me parecía un lujo en ese momento: en casa de los Hoffmann, por desgracia, no se bebía.

Oí el entrechocar de los platos en el comedor y supe que mi madre los estaba devolviendo, limpios ya, a sus alacenas. Habíamos almorzado con mi padre y luego él se había marchado con nuestro vecino, el señor Blumer, y nosotras nos habíamos quedado solas.

Llevaba toda la semana esperando que llegara el domingo para poder entregarme a la paz familiar; sin embargo, ahora me sentía vagamente desasosegada. Una y otra vez, mi mente regresaba al número seis de la Schlossplatz, a sus jardines olvidados y a sus ventanas abiertas.

—¿Y bien? —Mi madre se asomó por la puerta. Ese día estaba radiante con su vestido nuevo, de color lavanda, que ella misma se había arreglado—. Cuéntame.

Se sentó delante de mí y se sirvió café. Seguí con la mirada la graciosa inclinación de su cabeza, cuyo peinado, cuidadosamente esculpido en la peluquería del barrio, recordaba al de las actrices americanas, y después me reencontré con sus chispeantes ojos grises. Papá decía que los teníamos iguales, pero mamá insistía en que los míos eran mucho más bonitos.

—Pero si no he dejado de hablaros de los Hoffmann en toda la comida —dije apurando el último sorbo de café—. No hay mucho más que contar.

—Mira, tesoro, me parece muy bien que te comportes en presencia de tu padre, pero conmigo no debes guardar las apariencias. ¿Cómo estaba Berthold?

—¡Madre! —protesté, pero luego cedí—: Estaba más alto y más guapo, y parecía deseoso de agradarme.

—¿Y lo consiguió?

—Ningún hombre con ese espantoso uniforme lo conseguiría.

—Ya veo. —La sonrisa de mi madre vaciló un poco cuando me puso la mano sobre el antebrazo—. Ya sabes cómo son las cosas ahora.

Las dos nos miramos durante unos segundos. Mamá olía a Chanel y parecía comprender cómo me sentía sin necesidad de que le dijese nada más, pero una parte de mí tenía ganas de desahogarse.

—Soy consciente de que los Hoffmann nos están haciendo un favor. —Suspiré—. También sé que no son malvados, pero…

—Pero piensas en las personas que están sufriendo por culpa de gente como ellos, ¿verdad?

—El señor Bremen ha perdido su empleo en el banco —dije sin poder contenerme— y el pobre Hans sigue en paradero desconocido. Olivia está muy preocupada por él. —Miré mi taza con el ceño fruncido—. Y luego están los libros de papá… No soporto ver tantos huecos en sus estanterías desde que se los llevaron.

—No quiere que le regalemos otros. —Mi madre se encogió de hombros.

«Los libros que puede soportar esa hiena de Goebbels son los libros que no puedo soportar yo», decía siempre papá. Solo algunas obras clásicas se hallaban en territorio neutral, y eso era de lo poco que leía él últimamente.

—Por no hablar de Günther —añadí en voz baja, casi susurrando. Mamá me observaba fijamente.

—¿Has sabido algo de él?

—No, y no espero que me envíe ninguna postal. —Intenté bromear, pero no me salió muy bien—. Quiso dejarlo todo atrás, y ese «todo» me incluía a mí.

No podía reprochárselo, no después de haber escuchado ciertos rumores. Cuando sus parientes austríacos, todos ellos judíos, desaparecieron tras la visita de un grupo de hombres armados, Günther y su familia hicieron las maletas.

«Ven conmigo, Ann», me había dicho la noche anterior a su partida. «Iremos a Suiza y después a tu querida Francia, allí podrás hacer lo que quieras».

«¿Y mis padres?», le había dicho yo. «¿Y la escuela?».

Günther me había dirigido una de esas miradas profundas que me habían hecho caer en sus brazos nada más conocerlo. Una de las que sabía que me ablandaban siempre.

«Pronto tus padres también estarán en peligro, y la escuela ni siquiera existirá».

«¿Mis padres? Por el amor de Dios, Günther, ellos son ciudadanos alemanes. Y no creo que Hitler vaya a cerrar todas las escuelas de Alemania».

«No lo hará, pero las convertirá en algo completamente distinto a lo que conoces. Y nadie estará a salvo, Ann, ni siquiera los que ahora se creen intocables».

Las palabras de Günther seguían resonando en mi memoria mucho después de aquella despedida. Yo había rehusado la oferta de acompañarlo en su viaje sin retorno y había renunciado a los sueños que habíamos compartido; ahora me gustaba imaginármelo paseando por los Campos Elíseos con alguna encantadora francesita colgada del brazo. Günther y yo habíamos sido amantes, pero también amigos, y esperaba que fuese feliz.

—Dale una oportunidad a Berthold, Ann. —Mi madre me arrancó de mis pensamientos, cosa que agradecí—. Por lo que sé, es un buen chico.

—Sabes mucho. —Dejé de juguetear con mi taza y me incliné para darle un beso. Ella me lo devolvió y cambiamos de tema, pero yo no dejé de darle vueltas durante toda la tarde.

Regresé a casa de los Hoffmann con la nariz congelada y las botas cubiertas de nieve. Tuve que sacudirme de encima el frío antes de entrar, y agradecí el ambiente caldeado que se respiraba en el interior de la casa. Me la había aprendido de memoria enseguida: tenía tres plantas, aunque la última apenas se usaba, pues correspondía al desván y a la pequeña buhardilla de la señorita Klausen; los dormitorios de la familia estaban en la segunda, al igual que el mío, así como el cuarto de baño, una estancia decorada con azulejos de color mostaza de la que el señor Hoffmann se sentía particularmente orgulloso. Abajo estaban el salón, que yo ya conocía, el comedor, que solo se utilizaba en las fechas señaladas o cuando la familia tenía visitas, la cocina, la despensa, el despacho del señor Hoffmann y el cuarto de los juegos. Todas esas habitaciones estaban distribuidas a ambos lados de un corredor interminable y sombrío que la señorita Klausen parecía patrullar día y noche. Mi cuarto se encontraba justo al fondo.

La puerta del salón estaba abierta cuando pasé junto a ella. Comprobé que la chimenea estaba apagada y supe que los señores aún no habían vuelto a casa. Los Hoffmann pasaban los domingos en familia, por eso la señorita Klausen y yo librábamos ese día también.

Mientras colgaba mi abrigo y me cambiaba los calcetines por otros secos —nunca llevaba medias—, recordaba lo que le había dicho a mi madre: mis jefes no eran malas personas. En otros tiempos, de hecho, ni siquiera habían sido los señores Hoffmann, sino «tío Franz» y «tía Katja».

Por eso me había costado tanto comprender por qué habían hecho lo que habían hecho.

Cerré los ojos y, una vez más, mi mente regresó a la última conversación entre mi padre y el tío Franz. La que había

53

tenido lugar aquella mañana, en la ópera, mientras mamá me apretaba el hombro con fuerza.

«¡Los comunistas, siempre los dichosos comunistas! ¿Qué más necesitas para dejar de defenderlos, Dieter, que le prendan fuego a toda la condenada ciudad?». El tío Franz estaba rojo de cólera en ese momento, algo que yo nunca antes había visto. Era un hombre bonachón, uno al que solo había visto gritar para regañar a Berthold cuando me molestaba. Y, de pronto, había empezado a mirar a mi padre como si fuese un desconocido.

«Hitler te ha engañado», dijo mi padre entre dientes. «Os está engañando a todos, Franz: el enemigo no son los comunistas. No tenéis ni idea de lo que habéis votado...».

«¡Hitler es el único que se preocupa por Alemania!». Al tío Franz no parecía importarle que la gente que estaba saliendo de la ópera lo escuchara. «¡El único que puede devolvernos el pan y, lo que es más importante, la dignidad!».

Mi padre no contestó. El tío Franz se alejó dando zancadas, con el abrigo y el sombrero en la mano, y entonces dejó de ser el tío Franz y se convirtió simplemente en el señor Hoffmann. La tía Katja también dejó de serlo, aunque mi madre y ella seguían escribiéndose de vez en cuando, y alguna vez incluso se veían. Además, tenían conocidas en común, por eso mi madre se enteró de que las hijas de los Hoffmann ya no podrían ir a la escuela y decidió pedirles a sus padres que me contrataran. Yo sospechaba que mi madre y la señora Hoffmann habían seguido siendo amigas a pesar de todo, pero ninguna de las dos quería desairar a su marido.

Sea como fuere, el tiempo parecía haber enfriado el enfado de mi padre, que era capaz de hablar de los Hoffmann sin acritud, y nada indicaba que el señor Hoffmann le guardara rencor a su vez.

Aun así…

Abrí los ojos y pensé en la invitación que habían dejado en mi mesilla de noche. Podía engañarme todo lo que quisiera, pero la realidad sería la misma: los Hoffmann eran nazis.

Me puse en pie con un suspiro y examiné los libros que había traído conmigo. Uno de ellos era un ejemplar muy manoseado de *El método de la pedagogía Montessori* que había encontrado en una tienda de segunda mano mientras estudiaba; como maestra, creía firmemente en el método Montessori, aunque también había adquirido otras estrategias educativas menos ortodoxas mientras ejercía mi profesión. Una de ellas había decidido probarla con Kristin, confiando en que fuese un buen sustituto de hacerle copiar cien veces: «No me comportaré como una pequeña víbora».

Aquel pensamiento me hizo reír, pero solo hasta que oí un crujido en el pasillo.

Sobresaltada, abrí la puerta y me encontré con algo que me sobresaltó aún más: Wolfram se hallaba al otro lado.

—¿Qué haces aquí? —le pregunté tontamente.

El joven alzó sus cejas rubias y miró alrededor con fingido desconcierto.

—Diablos, ¿qué podría estar haciendo yo en mi casa?

—Creía que estaba sola —me excusé, pero él hizo amago de sonreír.

—Por eso quería advertirte que estaba en casa, para no asustarte. —Ladeó la cabeza y un mechón de pelo rubio le cayó por la mejilla, haciéndome pensar en el niño con el que había jugado. Aunque su rostro había perdido la redondez de la infancia y sus facciones angulosas me recordaban a los retratos de Feuerbach, el pintor favorito de mi padre—. Me parece que no lo he conseguido.

—La intención es lo que cuenta. —Suspiré y, a mi pesar, le sonreí—. ¿No has salido con tus padres?

—No podría llegar muy lejos. —Wolfram se encogió de hombros—. Y me niego a subirme en una de esas cosas con ruedas.

—Entiendo. —Dudé y, por fin, me hice a un lado—. ¿Quieres pasar?

Mi propia audacia me sorprendió, pero Wolfram no parecía incómodo. Al contrario.

—¿Proposiciones deshonestas en su primera semana de trabajo, señorita Weigel? —El joven se puso una mano en el pecho y me miró con fingido estupor—. Nunca había oído nada tan…

—Deja de hacer el ganso —protesté.

—… prometedor —concluyó él.

No pude reprimir una risa nerviosa, una que se marchitó cuando recordé las insinuaciones que me había hecho Kristin el primer día. No había vuelto a mencionar a Wolfram desde entonces, pero sus palabras emponzoñadas aún parecían flotar sobre nuestras cabezas.

Sin embargo, el joven parecía relajado. Renqueó hasta el bancal que había junto a la ventana, tomó asiento y echó la cabeza hacia atrás hasta apoyarla en el cristal. Ese día iba vestido con un jersey de punto verde oscuro y unos pantalones marrones, y llevaba el pelo recogido en una coleta rubia que le caía por el hombro. Me pareció que las ojeras que había bajo sus ojos eran más profundas de lo habitual.

—¿No vas a preguntármelo? —me soltó a bocajarro.

—¿Preguntarte qué?

Yo no sabía si cerrar la puerta o no, por lo que decidí dejarla entornada y, de paso, ganar algo de tiempo para no tener que decidir si me sentaba a su lado, lo cual parecía inapropiado, o en la cama, lo cual parecía aún más inapropiado.

—Qué me pasa.

Finalmente, me volví hacia él y descubrí que me estaba observando. Me senté en una esquina de la cama, en una postura que era cualquier cosa menos incitadora, y me alisé la falda del vestido con las manos.

—¿Es que quieres contármelo? —dije sin mirarlo directamente.

—No. —Él fue rotundo—. Pero sé que la gente se muere de curiosidad. Y tú me conociste hace cinco años, cuando aún podía… Cuando todo iba bien. —Hizo un gesto con la mano que podía significar cualquier cosa—. Sería lógico que te hicieses preguntas.

Había amargura en sus palabras, aunque intentaba disimularlo. A mí no logró engañarme.

—Si no quieres contármelo, no lo hagas —dije sosteniendo su mirada—. Solo espero que no sea grave.

—Yo también lo espero. —Él sonrió. Cuando lo hacía, se le formaban hoyuelos en las mejillas—. Eres considerada, Ann. O eso o no te intereso lo más mínimo, pero voy a pensar que es lo primero. Ya sabes, por los viejos tiempos.

No llevaba ni una semana en aquella casa y ya me había

dado cuenta de que la irreverencia de Wolfram exasperaba a la mayor parte de su familia. Yo había tenido alumnos como él: casi todos estaban intentando esconder algo, algo que solía ser triste o vergonzoso. La sonrisa de aquel joven embellecía sus labios, pero no le llegaba a los ojos.

—Me miras tan fijamente que temo que vayas a castigarme —dijo al cabo de un momento—. ¿Eras una maestra muy severa?

—No demasiado. —No pude reprimir una sonrisa—. Algunos niños me volvían loca, pero otros… Otros me daban la vida. —Me miré las manos sin verlas realmente—. El pequeño Noah, por ejemplo, o Anna…

Dejé de hablar y vi que Wolfram me contemplaba en silencio.

—¿Por qué lo preguntas? —Quise saber.

—Porque me sorprende que hayas elegido esta casa.

—¿A qué te refieres?

—¿Vamos a fingir a estas alturas que te gustan los nazis? Oh, está bien. Tengo un par de cruces de hierro en mi habitación, ¿quieres que te condecore con una?

—Wolfram… —Suspiré.

—Por cómo hablas de tus antiguos alumnos, se nota que eras feliz en la escuela. —Él me miró con calma—. ¿Puedo saber qué ocurrió para que la dejaras? Si no quieres hablar de ello, tampoco lo hagas —añadió rápidamente—. Hay tantos secretos en esta casa que no creo que uno más haga daño, pero tengo la sensación de que, en el fondo, necesitas desahogarte. Y perdóname si me equivoco.

Me sorprendió esa última frase, en parte porque ni el adolescente que recordaba ni el joven que había conocido aquellos días me parecía alguien que se disculpara por su falta de tacto demasiado a menudo. No sé si fue su deferencia o el hecho de que hubiese querido quitar aquel retrato de Hitler del salón de sus padres, pero me sorprendí a mí misma hablándole con sinceridad:

—Hice algo que no hubiese gustado a las SS.

—¿Qué tienen que ver las SS con la escuela?

—Eso mismo me pregunto yo. —Resoplé, y hacerlo casi al mismo tiempo que él me reconfortó un poco—. La cuestión es que el director no me denunció, pero decidió echarme.

—En los tiempos que corren, Ann, supongo que deberías alegrarte de que no te denunciara. —Wolfram arrugó el entrecejo—. Aunque me imagino que lo que hiciste fue lo que cualquiera con dos dedos de frente hubiese hecho.

—Tienes una buena opinión de mí.

—Tengo una mala opinión de las SS. —A pesar de todo, ese comentario me hizo sonreír—. Ya habrás podido comprobar que me he convertido en la oveja negra de esta familia…

—No creo que sea para tanto.

Empezaba a estar incómoda en la cama, pero la sola idea de sentarme junto a Wolfram me aceleraba el pulso por alguna estúpida razón, a pesar de todas las veces que Berthold, él y yo nos habíamos apretujado juntos en la despensa mientras jugábamos al escondite. Por eso me quedé donde estaba.

—Lo es. —Wolfram entornó los ojos—. ¿Sabes, Ann? Recuerdo perfectamente aquella mañana en la ópera. Lo que el tío Dieter le dijo a papá… Tenía toda la razón. Aunque yo aún no lo sabía entonces.

Se me secó la garganta al escuchar aquello, en parte porque me inquietaba que hubiese sacado el tema y en parte porque me sentía conmovida al pensar que, para Wolfram, mi padre seguía siendo «el tío Dieter». Conmovida y culpable.

—Es cosa del pasado —dije por cortesía.

Wolfram, que estaba mirando por la ventana, volvió a contemplarme durante unos segundos.

—No, no lo es —dijo finalmente—. Es cosa del presente y, por desgracia para todos, del futuro. A menos que decidamos cambiarlo. —El joven se puso en pie con cierta dificultad—. No es que no quiera seguir hablando contigo, Ann, pero Berthold está a punto de entrar en casa y no tengo ganas de darle explicaciones. Está tan acostumbrado a ver traidores por todas partes que cualquier día creerá que hay uno viviendo bajo su mismo techo.

Sus palabras me dejaron fría incluso después de que cerrara la puerta. La actitud de Berthold cuando estaba conmigo me había parecido absurda al principio, pero ahora comenzaba a inquietarme. Por un lado, Kristin me había dado a entender que sus padres se opondrían a cualquier intento de coqueteo por parte de los dos; por otro lado, mi madre me había sugerido que le diese una oportunidad, y mi madre tenía más sentido común que Kristin, que hablaba movida por un despecho que yo no acababa de entender.

Lo que había dicho Wolfram me hacía pensar que quizá Berthold no me consideraba simplemente una vieja amiga. Yo no era estúpida: tenía claro que no era una belleza alemana de cabellos dorados y pechos abundantes, pero tampoco era tan desagradable como para que un joven no se fijara en mí.

No me preocupaban tanto las hipotéticas intenciones de Berthold como los problemas que podían causarnos a los dos: a él, por llevarse una decepción; a mí, porque sabía lo peligrosos que eran los hombres con el orgullo herido. Olivia no dejaba de recordármelo.

Tal vez tuviese que hablar con Olivia de todo aquello.

Incluso a través de la puerta cerrada, oí cómo Berthold irrumpía en la casa dando zancadas y saludaba a voz en grito. Fingí no enterarme y me dediqué a releer el libro de Montessori hasta que la señorita Klausen me trajo la cena. Ni siquiera el domingo dejaba de ocuparse de alimentarnos a los Hoffmann y a mí.

—Buenas noches, señorita Weigel —se despidió de mí con tono ampuloso.

¿Me miraba de un modo distinto o eran imaginaciones mías? Mientras mis ojos se deslizaban por las páginas del libro sin llegar a leer lo que estaba escrito en ellas, mis sentidos estaban atentos a los sonidos que provenían del dormitorio contiguo, el de Wolfram. Cuando las luces de la casa fueron apagándose, comprendí que aquella noche no tocaría el piano.

Desanimada sin motivo aparente, cerré el libro y entonces me di cuenta de qué era lo que me turbaba: su olor seguía en mi habitación. No era el olor de la colonia del señor Hoffmann, ni tampoco el de la espuma de afeitar de Berthold, sino uno dulzón que no sabía identificar.

Abrí la ventana para ventilar el cuarto. Sabía que no podría dormir si no lo hacía.

—No tienes edad para estas tonterías, Ann —dije en voz alta, como queriendo convencerme a mí misma.

Pero no sirvió de gran cosa.

6

Diario de Ann

—¿Y yo qué? —protestó Kristin—. ¿Es que a mí no me vas a mandar nada?

La niña me miraba con los labios fruncidos. Mientras, Louise ya estaba sacando su cuaderno para escribir una redacción de cien palabras sobre el invierno. Mordisqueó la punta del lápiz, una fea costumbre que yo trataba de quitarle tocándome los labios con el dedo índice en señal de advertencia, y se puso manos a la obra. Tenía una letra grande y redondeada, no demasiado bonita, pero sí fácil de leer.

Sonreí al ver cómo Louise empezaba a contar las palabras que llevaba escritas con los dedos de la mano izquierda. Solo entonces me digné a contemplar a Kristin, aunque lo hice con amabilidad.

—Como nunca te apetece hacer lo que te digo, he pensado que lo mejor que puedo hacer es dejarte en paz —dije sin alzar la voz—. ¿No te alegras, Kristin?

—Mis padres te pagan para que me enseñes, no para que me ignores —protestó la niña.

—Yo te enseño, pero tú no quieres aprender. —Me encogí de hombros y volví a concentrarme en su hermana, que ya había escrito una docena de palabras—. Buen trabajo, Louise.

Kristin se sumió en un ofendido silencio, pero no hizo ademán de sacar su cuaderno. Yo ya contaba con ello. Louise tardó alrededor de veinte minutos en terminar su redacción, un tiempo récord para ella, y se ruborizó de placer cuando yo la leí en voz alta y solo le saqué siete fallos. Kristin fingía no escucharnos, pero yo captaba las miradas furtivas que me dirigía.

—Se acabó por hoy —dije guardando la redacción de Louise—. Podéis iros a jugar.

—¿Quieres que juguemos a las linternas, Kristin? —Ajena al resentimiento de su hermana, Louise le tiró de la manga. Pero Kristin se desembarazó de ella y, sin pronunciar palabra, salió del cuarto de los juegos, que ahora hacía las veces de aula por las mañanas.

Yo estuve a punto de hacer lo mismo, pero Louise parecía tan abatida que cambié de idea y me quedé a su lado. Durante las lecciones, a petición mía, no permanecía tumbada en la cama, sino sentada en la silla de ruedas, que le permitía mayor libertad de movimientos.

—No te lo tomes muy a pecho, querida —le dije con suavidad—. Kristin está en una edad difícil.

—¿Por qué? —Louise me dirigió una mirada apenada a través de sus gafas.

—Porque ya no es una niña, pero tampoco es una mujer aún. —Le sonreí para darle ánimos—. Se le pasará.

—¿A usted también se le pasó, señorita Weigel?

—Como a todo el mundo. —Evité decirle que yo no había sido tan insoportable como Kristin; al fin y al cabo, ella era su hermana mayor.

Para animarla un poco, le coloqué a Brigitte en el regazo. Louise la abrazó y yo salí al corredor, pero me arrepentí enseguida: en el salón había varios hombres reunidos y sus risotadas resonaban por toda la casa. Solo los había visto de soslayo, pero llevaban uniformes parecidos a los de Berthold, lo cual ya era suficiente para ahuyentarme. Afortunadamente, no tenía que pasar por el salón para llegar a mi cuarto, aunque sí para acceder a la puerta de la casa. Si quería salir a pasear, tendría que hacerlo cuando aquellos ruidosos invitados se hubiesen marchado.

Mi corazón latía de un modo desagradable cuando me refugié en mi habitación y, siguiendo un impulso, eché la llave. Me sentía vigilada sin razón aparente. Me miré en el espejo y comprobé que me había puesto pálida; llevaba un vestido gris, el más sencillo que tenía, que había escogido a propósito al saber que los Hoffmann recibirían a varios miembros del Partido Nazi aquella tarde.

Les tenía miedo. Aunque no me hubiesen hecho nada.

Aún. Porque las palabras de Günther se repetían una y otra vez dentro de mi cabeza: «Nadie estará a salvo, Ann, ni siquiera los que ahora se creen intocables».

Entonces, como si alguien hubiese respondido a mis plegarias, el piano comenzó a sonar. Pude reconocer el *Arabesque* de Debussy a través de la pared y, por una vez, no me molestó que no tuviese ritmo. Necesitaba aquella música más de lo que creía.

Apoyé la frente en la puerta cerrada y disfruté de ella hasta que se desvaneció. Luego, casi una hora más tarde, oí cómo los hombres abandonaban el salón sin dejar de armar jaleo, y entonces la canción se detuvo abruptamente. Vigilé a los invitados de los Hoffmann desde la ventana, y solo cuando el último de ellos se hubo perdido de vista en la Schlossplatz me atreví a prepararme para salir.

Eldorado no era el cabaret más famoso de Berlín: el Wintergarten, el Residenz o el Kit Kat gozaban de gran popularidad. Pero en Eldorado se reunían toda clase de artistas de variedades, desinhibidos de cara al público y a veces trágicos en la intimidad, entre los que se encontraba una de mis mejores amigas.

Era temprano, por lo que apenas había gente en la entrada principal. Aunque mis visitas al cabaret eran cada vez más frecuentes, me sentí un poco rara cuando me abrí paso entre los hombres ataviados con fracs y las mujeres enjoyadas para acceder a la puerta trasera, la correspondiente a los artistas. Allí encontré a una joven fumando, a una pareja de muchachas besándose en los labios y a un hombre semidesnudo consultando su reloj de pulsera. Todos me sonaban de vista. Los saludé discretamente y, como siempre, pregunté por Olivia.

En realidad, nadie la llamaba Olivia, sino Rubí, un nombre mucho más apropiado. Cuando entré en su camerino, me recibió el olor dulzón del sudor y las magnolias; encontré a mi amiga prácticamente desnuda en su sillón de terciopelo rojo, con el pelo revuelto, los pechos al aire y el batín de seda enrollado alrededor de la cintura, y comprendí lo que había estado haciendo justo antes de que le anunciaran mi llegada.

—Espero no haber interrumpido nada interesante, querida —dije acercándome a darle un beso en la mejilla. Ella se giró para recibirlo en los labios y me dio una palmadita en la cara.

—Estaba con Doreen. Tiene la boca agradable, pero solo cuando la usa para besar. Su parloteo me da dolor de cabeza. —Se puso en pie y arqueó sus cejas pintadas—. ¿Té?

—Sí, por favor.

Mi amiga se anudó el batín, cosa que le agradecí mentalmente: mis únicas experiencias amorosas habían sido con Günther, pero los cuerpos desnudos de las bailarinas no me resultaban indiferentes. Olivia, en concreto, poseía unos pechos perfectos, blancos y suaves, y perderlos de vista me ayudaba a pensar con claridad.

—Mi cara sigue aquí arriba, cariño —dijo ella sin mirarme siquiera. Yo me sonrojé a mi pesar—. ¿Lo quieres sin azúcar, como siempre?

—Sí, por favor.

Olivia me ofreció una taza con los bordes dorados y luego se sirvió tres cucharadas de azúcar ella misma. Los dulces eran su debilidad, y lamenté no haberle comprado algunos antes de visitarla. Sin mirarme todavía, se sentó de nuevo en el sillón, me señaló un montón de cojines que había a sus pies y se puso a darle vueltas al té.

—¿Cómo te va, encanto? —dijo pestañeando de un modo cautivador. Mientras sostenía su taza con una mano, usó la otra para peinarse la melena cortada al estilo *bob*—. ¿Ya has empezado a trabajar para esos Hoffmann?

—Hace una semana. —Removí el contenido de mi taza distraídamente—. ¿Se sabe algo de Hans?

El rostro vivaz de Olivia se ensombreció cuando sacudió la cabeza en señal de negación.

—Un chico como él no puede haberse esfumado sin más. —Suspiré—. Llama la atención.

—Eso es exactamente lo que me preocupa. —Mi amiga arrugó la frente—. Un chico albino ya atrae todas las miradas, pero, si encima baila desnudo en un cabaret... Es fácil reconocerlo, y todavía más fácil saber qué clase de compañías frecuenta.

—No es el único en Berlín...

—Tampoco es el único que ha desaparecido. —Olivia bebió un sorbo de té con aire pensativo—. No dejo de recordarle a Gustav que debe ser más discreto.

—¿Vendrá hoy? —pregunté esperanzada. Gustav no trabajaba en el cabaret, era un simple estudiante, pero sus visitas eran un soplo de aire fresco.

—Tal vez. —Olivia extendió la pierna desnuda para recolocar la alfombra del camerino con la punta del pie. Le encantaba aquella alfombra, según decía, porque se la había regalado una admiradora especialmente querida para ella—. Pero no has venido a hablar de él, ¿verdad?

—No. —No tenía sentido andarme con rodeos—. Hay algo que me tiene preocupada y he pensado que tú podrías ayudarme.

—Ann, cielo, te ayudaría a seducir a un barón y a esconder su cadáver, no necesariamente en este orden, pero dime que no te has fijado en el hijo de los Hoffmann. —Olivia se mesó las sienes teatralmente—. Pegarle un tiro a un nazi me complicaría bastante la vida.

—No hace falta que saques la pistola —dije armándome de paciencia—. Y, si te refieres a Berthold, no tengo el menor interés en él...

—¿Entonces? ¿Es el otro hermano? —Contuve el aliento, pero Olivia siguió hablando—: ¿El ama de llaves, tal vez? No me digas que es el ama de llaves, Ann: si te acuestas con una mujer que no sea yo, me pondré celosa.

—La señorita Klausen no es mi tipo. —Sacudí la cabeza. Tenía calor ahí dentro, y me sentía completamente fuera de lugar con mi recatado vestido y mis dudas existenciales. Pero Olivia nunca me juzgaba, y sabía que tampoco iba a hacerlo ahora—. Si tuviese que elegir, me quedaría con Wolfram, pero no es eso lo que...

—Wolfram. —Olivia me interrumpió sin miramientos—. Umm, déjame pensar... ¿Ese no está en el Partido Nazi?

—No lo sé. Si lo está, no va haciendo gala de ello. —Me pasé una mano por el cuello—. Sin embargo, lo que quería contarte...

—¿Cómo es? —Mi amiga volvió a interrumpirme mientras se arrellanaba en su asiento—. Para que le hayas echado el ojo, tiene que tener algo.

—Que yo sepa, tiene la lengua afilada y le gusta tocar el piano, aunque no conoce el ritmo. —Resoplé ligeramente.

—Buena lengua y buenas manos, me gusta.

—¡Olivia! —Después de haber trabajado con adolescentes, era difícil escandalizarme, pero mi amiga siempre se las arreglaba para conseguirlo.

Me dirigió una sonrisa pícara.

—¿Estás bien provista de las píldoras mágicas de nuestra querida doctora Stopes?

—Acostarme con Wolfram no entra en mis planes.

—¿Entonces? ¿No estarás hablando de algo más profundo, querida? —Olivia suspiró ostentosamente—. ¿Cuántas veces tengo que decírtelo? Disfruta de lo bueno que la vida te da y lee menos novelas semanales. —Se inclinó hacia mí para colocarme un mechón de pelo detrás de la oreja—. Pero no te acuestes con ningún nazi, por lo que más quieras.

—Si me hubieses dejado hablar, sabrías que ese es el problema. —Me armé de paciencia—. Sospecho que Berthold podría estar interesado en mí, y me gustaría desanimarlo lo antes posible.

—¿No te vale con una patada en la entrepierna?

—Estaba pensando en algo más sutil. —Suspiré, pero unos golpes en la puerta ahogaron el final de la frase.

Olivia me hizo un gesto para que guardara silencio.

—¿Quién es? —Tanteó.

—Tu príncipe azul —canturreó una voz al otro lado.

—Pequeño idiota. —Olivia puso los ojos en blanco—. Pasa.

La puerta se abrió y Gustav entró en el camerino riendo. Siempre reía, incluso cuando las cosas no le iban bien. Fuera del cabaret, era la clase de hijo del que toda madre alemana se hubiese sentido orgullosa: fuerte, bien parecido, de sonrisa confiada y modales excelentes. Pero tenía un secreto, uno que solo compartía en lugares como Eldorado.

—*Milady*. —El chico se quitó la gorra y me dedicó una graciosa reverencia—. ¡Hacía tiempo que no te veía por aquí!

—¿Qué haces fuera de la escuela? —Olivia le dirigió una mirada recelosa.

—Vivir la vida, con tu permiso.

—Mi permiso lo tienes, pero un día tus padres te van a matar. —Mi amiga puso la mejilla para que Gustav le diera un beso—. Espera un momento, ¿qué tienes ahí?

Olivia hizo ademán de retirarle el cuello de la camisa, pero el chico se escabulló sonriendo.

—¡Es un secreto!

—¿Quién te ha comido el cuello? ¿Tienes un amante y no me lo habías contado?

—Tú tampoco me cuentas esas cosas a mí —intervine reprimiendo una sonrisa.

—No es lo mismo, yo tengo muchos amantes. —Mi amiga se cruzó de brazos y volvió a encararse con el muchacho—. Dime, por todos los demonios del infierno, que no se trata del dichoso hijo de los Müller.

La risa tonta que le entró a Gustav fue la confirmación que Olivia necesitaba.

—¡Gustav! —gimió teatralmente—. ¿Es que quieres matarme de un disgusto? Tráeme mis sales, encanto, las voy a necesitar —dijo dirigiéndose a mí.

—Anders no es como sus padres.

—Afortunadamente. —Olivia sacudió la cabeza—. Pero, si ellos se enteran de lo vuestro, lo encerrarán. Y a ti te harán algo peor.

—Lleva un año viniendo al cabaret y aún no lo han descubierto. —Gustav había dejado de sonreír, pero parecía tranquilo. En cambio, a mí aquello me inquietaba.

—Claro que lo han descubierto, estúpido. Pero pensarán

que viene por las mujeres, no a verte a ti. —Mi amiga se había puesto seria—. Son tiempos difíciles y no quiero que te busques más problemas de los que ya vas a tener.

—¿Podemos dejar de hablar de mí? —Sin perder el buen humor, Gustav me miró—. Estás muy callada, Ann.

—Estaba escuchando lo que decíais.

Bebí un poco de té para ganar algo de tiempo, pero descubrí que se había quedado frío.

—Tienes mala cara, amiga. —Gustav se sentó a mi lado y me puso una mano en el hombro—. ¿Puedo ayudar?

—Te lo agradezco, querido, pero no es nada.

—¿Que no es nada? Hay un nazi persiguiéndola con sucias intenciones…

—No tienen por qué ser sucias, Olivia —dije con firmeza—. Berthold no parece esa clase de hombre.

—Esa clase de hombres no suelen parecer esa clase de hombres —insistió mi amiga—. ¿Quieres desanimarlo? Déjale claro que no te interesa. ¿No decías que te gustaba ese Wolfram?

—No he dicho eso en ningún momento. —Creo que me puse tensa, porque los dos se volvieron hacia mí al instante.

—¿Eso es un sí? —Olivia me miró con aire pensativo—. Bien, supongo que no pierdes nada por tener algo con él. Pero ni se te ocurra entregarle tu corazón a un Hoffmann, ¿me oyes?

—Si alguna vez pensamos en entregar nuestro corazón, Olivia, no dudes que no lo haremos sin consultarlo contigo antes —intervino Gustav jovialmente.

Volvieron a llamar a la puerta. Esta vez abrieron sin esperar invitación.

—Rubí. —Doreen asomó su cabeza llena de tirabuzones castaños y nos miró a los tres con los ojos muy abiertos—. Tienes visita.

—¿Debo llevarme el batín de seda roja? —suspiró mi amiga. Doreen dijo que sí con la cabeza—. Disculpadme, queridos.

—No importa, yo ya me iba. —Me puse en pie—. Debo estar en casa a la hora de la cena.

—Vuelve pronto. —Olivia, que ya se estaba cambiando de batín con deliberada lentitud, me acarició brevemente el rostro antes de dirigirse hacia la puerta. Luego miró a Gustav una última vez—. Ya sabes dónde encontrarme si te metes en líos.

—No lo haré, pero gracias. —El chico le sonrió y después me miró con aire de disculpa—. Te acompañaría a casa, pero le prometí a Anders que lo esperaría un rato. Va a intentar escaparse esta noche para estar conmigo.

—Qué romántico.

—Es más pasional que romántico, la verdad, pero a mí me gusta. —Gustav se encogió de hombros—. ¿Nos veremos pronto, Ann?

—Ya sabes que no puedo vivir sin venir a Eldorado —bromeé.

—Entonces, hasta la próxima.

Gustav me dio un rápido abrazo y se fue a charlar con Doreen. Yo salí del cabaret por la misma puerta por la que había entrado y me despedí de los artistas con un cabeceo. Ya era casi de noche y, si no me apresuraba, llegaría a casa de los Hoffmann después de que la señorita Klausen me hubiera subido la bandeja con la cena. No me habían pedido que volviese a una hora en concreto, pero sabía que no verían con buenos ojos que me retrasara, por lo que apreté el paso.

Entonces me crucé con alguien que me resultaba vagamente familiar. Mientras esquivaba su bicicleta, logré identificarla: era la muchacha de las trenzas pelirrojas, la misma que se había detenido a escuchar el piano al pasar por la Schlossplatz. Llevaba un abrigo azul agujereado en varios lugares, y no la hubiese reconocido de no haber sido por el llamativo color de su pelo.

Sonreí, pero solo hasta que oí unas carcajadas masculinas al otro lado de la calle. Había tres jóvenes uniformados conversando, y me puse tensa al pensar que tenía que pasar por su lado. Siguiendo un impulso, crucé la calle para evitarlos, y entonces reconocí la voz de uno de ellos: era Berthold.

Mi corazón se aceleró. ¿Me habría visto salir del cabaret? Esperaba que no lo hubiese hecho. Protegida por la niebla y la gente que tenía alrededor, traté de camuflarme con la masa de abrigos de paño y sombreros calados, y lamenté no haberme traído el mío. Berthold no me llamó y supuse que no habría reparado en mi presencia, pero, por si acaso, me prometí tener más cuidado a partir de ese momento.

7

Diario de Ann

—Habría que llamar al doctor.

—¿Al doctor? Pero si la niña solo necesita descansar.

—O que la vea un doctor, no podemos saberlo con seguridad.

—¿Tú qué opinas, Ann? —La señora Hoffmann me miró retorciéndose las manos—. Habrás visto a muchos niños enfermos en la escuela…

—No soy ninguna experta —dije con cautela—, pero Louise tiene buen color. Quizá solo esté cansada.

—Ella dice que se encuentra mal. —El señor Hoffmann resopló y sus bigotes se agitaron—. Es mejor que el doctor Brack la vea lo antes posible.

—Dale unos días para recuperarse —insistió su mujer. Los dos llevaban varios minutos discutiendo en mi presencia, aunque no me habían prestado atención hasta ese momento—. Si no mejora pronto, ya pensaremos en llamar al doctor.

—¡Como tú digas, mujer! —El señor Hoffmann se rindió y se parapetó tras su ejemplar del *Völkischer Beobachter*, dando por finalizada la conversación. Su esposa me dirigió una mirada agradecida y me hizo una seña para que lo dejáramos solo en el salón.

—No me gusta abusar de los médicos —susurró cuando estuvimos solas en el pasillo. Yo aún seguía pensando en la cara que hubiesen puesto mis padres, Olivia o Gustav al ver ese asqueroso periódico desplegado y tardé una fracción de segundo en asimilar sus palabras—. Fritz tiene en alta estima al doctor Brack, pero yo creo que la mayor parte de las cosas se curan con un buen caldo y un poco de amor de madre.

Sonreí al oír aquello, aunque solo estaba de acuerdo en parte, para no desairar a mi jefa. Las dos subimos las escaleras y nos detuvimos frente a la habitación de las niñas: esa tarde, como decía sentirse indispuesta, no la habíamos bajado al cuarto de los juegos.

—Está dormida —dijo la señora Hoffmann nada más entornar la puerta—. Fritz y yo pensábamos salir dentro de un rato, ¿podrás echarle una ojeada? Sé que te dije que tendrías las tardes libres, pero…

—No hay problema, señora Hoffmann.

—Katja —corrigió ella con tono indulgente—. Podría pedirle lo mismo a la señorita Klausen, pero Louise preferirá que estés tú cuando se despierte. Te ha cogido mucho cariño.

—Es un cielo de niña.

—Kristin no tiene mal fondo. —La señora Hoffmann bajó la vista y, por un momento, me apiadé de ella—. Solo está en una edad difícil. Espero que las muchachas mayores de la Liga le sirvan de ejemplo…

No contesté. La señora Hoffmann se despidió de mí para ir a arreglarse y yo decidí acercarme al cuarto de los juegos para ordenar los libros de las niñas. No eran muchos, ya que los Hoffmann no concedían demasiada importancia a la lectura, pero yo trataba de organizarlos y aprovecharlos lo mejor posible. A Louise le gustaban los cuentos de hadas; a Kristin, las novelas de aventuras. A veces les leía en voz alta y, aunque Kristin siempre fingía no escucharme, creo que las dos disfrutaban.

El cuarto de los juegos no era pequeño, pero estaba tan abarrotado que apenas cabían los pequeños pupitres en los que las niñas se sentaban a recibir mis lecciones cuando hacía demasiado frío como para salir fuera. La alfombra estaba manchada de tinta y había dibujos a lápiz sobre el papel de las paredes, también sobre la jirafa decapitada. Ese día, cuando entré, vi que Brigitte estaba sentada en un tren en miniatura, y me agaché para devolverla a su lugar en la estantería. Luego recogí el tren y, por fin, me acerqué a examinar los libros.

Primero retiré un ajado ejemplar de *Robinson Crusoe*. Ese le gustaba a Kristin, pero aún no habíamos terminado de leerlo. Reordené los otros libros de aventuras, sin decidirme por ninguno, y descarté un par de cuentos infantiles antes de detenerme en un título que me llamó la atención: *La seta venenosa*.

Reprimí un jadeo asqueado al ver la portada: había cinco setas con feos rostros dibujados en ellas, y la más grande tenía una estrella de David en el centro. Supe lo que me iba a encontrar incluso antes de abrirlo por una página al azar y leer lo que ponía en ella: «Existen setas buenas y malas.

Existen personas buenas y malas. Las malas personas son los judíos...».

No pude contenerme: arranqué la página que tenía en la mano e hice una bola con ella hasta que casi desapareció.

Entonces oí una tos a mis espaldas y se me aceleró el corazón.

—¿Estás ocupada, Ann?

Me giré hacia la puerta y descubrí que Berthold estaba en el umbral. En cuanto le vi la cara, supe que no había presenciado mi arrebato, lo cual me alivió notablemente.

—No demasiado —dije tratando de aparentar normalidad—. ¿Necesitas algo?

Berthold me miró y se mordió el labio con nerviosismo. Aquel gesto me recordó a mis alumnos de la escuela cuando estaban a punto de enfrentarse a un examen oral.

—Solo me preguntaba… Bueno, sé que esta es tu tarde libre y pensaba que quizá… —Berthold parpadeó—. ¿Querrías venir conmigo a ver *Olympia*? Me la han recomendado.

Solo entonces me di cuenta de que se había arreglado más de lo normal, y olía al agua de colonia que usaba el señor Hoffmann. Estaba segura de que cualquier chica se hubiese girado al verlo pasar por delante.

Me sentí vagamente halagada por su interés. Y bastante incómoda. Aunque no lo suficiente como para recurrir a medidas tan drásticas como la patada en la entrepierna que me había sugerido Olivia en primer lugar.

—Gracias por la invitación, Berthold, pero le he dicho a tu madre que vigilaría a Louise.

—Seguro que no le importa que…

—Me gusta cumplir mi palabra —atajé al ver que parecía dispuesto a insistir—. Tal vez otro día.

—¿Por qué no puede quedarse la señorita Klausen? —Berthold intentó sonreír, pero la arruga de su entrecejo me hizo comprender que no estaba acostumbrado a que una mujer lo rechazara—. Vamos, Ann, eres demasiado responsable. Si te preocupa mi madre, yo mismo hablaré con ella...

—¿Interrumpo algo? —La voz de Wolfram me provocó un sobresalto tan obvio que me ardieron las mejillas. El joven estaba en el corredor, asomado al cuarto de los juegos, y contemplaba a su hermano con una ceja enarcada.

Berthold le dirigió una mirada nerviosa.

—No, nada…

Wolfram dejó de mirarlo para hablarme a mí:

—Louise se ha despertado y ha preguntado por ti.

—Iré a verla —suspiré agradecida—. Que te diviertas en el cine, Berthold.

Pasé entre los dos hermanos y me dirigí velozmente hacia el dormitorio de Louise. Solo cuando hube terminado de subir las escaleras me atreví a soltar el aire que había estado reteniendo en los pulmones; no tenía ningún problema en despachar a los hombres demasiado insistentes, pero Berthold y yo vivíamos bajo el mismo techo y prefería no ofenderlo.

Abrí la puerta del dormitorio de las niñas y descubrí que Louise estaba plácidamente dormida. Desconcertada, me volví hacia el corredor y vi que Wolfram se acercaba a mí lentamente. Berthold ya no estaba con él.

—Louise está dormida —le susurré entornando la puerta.

—Lo sé. —El joven tensó la comisura del labio—. Pero el mentecato de mi hermano no sabe aceptar una negativa elegante.

—¿Lo has escuchado todo? —pregunté sin poder contenerme.

—He escuchado suficiente. —Se encogió de hombros—. En cualquier caso, estoy seguro de que Louise te llamará en cuanto se despierte…

—¿Señorita Weigel? —Como si Wolfram la hubiese invocado, hizo oír su vocecilla desde la habitación. Tras intercambiar una rápida mirada con su hermano, me giré para abrir la puerta.

Louise estaba sentada en la cama, bostezando como un gatito, con las mejillas sonrosadas por el sueño. No parecía enferma. Según decía, no veía bien sin esas gafas enormes, pero me sonrió al verme de todas maneras.

—¿Cómo te encuentras, querida? —dije sentándome al borde de la cama.

—¡Bien!... Bueno, más o menos. —Ella sonrió con aire azorado—. No se preocupe por mí, señorita.

—Claro que me preocupo. —Le tomé la temperatura—. No creo que tengas calentura.

—¿Va a quedarse conmigo esta tarde? —Me miró esperanzada.

—Por supuesto. Podemos jugar a algo —sugerí.

Louise abrió la boca para responder, pero entonces miró por encima de mi cabeza y su rostro se iluminó.

—¿Jugamos a las linternas, Wolfram? —propuso—. ¡Será divertido!

—Tu hermano estará ocupado —dije yo al punto, pero

Wolfram se situó al otro lado de la cama y sacudió la cabeza.

—Otro día jugaremos a las linternas.

—¡Vaya! —Louise hizo un puchero.

—¿Cómo se juega? —quise saber.

—Se lo explicaremos cuando juguemos —dijo Wolfram antes de que Louise pudiese decirme nada. Luego se volvió hacia su hermana—. ¿Qué tal un juego de mesa?

—¿El *Juden Raus*? —propuso Louise. Wolfram debió de intuir mi desagrado, porque reaccionó velozmente:

—¿Y si la señorita Weigel nos lee algo?

—¿Nos? —dije sin poder contenerme.

—Si no estoy invitado, hágamelo saber —respondió él con media sonrisa—. No quisiera imponer mi presencia.

—¡Déjele quedarse, señorita Weigel! —suplicó Louise.

—Está bien, hoy me siento generosa. —Le dediqué a la niña un guiño amistoso—. Voy a buscar algún libro al cuarto de los juegos.

—La esperamos —se despidió Wolfram.

Dejé a los dos hermanos en el dormitorio y me apresuré a bajar las escaleras. Solo entonces me di cuenta de que aún llevaba aquella página arrancada en el bolsillo. Súbitamente inspirada, volví a coger *La seta venenosa*, lo escondí bajo la falda de mi vestido y decidí que ese libro iba a desaparecer mágicamente de aquella casa.

No iba a engañarme: sabía que no podría impedir que adoctrinaran a esas niñas. Pero, si podía deshacerme de aquel espantoso panfleto, no dudaría en hacerlo. A cambio, me prometí, les compraría un buen libro a las pequeñas

Hoffmann. Tenía que haber alguno entre los que habían escapado a la censura de la Cámara de Cultura.

Mientras buscaba algún libro decente para Louise, encontré el famoso *Juden Raus*. Si me hubiese cabido bajo las faldas, también me lo hubiese llevado: el juego consistía básicamente en expulsar a las piezas que representaban a los judíos del tablero.

Sacudí la cabeza y me puse a examinar los libros, pero ninguno me convenció demasiado.

Entonces tuve una idea.

Regresé al dormitorio con las manos vacías. Louise estaba sentada en la cama, mirando a Wolfram con una sonrisa adormilada, y él había acercado una silla para acomodarse en ella. Cuando me vieron llegar, los dos me contemplaron con la misma expectación.

—En vez de leerte, Louise, he decidido contarte uno de los cuentos que más les gustaban a mis alumnos de la escuela —dije con tono animado—. A ver si te gusta.

—Seguro que sí, señorita Weigel —contestó ella mientras yo cogía otra silla.

Me instalé a un lado de la cama, justo enfrente de Wolfram, y traté de no fijarme en la postura relajada de su cuerpo ni en la elegante palidez de sus manos. Me resultaba difícil no imaginármelas acariciando el piano.

Me concentré en la sonrisa expectante de Louise para no distraerme.

—Érase una vez un gato que vivía en una próspera granja llena de animales —comencé—. Mientras todos los demás trabajaban duro para que la granja saliera adelante, el gato se pasaba el día holgazaneando. Siempre decía que los gatos eran mejores que los demás animales y, aunque los despreciaba a todos en general, había uno que le resultaba especialmente irritante...

Desvié la mirada un momento y vi que Wolfram me contemplaba con una intensidad que me dejó turbada. «Solo te está escuchando, Ann», me recordé, y proseguí:

—Ese animal era el perro de los granjeros, una simpática criatura que siempre estaba de buen humor. Cada vez que ladraba para saludar a sus amos o correteaba meneando el rabo, el gato le dirigía una mirada desdeñosa y pensaba que no era justo que tuviese que vivir en la misma granja que un animal tan estúpido como él. «Si consiguiera echarlo», pensaba todos los días, «no tendría que compartir nada con él».

—Qué gato más egoísta —comentó Wolfram inesperadamente. Yo evité sus ojos a propósito.

—Poco a poco, el gato fue convenciendo al resto de los animales de la granja de que el perro era una molestia. Se inventaba anécdotas en las que siempre tenía un comportamiento ridículo o molesto, y los otros animales dieron crédito a sus mentiras. Con el tiempo, todos fueron dejando de jugar con el perro: la vaca, el cerdo, las gallinas… Nadie quería juntarse con ese animal tan bobalicón. Así que el perro tuvo que irse de la granja.

—¡Qué injusto! —protestó Louise—. ¡El pobre perro no había hecho nada malo!

—Primero el gato se alegró. Pensó que, después de todo, se había librado de ese animal que tanto le molestaba. Pero enseguida se dio cuenta de que seguía viéndose obligado a compartir la granja con otras criaturas inútiles: el cerdo, por ejemplo, le parecía un tipo maloliente y ruidoso. Así que también decidió volver a los demás en contra de él.

—¿Y qué hizo el cerdo? —preguntó la niña. Wolfram me observaba en silencio.

—Al cerdo le había parecido muy bien que echaran al perro de la granja, pero, cuando le tocó el turno a él, no le hizo tanta gracia. Aun así, como el gato había logrado manipular al resto, también tuvo que marcharse. Y después lo hicieron también la vaca, las gallinas… Incluso el viejo caballo fue víctima de los perversos rumores que difundía el gato. Uno tras otro, los animales de la granja desaparecieron.

—Pero ¿cómo va a haber una granja sin animales? —saltó Louise.

Yo estaba esperando ese momento.

—Ah, es una excelente pregunta. —Sonreí con pesar—. Como todos los animales se habían marchado, la granja dejó de ser próspera. Los gatos, como bien sabes, no dan leche como las vacas, ni huevos como las gallinas, ni hacen compañía como los perros. Así que, finalmente, los granjeros decidieron que se desharían de él, puesto que no les servía para nada.

—¿Los granjeros pensaban que el fin de un animal es servir para algo? —intervino Wolfram por primera vez.

La mirada que cruzamos duró un breve instante y, sin embargo, me calentó el pecho. Porque intuía que el joven había adivinado mis intenciones y me estaba siguiendo la corriente.

—Al principio no lo pensaban, ellos simplemente querían a sus animales. —Me encogí de hombros—. Pero, como el gato solo hablaba de lo inútiles que eran los demás, acabaron decidiendo que él también lo era.

Louise me miraba boquiabierta. Se había quedado adormilada otra vez mientras escuchaba el cuento, pero parecía impactada por el desenlace.

—El gato era malo. —Bostezó finalmente. Luego se frotó los ojos con sus manos regordetas.

—¿Por qué no duermes un poco más? —sugirió Wolfram entonces.

—Pero si no tengo sueño…

Louise bostezó de nuevo y Wolfram se puso en pie. Yo lo imité y, tras despedirme de la pequeña, devolví las sillas a sus respectivos lugares y regresé al corredor. Había anochecido mientras contaba aquel cuento improvisado, pero no encendí las luces todavía.

Wolfram se volvió hacia mí. Apenas podía distinguir su rostro en la penumbra y, sin embargo, supe que estaba sonriendo.

—Muy sutil, señorita Weigel —dijo con tono jocoso.

Me mordí el labio inferior, pero él rio suavemente y se dirigió hacia las escaleras.

—Creo que nos hemos quedado solos en casa —comentó mientras se aferraba a la barandilla—. ¿Vienes?

—¿A dónde?

—A por café y bollos.

—¿Café? Pero si tus padres no beben…

—Tengo mis recursos. —Bajó el primer escalón con lentitud—. Si no te gusta el café, puedo ofrecerte té y… —fingió meditar— té.

—El café estará bien. —Sonreí—. Vamos.

Nos dirigimos hacia la cocina. Los retratos que colgaban de las paredes parecían observarnos; varias generaciones de la familia Hoffmann pasaban por delante de mis ojos y, por una vez, la señorita Klausen no me impedía curiosear a mi antojo.

—Esa de ahí es mi abuela —dijo Wolfram al ver que me detenía a contemplar el retrato de una mujer de pómulos altos y ojos claros—. La madre de mi madre. Era espartaquista y admiradora de Rosa Luxemburgo, imagínate el disgusto que se llevaría si nos viese ahora…

Pretendía hablar con ligereza, pero había una nota de amargura en sus palabras.

—¿Llegaste a conocerla? —pregunté suavemente.

—Cuando era un bebé. No la recuerdo, la verdad.

Wolfram desvió la mirada y siguió caminando lentamente. Cada paso parecía costarle un esfuerzo notable, pero no quise sugerirle que descansara: no me parecía la clase de joven que se haría daño solo para hacerse el fuerte.

Encendió la luz de la cocina y entró en primer lugar.

—¿Quieres sentarte?

—Prefiero ayudar.

—Entonces, dame conversación. —Señaló una de las sillas de madera con la cabeza. Reprimiendo una sonrisa, me dejé caer en ella y me entretuve observando la estancia: era cálida y acogedora, parecida a la propia señora Hoffmann. Además, allí solo había cacharros de cocina y delantales bordados, nada de simbología nazi.

—¿Qué quieres que te cuente?

—¿Sigue gustándote tanto la música? —Wolfram tenía casi medio cuerpo metido en la alacena, de donde sacó dos tazas decoradas con motivos florales.

—Todavía lo recuerdas.

—Tengo buena memoria, pero solo cuando me interesa. —Puso una de las tazas delante de mí. El agua ya estaba calentándose—. Cantabas bien.

—Gracias. Y, respondiendo a tu pregunta, me sigue gustando. —Contemplé la taza vacía durante unos segundos—. ¿Qué hay de ti? Ya sé que has aprendido a tocar el piano.

—Me ayuda a distraerme.

—A mí me distraen los libros.

—¿Aún? —El chico me miró fugazmente—. ¿A pesar de Goebbels?

No supe qué contestar. Wolfram resopló ligeramente.

—Ven.

—¿A dónde?

—Mientras el agua termina de calentarse, te enseñaré mi biblioteca.

Me quedé mirándolo durante unos segundos. No sonreía, pero se le marcaban los hoyuelos como si estuviese haciéndolo secretamente. Había algo intrigante en el brillo de sus ojos, algo que me hizo decidirme a ir tras él.

Otra vez subimos las escaleras en silencio, con todos aquellos pares de ojos vigilando nuestros movimientos, hasta llegar al dormitorio de Wolfram. Sentí un extraño nerviosismo al cruzar ese umbral, pero no pude resistir la tentación de hacerlo; y, una vez dentro, fue como caminar en sueños.

Aquel cuarto no tenía nada de especial, nada excepto el piano que descansaba en un rincón, al lado de la ventana que daba a la calle. Que, por cierto, estaba cerrada. La madera estaba desgastada por el tiempo, pero el instrumento seguía pareciendo de una calidad excelente.

—Fue un regalo de mis padres —me explicó Wolfram al ver que lo miraba con tanto interés. Me volví hacia él y vi que parecía satisfecho—. Se lo compraron a un pianista con artritis.

—Pobre hombre —murmuré.

—Oh, en absoluto. —El joven sacudió la cabeza—. Decía que estaba harto de ese chisme y que no quería volver a tocarlo en su vida. Dicen que todos los genios son unos cascarrabias.

—¿Y ese hombre era un genio?

—Lo ignoro, pero te aseguro que era un cascarrabias.

—No tienes remedio.

Cuando le dije eso, Wolfram sonrió lentamente y entornó los ojos.

—¿Qué pasa? —dije cruzándome de brazos.

—Que ya vuelves a ser la Ann de siempre. —Sin darme tiempo a responder, se acercó a una estantería abarrotada de libros—. Mira, aquí está mi pequeña colección. ¿Qué te parece?

Torcí el gesto. Reconocía algunos de esos títulos, como *El motín de las flotas de 1918* o *La batalla de Tannenberg*. También había un ejemplar de *Mi lucha* y, cuando Wolfram lo tomó sin dejar de sonreír, pensé que iba a hacerme una broma sin gracia.

—No pienso leer eso —dije con cierta aspereza.

—¿Estás segura? No hay que juzgar un libro por su portada…

—Wolfram —lo interrumpí secamente—, no me gusta.

La expresión del joven pasó de la diversión al azoramiento en cuestión de segundos. No recordaba haberlo visto tan apurado nunca.

—Perdona, Ann, tendría que habértelo enseñado sin hacer el idiota. —Para mi sorpresa, retiró las solapas del libro y me mostró lo que había debajo—. No es *Mi lucha*, sino *El mundo en el que vivo* de Hellen Keller. —Ya no había aquella chispa en sus ojos, me miraba muy serio—. ¿La conoces?

Tragué saliva. Y tanto que la conocía.

—Mi padre… tenía ese libro en casa. Tenía casi todos los libros de Hellen Keller. Yo los leí siendo adolescente, primero porque me impresionaba que su autora, siendo sordociega, los hubiese escrito, y después porque compartía algunas de sus ideas. Papá me los prestaba, pero no me dio tiempo a leer *El mundo en el que vivo*. —Bajé la voz sin darme cuenta—: Fue uno de los que quemaron en la plaza de la Ópera… junto con los del propio papá.

Recordaba vívidamente ese día. Ojalá hubiese podido olvidarlo.

Wolfram me miró con pesar.

—*El mundo en el que vivo* es una maravilla. —Tras un breve titubeo, lo puso en mis manos—. ¿Te gustaría leerlo? Tendrás que ponerle la solapa otra vez para que nadie más se dé cuenta de cuál es, pero…

—Gracias. —Acepté el libro y lo apreté contra mi pecho. Sabía que no podría hacer lo mismo cuando lo disfrazara de nuevo.

—El agua ya debe de estar caliente —dijo él carraspeando—. ¿Volvemos a la cocina?

—Claro.

—Ann.

—¿Sí? —Me detuve al ver que Wolfram no se movía. Continuaba observándome de ese modo.

—Lo siento. No quería jugar contigo, es solo que…

—No te preocupes —dije rápidamente, pero el joven insistió:

—A veces tengo que reírme de… De todo esto. —Bajó la vista—. Si no lo hago, quizá me vuelva loco.

Contuve el aliento. No había dicho ningún nombre, ni siquiera había hablado de nada en concreto. Y, a pesar de todo, yo supe de inmediato a qué se refería con «todo esto».

Yo me sentía igual. Porque, aunque mi padre hubiese tenido que dejar la docencia, seguíamos siendo una respetable familia aria. Habíamos perdido dinero y reputación, pero estábamos a salvo, y eso era más de lo que muchos podían decir en los tiempos que corrían. Pero el precio de nuestra seguridad era sentirnos culpables de alguna manera, sentir que estábamos colaborando con los nazis con nuestro silencio.

Por eso yo no había podido callarme en la escuela. Y había estado a punto de cavar mi propia tumba.

—Yo aún no he aprendido a reírme. —Mi voz sonó como la de una extraña—. Solo he aprendido a gritar a destiempo.

Cerré los ojos, apretando el libro contra mi pecho como si pudiese protegerme de los malos recuerdos.

Wolfram no dijo nada, solo permaneció a mi lado hasta que tuve fuerzas para romper el silencio:

—Primero fue algo muy sutil —murmuré entre dientes—. Algunos niños no querían jugar con otros, como había sucedido siempre. Excepto porque esta vez era distinto, las cosas no se arreglaban con una regañina y unas palabras conciliadoras. Algunos padres protestaban, sus hijos no debían… No querían que se juntaran con los hijos de otras personas. De ciertas personas. —Conforme hablaba, la rabia regresaba. La misma rabia que había mantenido adormecida desde que había salido del despacho del director—. Luego empezaron a marcarlos, les hacían llevar ese... ¡Ese condenado trapo! —Me temblaba la voz—. Convirtieron un símbolo religioso en una mancha, y se suponía que yo debía permitirlo...

Wolfram no me interrumpió, ni hizo ademán de responder cuando hice una pausa para intentar calmarme. Tan solo me contemplaba, y su silencio me resultaba extrañamente reconfortante a pesar de todo.

—Me dijeron que, si les quitaba esos brazaletes con la estrella de David, tendrían problemas. Y sus padres. Así que tomé una decisión —suspiré—: yo misma me cosí uno de esos brazaletes a la ropa. Si mis alumnos iban a ser unos apestados, yo lo sería con ellos.

Maldije para mis adentros al notar que me ardían los ojos. Ya había llorado de rabia una vez, al enfrentarme al director y al resto del claustro, y pensaba que había derramado todas las lágrimas necesarias entonces. Pero, al parecer, estaba equivocada.

—Pero, naturalmente, a la escuela no le pareció bien. —Me froté la cara con impaciencia—. Por eso me echaron.

Se hizo un breve silencio.

Luego Wolfram dio un paso hacia mí.

—Sé que no querías venir a esta casa —dijo con cautela—, pero me alegro de que estés aquí, Ann.

Me obligué a sostener su mirada. Había un brillo gentil en sus ojos, sin el menor rastro de burla o picardía. Wolfram había bajado la guardia casi tanto como yo en ese momento.

—Tú eres la única que puede salvar a mis hermanas —añadió al cabo de un momento—. Si alguien puede impedir que se conviertan en… gentuza —escupió esa palabra—, esa eres tú.

—Ojalá tuvieses razón, Wolfram.

—Gracias por contármelo. —Él desvió la mirada—. Ha tenido que ser duro para ti.

Salió de la habitación y yo fui tras él. No le dije que se equivocaba: había sido más duro callármelo durante todo ese tiempo, fingir que nada había sucedido realmente. Mis padres no querían oír hablar del tema, mi padre porque sentía la misma rabia que yo y mi madre porque se ponía triste cuando pensaba en que tanto su marido como su hija habían perdido su trabajo por no agachar la cabeza. Mi padre había pasado de ser un respetado profesor de universidad a un simple tabernero y, aunque él siempre decía que se las arreglaba sirviendo cervezas, yo sabía que extrañaba los libros que esos monstruos habían decidido quemar. Mamá seguía limpiándole el polvo a su máquina de escribir, a sabiendas de que no volvería a teclear una sola palabra, y esa imagen siempre me provocaba un nudo en el estómago.

Aun así, había otros que estaban peor que nosotros. No debía olvidarlo.

—Wolfram —lo llamé impulsivamente.

Él, que ya estaba bajando las escaleras, me miró por encima del hombro y me interrogó con la barbilla.

Mi corazón latía con fuerza cuando comencé a caminar hacia él. Lo alcancé justo en mitad de la escalera, en el quinto escalón, y estiré el cuello para darle un rápido beso en la mejilla.

Su piel estaba caliente y áspera bajo mis labios. Su barba era tan rubia que apenas se veía, pero raspaba igualmente.

Ya no era ningún muchacho. Y me lo había demostrado esa tarde.

—Gracias a ti —murmuré.

Él esbozó una tibia sonrisa y reanudó la marcha. Yo me adapté a su ritmo, sin presionarlo, hasta llegar a la cocina.

—¿Quién sabe? —dijo mientras me daba la espalda para preparar el café—. Quizá un día de estos yo también te cuente algún oscuro secreto.

—Cuando estés preparado.

—Cuando esté preparado.

Mis ojos se deslizaron por su espalda arqueada y luego se posaron en la ventana. No había luces al otro lado, solo niebla; y, sin embargo, tenía la sensación de que nada de lo que había ahí fuera podía darme alcance en ese momento. Ni el pasado, ni mis propios errores, ni siquiera el invierno de Berlín podía competir contra el olor del café recién hecho y la serena complicidad de Wolfram Hoffmann.

8

Berthold

Berthold fue a ver *Olympia* esa misma tarde, después de todo, y aprovechó la oscuridad del cine para meter la mano bajo el sostén de Gerda. Ella se lo permitió, como de costumbre; y, cuando acabó la película, Berthold hizo algo impropio de él: acompañó a Konrad y Lukas a un sitio que jamás se hubiese dignado a pisar en circunstancias normales.

Un cabaret.

Eldorado era uno de los locales más famosos de Berlín y sus amigos lo visitaban con frecuencia. Él no; había algo en aquel ambiente sórdido que lo repelía, o eso era lo que se decía a sí mismo para justificarse.

Pero, cuando cruzó sus puertas y el olor a humo y sudor femenino le dio la bienvenida, se dejó llevar.

Konrad le pidió una copa. Después vinieron dos más, o tres, o diez. Berthold perdió la cuenta y, mientras las bailarinas se contoneaban en el escenario, se imaginó que todas ellas tenían el rostro de Annalie Weigel.

—Oye, Berthold, ¿no crees que ya has bebido suficiente por esta noche? —le dijo la voz de Lukas desde algún lugar que parecía muy lejano.

—¡Déjalo, hombre! —respondió Konrad—. Para una vez que el muy soso se divierte…

Una de las Annalies del escenario le sonrió. Berthold respondió con una mueca y se llevó el vaso a los labios, aunque ya ni siquiera estaba muy seguro de lo que contenía.

Su mente comenzó a divagar. Ann. Wolfram. Los furgones. ¿Para qué diablos los necesitaba el *Stellenleiter*? ¿Por qué Ann y Wolfram conspiraban a sus espaldas? ¿Por qué Konrad y Carl Klein hacían lo mismo? ¿Acaso no era digno de confianza, de confidencias y camaradería? ¿Acaso no era un buen hermano, un buen hombre, un buen alemán?

Al cabo de un rato, sus amigos lo arrastraron fuera del cabaret. El aire frío de la calle lo ayudó a despejarse, al menos lo suficiente como para oír algo que decía Konrad:

—¿Esa no es la mujer que trabaja en tu casa?

—¿La señorita Klausen? —preguntó Berthold con voz pastosa.

—No, idiota. —Rio Konrad—. ¡La otra, la que es joven y guapa! —Silbó por lo bajo—: ¡Atiza! Parece que también ha salido del cabaret, pero por la puerta de los trabajadores. Curioso, ¿verdad?

Berthold se frotó los ojos y también la vio: al final de la calle, en efecto, se encontraba Ann; no la que se multiplicaba en decenas de rostros en sus ensoñaciones ebrias, sino la de carne y hueso. Iba vestida con recato, pero caminaba deprisa y en silencio, como si estuviese intentando pasar desapercibida.

¿Realmente venía de Eldorado? En tal caso, a Berthold no le sorprendía que tratara de ocultarlo. Si sus padres supiesen que la institutriz de sus hijas frecuentaba esa clase de lugares...

—¡Puaj, qué asco! —Oyó decir a Konrad entonces.

A regañadientes, Berthold dejó que Ann se perdiese de vista y siguió el recorrido de la mirada de Konrad. Lukas hizo lo mismo. Los tres contemplaron, asqueados, a los dos hombres que se abrazaban en el callejón más próximo, protegidos por la semioscuridad, aunque no lo suficiente como para huir de sus ojos inquisitivos. Uno de ellos tendría la edad del padre de Berthold; el otro era un joven rubio y pálido que, a juzgar por su indumentaria, trabajaba en el cabaret.

Konrad fue el primero en acercarse a ellos. También fue el primero en golpear al más joven, que cayó al suelo.

—Por favor... —susurró el chico entre lágrimas.

Pero sus súplicas pronto fueron acalladas.

Berthold no sabía qué hacer. Se sentía incómodo ahí plantado, asistiendo a la escena sin hacer nada, pero no tenía claro que pudiese llegar a casa sin la ayuda de sus compañeros.

—¿A qué estás esperando, Berthold? —lo provocó Konrad, que tenía el rostro salpicado de la sangre de aquel muchacho—. ¡Hay que limpiar las calles de escoria! ¿O es que tú también eres uno de esos?

No, de ninguna manera. Berthold no era uno de esos, y se lo demostró a Konrad cuando arrastró los pies hacia el callejón y se unió a sus amigos sin pensar mucho en lo que estaba haciendo, ignorando los gemidos de dolor de aquel muchacho.

9

Diario de Ann

Días después de la invitación de Berthold para ir al cine, fui a Eldorado. Aquel día la niebla era especialmente densa. Lo recuerdo porque, mientras cruzaba la Schlossplatz, apenas podía distinguir a los transeúntes que iban tres pasos por delante de mí. Venía caliente del cabaret, donde había estado compartiendo una cajita de delicias turcas con Olivia mientras Gustav se dejaba devorar por su amante en un rincón. Había llegado cuando los dos jóvenes ya estaban entregados a un beso apasionado. Por lo que me había contado Olivia, aquel era el hijo de los Müller, los mismos banqueros que habían hecho perder su trabajo al padre de Gustav.

«Gustav siempre dice que Anders no tuvo la culpa», me había dicho mi amiga, «pero de tal palo, tal astilla. Confío en que solo sea un encaprichamiento pasajero».

Aunque, desde luego, no lo parecía. A juzgar por la devoción con la que Gustav contemplaba a ese joven, parecía realmente enamorado.

«¿Qué hay de ese Berthold?», me había preguntado Olivia también. Yo le había contado lo sucedido aquella tarde, cuando Wolfram me había rescatado de él, y mi amiga había empezado a tomárselo en serio por fin. «No tienes por qué ser amable con él, Ann: algunos hombres no merecen cortesía alguna».

Para ella, era fácil decirlo. No se trataba solo de conservar mi trabajo: Berthold y yo habíamos sido amigos en el pasado, y no quería que ningún malentendido estropeara aquellos agradables recuerdos de mi infancia. Confiaba en poder lidiar con la situación siendo diplomática.

Estaba volviendo al número seis de la plaza cuando me fijé en un cartel que había en la pared de un edificio. Me detuve y, en un arrebato de inspiración, lo arranqué para enrollarlo cuidadosamente y guardarlo en el interior de mi abrigo. Luego seguí mi camino con una sonrisa.

—Señorita Weigel. —La señorita Klausen me miró de arriba abajo cuando me abrió la puerta, como si estuviese intentando encontrar algo reprochable en mi apariencia; no debió de lograrlo, pues se limitó a hacerse a un lado para cederme el paso.

Me quité el abrigo y las botas y, cuando oí el lejano rumor del piano, mi sonrisa se ensanchó. Subí las escaleras en silencio, echando un rápido vistazo al retrato de la abuela Hoffmann al pasar junto a ella, y me detuve frente a la puerta entornada del dormitorio de Wolfram.

Llamé con los nudillos y aguardé. La música se detuvo y la voz clara de Wolfram me dio permiso para entrar.

—Siento haberte interrumpido —saludé atropelladamente—, pero quiero enseñarte algo.

Wolfram, que estaba sentado en la banqueta del piano, me miró por encima del hombro con aire interrogante. Llevaba puesto un jersey de punto marrón muy parecido al mío, y aquella coincidencia me pareció absurdamente graciosa.

Orgullosa de mi propia ocurrencia, saqué el cartel que había enrollado y lo desplegué ante sus ojos. La expresión del joven pasó de la confusión al reconocimiento en cuestión de segundos.

—¡Maldita sea, Ann! —Rompió a reír, y su risa pareció vibrar dentro de mi propio pecho—. ¿De dónde has sacado eso?

—¿No querías un anuncio de crecepelo? —Fingí inocencia—. Pues he encontrado uno y he pensado que quedaría estupendamente en el salón.

Para mi asombro, Wolfram siguió riendo. Sus carcajadas eran casi musicales, y terminó contagiándomelas. Finalmente, los dos acabamos sentados en la banqueta, muy juntos, sin poder parar de reír; cuando uno parecía a punto de hacerlo, el otro señalaba el cartel y a los dos nos daba un nuevo ataque. En realidad, el cartel en sí no era gracioso, pero creo que ambos necesitábamos aquel desahogo.

Uno que alguien decidió interrumpir.

—¿Qué es este gallinero? —Berthold abrió la puerta de golpe—. ¿Por qué os estáis comportando como niños?

—Hola a ti también, hermano. —Wolfram dejó de reír con un suspiro. Vi que había tenido la prudencia de volver a plegar el cartel—. ¿Quieres unirte a nosotros?

—¿Y armar un escándalo? No, gracias. —Berthold nos miraba ceñudo—. Esto no es un cabaret.

La mención del cabaret me borró la sonrisa. ¿Lo habría dicho al azar? Pensaba que aquel día no me había sorprendido saliendo de Eldorado porque no me había dicho nada después, pero tal vez me hubiese precipitado a la hora de sacar conclusiones.

—Tampoco es un velatorio. —Wolfram enarcó una ceja—. ¿Querías algo?

—Un poco de silencio, si no es mucho pedir.

—Siento las molestias, Berthold —dije poniéndome en pie—. Iré a ver cómo se encuentra Louise.

Pasé por su lado evitando mirarlo directamente. Me pareció oír que Wolfram le decía algo cuando yo ya estaba en el pasillo, pero no intenté escuchar: en cuestión de segundos, mi alegría se había empañado.

No me gustaba ser reprendida como una niña. Y menos cuando solo pretendía hacer reír a una persona que sabía que a veces estaba tan triste como yo.

Estaba a punto de empujar la puerta de la habitación de Louise cuando oí pasos a mis espaldas.

—Espera, Ann. —Era la voz de Berthold. A regañadientes, me volví hacia él y vi que me miraba apurado—. No quería ofenderte.

—No me has ofendido —dije sin mentir.

Supongo que todo hubiese terminado bien si Berthold se hubiese detenido en ese momento. Pero, en un torpe intento por congraciarse conmigo, se inclinó para hablarme con tono paternal:

—Siempre has sido una chica con clase, Ann. —Suspiró—. Me preocupa que últimamente te hayas vuelto relajada con respecto a tus compañías.

—¿Relajada? —repetí, pero él no se dio por aludido:

—Vienes de una buena familia y trabajas para una buena familia. Sería una lástima que lo estropearas todo dejándote influenciar por gente cuyo extravagante modo de vida no casa con el tuyo.

—¿Qué sabes tú de mi modo de vida, Berthold? —pregunté con helada cortesía.

Él entornó los ojos y, en un exceso de confianza, me agarró del brazo y se inclinó para hablarme en voz baja:

—Sé que no bailas desnuda a cambio de dinero ni tienes tendencias antinaturales.

Comprendí que había sido una ingenua creyendo que Berthold ignoraba mis visitas a Eldorado. El joven me miraba con aire triunfal, como quien sorprende a su hijo cometiendo una travesura; en cuanto a mí, tuve que contenerme para no hacer algo más que desembarazarme de su agarre y dirigirle una mirada fría.

—Si bailara desnuda, no haría daño a nadie —siseé—. No todo el mundo puede decir lo mismo.

¿Cómo se atrevía a juzgar a Olivia y a los demás trabajadores del cabaret? ¿Cómo, si él y «los muchachos» se dedicaban a atormentar a otras personas sin motivo alguno?

—Lo siento, Ann, pero no entiendo qué le ves a esa gente. —Él parecía sinceramente confundido, lo cual solo contribuyó a enfadarme más—. ¿Por qué te conformas con tan poco? ¿No preferirías juntarte con mujeres decentes y hombres de verdad?

—No. —Fui rotunda.

—Por favor, entra en razón…

Decidida, empujé la puerta de la habitación y lo dejé con la palabra en la boca. Sabía que aquello tendría consecuencias, pero sería aún peor dejarle hablar hasta terminar con mi paciencia. Si estallaba, no sería capaz de morderme la lengua, y no quería volver a verme en la calle. Por eso me refugié en el dormitorio de Louise.

Me sobresalté al ver a la niña sentada en la cama, con los ojos muy abiertos. Y supe que lo había escuchado todo incluso antes de que dijese nada.

—Querida. —Suavicé mi voz antes de hablarle—. ¿Cómo te encuentras?

Le tomé la temperatura, pero estaba tibia. Aun así, esos días seguía quejándose de que le dolían la cabeza y la garganta. Su padre insistía en avisar al doctor Brack, pero su madre confiaba en que se curara sola. Me senté a su lado y traté de serenarme, pero ella continuaba mirándome con desasosiego.

—¿Por qué estaba discutiendo con mi hermano, señorita Weigel? —me preguntó susurrando.

Yo dudé.

Pero solo un momento. Porque luego me sorprendí a mí misma inclinándome hacia ella para hablarle en voz baja:

—¿Recuerdas el cuento del gato, Louise?

—¿El que echó a todos los animales de la granja hasta que se deshicieron de él? Perfectamente, señorita.

—Bien —suspiré—, pues me temo que hay personas tan estúpidas como ese gato.

—¿Berthold es una de ellas?

Louise me lo estaba preguntando en serio. Medí muy bien mis palabras antes de contestarle:

—El problema no es solo de Berthold. —Le retiré el pelo de la cara—. Por desgracia, hay demasiadas personas que creen que la gente distinta a ellas es mala, y sus argumentos suelen ser tan ridículos como los del gato. No hay nada malo en ser diferente, el mundo sería muy aburrido si todos fuésemos iguales.

Louise se quedó mirándome de un modo extraño. Dado que solía adivinar fácilmente sus pensamientos, pues eran los de cualquier dulce niña de ocho años, me sorprendió un poco no poder hacerlo esta vez. Había una sombra en sus ojos, pero no logré descifrarla.

—¿Va todo bien, Louise? —tanteé al ver que no decía nada.

Entonces, para mi asombro, la niña parpadeó y dos lagrimones cayeron por sus mejillas.

—¿Querida? —dije poniéndole la mano en la mejilla—. ¿Te duele algo?

Pero ella sacudió la cabeza con vigor. Retiré la mano y aguardé conteniendo la respiración.

—Usted me ha dicho la verdad, señorita Weigel —murmuró por fin—, pero yo… ¡Yo la he engañado! He engañado a toda mi familia, pero ellos también me engañan a mí, nunca quieren contarme nada. Usted, sin embargo, ha sido sincera conmigo, y yo no he sabido corresponderle. Me he portado muy mal.

—Estoy segura de que no ha sido para tanto —dije con firmeza—. ¿Quieres contarme qué es lo que te preocupa?

La niña agachó la cabeza.

—Yo… —Se mordió el labio inferior y luego habló muy deprisa—: No estoy enferma en realidad.

De golpe, comprendí que todo tenía sentido. Louise decía encontrarse mal, pero no presentaba síntoma alguno.

—¿Has mentido? —Me sentía más perpleja que indignada—. ¿Por qué?

—¡Porque no quiero ir a la fiesta de los Müller! —A la pequeña le temblaba la barbilla cuando me miró—. ¡No se lo cuente a mis padres, por favor, no quiero que me obliguen a hacerlo!

—¿A la fiesta de los Müller? —Fruncí el ceño—. ¿De qué hablas?

—Todos los años, durante las vacaciones de otoño, mis padres se reúnen con sus amigos en casa de los Müller y celebran una fiesta a la que asisten también mis hermanos y Kristin, y sus compañeros del Partido y de la Liga. Yo lo odio. —Louise apretó los labios—. Pensé que este año me libraría, pero madre me dijo que me llevarían en silla de ruedas y por eso decidí fingir que estaba enferma. —Me echó los brazos al cuello y se aferró a mí con una fuerza que casi me derribó—. ¡No me delate, señorita Weigel, se lo suplico! ¡No quiero ir a esa estúpida fiesta!

—Cálmate, Louise. —La aparté de mí con suavidad, pero después le sequé las mejillas húmedas de lágrimas con los pulgares—. ¿Por qué odias tanto la idea de ir a esa fiesta? ¿Crees que no te vas a divertir?

Me sorprendía que la niña se tomara tantas molestias por evitar unas horas de aburrimiento. Pero, cuando volvió a sacudir la cabeza, supe que había algo más.

—No es eso, señorita Weigel —aseguró—. Pero las muchachas… me tratan mal. —Volvió a aferrarse a mí, y esta vez no la aparté—. No quiero que sean malas conmigo.

Algo hirvió dentro de mí al recordar cómo trataban a mis alumnos judíos algunos de los otros niños, niños que habían sido normales hasta hacía bien poco. Sabía que nadie se metería con Louise por su sangre, pero había otras razones que llevaban a una persona joven a ser cruel, razones tan estúpidas como la propia inseguridad.

—No está bien que les mientas a tus padres, Louise —dije a pesar de todo—. Y no siempre podrás decir que estás enferma. Hay que buscar otra solución, ¿lo comprendes?

—No. No quiero. —Se le quebró la voz—. Por favor, señorita Weigel…

—¿Te sentirías mejor si fuese contigo a la fiesta? —se me ocurrió de pronto—. ¿Si te prometiese que no voy a dejarte sola en ningún momento?

Por primera vez en todo ese rato, Louise dejó de llorar y me miró esperanzada.

—¿Usted haría eso por mí?

Reflexioné durante unos instantes. Si mostraba interés en asistir a la fiesta de los Müller, probablemente recibiría una invitación. Solo tenía que decirle a Wolfram que me apetecía ir. Sabía que él me apoyaría, sobre todo, si le contaba la verdad.

Pero eso implicaría estar en la misma habitación que algunos de los miembros destacados del Partido Nazi, conversar con ellos y, de algún modo, convertirme en una nazi esa noche. La sola idea me provocaba arcadas.

¿Cuánto valían mis principios en ese momento? Si yo iba a esa fiesta, nadie me prestaría demasiada atención, y mi ausencia tampoco sería recibida como un insulto. Yo era insignificante para aquellos a los que detestaba con todas mis fuerzas.

Sin embargo, Louise me necesitaba. Para ella, mi presencia en casa de los Müller podía ser la diferencia entre vivir un tormento o pasar la noche tranquila. ¿Qué otra opción tenía, delatarla sin más, traicionando así la confianza que ella había depositado en mí? ¿O, peor aún, ser cómplice de su mentira y enseñarle a evitar los problemas haciendo cosas que no estaban bien?

—Claro que lo haría —dije tratando de ocultar mi repulsa—. Y lo haré.

—¿De verdad? —El modo en el que su rostro se iluminó me hizo sentirme un poco menos asqueada—. ¡Gracias, señorita Weigel! ¡Muchas, muchísimas gracias!

—No hay de qué. Hablaré con Wolfram lo antes posible, pero no creo que haya ningún problema. —Me incliné para darle un beso en la frente—. Ahora intenta dormirte y mañana diles a tus padres que te encuentras mejor. Han estado preocupados por ti.

—Lo sé, y lo siento. —Louise se hundió en los almohadones y me dirigió una mirada arrepentida—. No volveré a hacerlo, señorita Weigel. Además —añadió haciendo una mueca—, no tenía ganas de ver al doctor Brack.

—Es curioso: los doctores nos curan y, sin embargo, el proceso no podría resultarnos más desagradable. —Le sonreí y me levanté—. Buenas noches, Louise.

—Buenas noches, señorita Weigel. Y gracias otra vez.

Entorné la puerta a mis espaldas y me zambullí en la oscuridad del corredor. Se oían voces abajo, y supuse que los Hoffmann ya habrían vuelto a casa. No había ni rastro de Berthold, cosa que agradecí, ni tampoco de la señorita Klausen.

Pasé junto a la habitación de Wolfram y deseé llamar a la puerta de inmediato, pero decidí hacerlo al día siguiente. En parte porque quería tener una excusa para visitarlo.

Me di cuenta de que estaba sonriendo y sacudí la cabeza. ¿En qué estaba pensando?

Entonces oí algo al otro lado de la puerta del dormitorio: una tos profunda y desagradable. Fruncí el ceño y agucé el oído, pero no se repitió.

Aun así, mi corazón se había encogido momentáneamente. Sabía que Wolfram estaba enfermo, pero no sabía qué era lo que tenía, ni pensaba indagar en ello a menos que él quisiera compartirlo conmigo. Una parte de mí quería creer que no era tan grave, pero no podía pasar por alto el hecho de que Wolfram pasaba la mayor parte del tiempo encerrado en casa, sin trabajar, y que ya el simple hecho de subir y bajar las escaleras parecía costarle un gran esfuerzo.

Acongojada, me detuve unos instantes, como si mi presencia al otro lado de esa puerta pudiese hacer algo por él. Luego comprendí que aquello no tenía sentido y seguí mi camino.

Mi habitación me pareció más solitaria que nunca. Entré, encendí la lámpara que había en la mesilla de noche y me senté en la cama, pero aquello no me sosegó en absoluto. Me vino a la cabeza el pensamiento egoísta de que me hubiese encantado escuchar el piano en ese momento.

Entonces recordé algo que Wolfram me había dicho: que yo cantaba bien.

Mis ojos se posaron en el vidrio empañado de la ventana. Aunque faltaban semanas para que llegara la Navidad, me puse a cantar *Stille Nacht* sin ser realmente consciente de lo que hacía, primero en voz baja y luego con más audacia. Mi voz no era nada del otro mundo, pero sabía que afinaba más o menos bien. Mi madre solía decirme que era la voz ideal para dormir a un bebé con canciones de cuna, todo un elogio viniendo de ella, que no había tenido más hijos solo porque la naturaleza no se lo había permitido.

Me pregunté si Wolfram podría escuchar mi voz desde su habitación. Me parecía casi imposible, pero salí de dudas al cabo de un minuto, cuando, sin previo aviso, empezaron a sonar las notas del villancico en el piano.

Me tembló la voz de emoción al oírlo, pero me obligué a seguir cantando y no me detuve hasta el final. Wolfram y yo, separados por aquella pared y por lo que parecía un mundo entero, sostuvimos la última nota durante unos segundos antes de permitir que regresara el silencio.

Cuando lo hizo, yo tenía el corazón enloquecido. Me abracé a mí misma, me apoyé en la pared y cerré los ojos, preguntándome qué estaría haciendo Wolfram en ese momento. Sin comprender el significado de las lágrimas que estaba derramando.

10

Berthold

Ann estuvo días rehuyéndolo después de eso y Berthold, a pesar de lo que le había dicho a la joven acerca de los cabarets y las malas compañías, siguió frecuentando Eldorado en compañía de Konrad y Lukas para evadirse. No volvieron a ver al chico al que habían propinado una paliza en el callejón, y Berthold prefería no pensar mucho en él. No sabía si hubiese actuado de la misma forma de haber estado sobrio, pero no servía de nada preguntárselo y, de todos modos, tampoco iba a disculparse con un desviado.

Sea como fuere, aquella intensa vida nocturna no le estaba haciendo ningún bien, pues siempre acababa bebiendo más de la cuenta y pensando en sus dos grandes obsesiones: la condenada Annalie Weigel y los furgones de Carl Klein.

—¿Estás bien, Berthold? —le preguntó Lukas un día.

—¿«Estás bien, Berthold»? —Konrad lo imitó poniendo voz de falsete—. ¿Quién eres, su mamaíta?

—Idiota —gruñó el otro joven.

—Solo tiene mal de amores. —Konrad rodeó los hombros de Berthold con el brazo—. Se le pasará.

—Siento que la gente actúa a mis espaldas —replicó Berthold sin apartar los ojos de su bebida.

Si Konrad se dio por aludido, supo disimularlo:

—Lo que tienes que hacer es empezar a comportarte como es debido. A las mujeres les gustan los hombres de verdad, los que cogen lo que quieren cuando quieren.

Berthold decidió ignorarlo y, durante algunos días, intentó no pensar en Ann ni en la última conversación que habían mantenido. Por desgracia, pronto descubrió que su hermana Louise se las había arreglado para que la joven los acompañara a la fiesta que los Müller celebraban con motivo de las vacaciones de otoño.

Los Müller eran una respetable familia aria que vivía a escasa distancia de los Hoffmann, y a sus recepciones acudían fielmente miembros destacados del Partido. Konrad y Lukas estarían ahí, por descontado, así como el doctor Brack y otros amigos de los Hoffmann.

La idea de que Konrad pudiese abordar directamente a la señorita Weigel le resultaba en extremo incómoda a Berthold, pero no podía hacer nada por impedir que ambos coincidiesen en casa de los Müller, por lo que confió en que la institutriz permaneciese junto a las niñas durante toda la velada. Ni siquiera Konrad sería capaz de comportarse como un bárbaro en presencia de sus hermanas pequeñas.

«Dichosa Louise», se dijo Berthold mientras se peinaba y se echaba agua de colonia antes de la reunión. «Siempre se las arregla para salirse con la suya… y para acaparar a la señorita Weigel».

Sonrió frente al espejo, con tanta amargura que su sonrisa se tornó en una mueca. Había pasado de estar celoso del pusilánime de su hermano a estarlo de una niña de ocho años.

Konrad le había dicho que empezara a comportarse, que a las mujeres les gustaban los hombres decididos. Pero estaba cansado de ser decidido. Se prometió a sí mismo que ignoraría a Ann esa noche en la medida de lo posible y aquello le hizo sentirse mejor.

Sus padres estaban nerviosos cuando salieron de casa. Sabía que les importaba mucho causarles una buena impresión a los Müller y a sus invitados; daría la talla, por supuesto, igual que Kristin, y nadie le reprocharía a Louise que se comportase como una niña consentida. Pero Wolfram… Wolfram bien podía dejarlos en evidencia.

En el fondo, Berthold estaba seguro de que su hermano envidiaba a los otros chicos. Cualquiera de ellos era más fuerte, más capaz, más viril. Esos aires de superioridad debían de ser una barrera, una forma de «compensar», como solía decir su madre.

Wolfram no podía creerse mejor que el resto solo por saber tocar el piano y leer libros viejos, por mucho que la señorita Weigel prefiriese su compañía a la de él.

Resentido y culpable a partes iguales, intentó desterrar aquellos pensamientos de su mente. Sabía que disfrutaría en la fiesta de los Müller. Eran un matrimonio un tanto estirado, pero sabían cómo dar una buena fiesta, y probablemente su hijo Anders ni siquiera se dignase a aparecer.

Anders era, en cierto modo, un poco como Wolfram, pues tampoco tenía inconveniente en dejar en ridículo a sus padres. La diferencia radicaba en que el señor Hoffmann era un simple trabajador, mientras que los Müller estaban podridos de dinero.

No obstante, aquello carecía de importancia. Todos eran arios, todos militaban en el Partido Nazi. Todos eran dignos alemanes.

11

Diario de Ann

—¡Bienvenidos! —La señora Müller en persona nos recibió en la puerta—. Pasad, pasad... ¡Katja, querida, qué collar tan precioso llevas! Estoy segura de que ha sido cosa de Franz. Tienes suerte de que tu esposo sepa escoger las joyas con gusto, el mío es un completo desastre...

—¡Gracias por la parte que me toca, querida! —dijo una voz masculina desde el salón abarrotado. Yo no miré: estaba ocupada ayudando a Louise a quitarse el abrigo.

Y evitando las miradas del resto de los invitados.

—¡Pero qué ven mis ojos! ¿Esta señorita es la pequeña Kristin? Deja que te vea bien... —Nuestra anfitriona volvió a la carga. Un rápido vistazo me había permitido comprobar que era una mujer rubia, alta y espigada, que se ocultaba bajo una gruesa capa de joyas y perfume caro—. ¡Estás preciosa, cariño! ¿Y tú, Louise, cómo te encuentras? Ya me habían contado lo de tus piernas, es una lástima...

—Estoy bien, gracias —susurró la niña con su vocecilla aguda, pero nadie la estaba escuchando: la señora Müller había vuelto a dirigir su ininterrumpido torrente de palabras a la señora Hoffmann.

Terminé de doblar el abrigo de Louise y me deshice del mío. Después aseguré a Brigitte en el regazo de la niña; aunque su madre le había dicho que era demasiado mayor para llevarse a su muñeca favorita a todas partes, había terminado cediendo al ver que Louise parecía a punto de romper a llorar. Yo sospechaba que, de algún modo, esa muñeca representaba a la amiga de carne y hueso que le hubiese gustado tener, por lo que siempre me dirigía a ella como si pudiera escucharnos. A Louise le gustaba.

Los Müller vivían a tan solo unas manzanas de los Hoffmann, pero su casa era el doble de grande. Con el pretexto de empujar la silla de ruedas de Louise, me rezagué a propósito y pude analizar el entorno sin que nadie se fijara demasiado en mí: del recibidor, lujosamente decorado, se accedía a un amplio salón con una cristalera que daba a un jardín interior. Estaba lloviendo, pero una lámpara de araña bañaba de luz dorada los muebles de madera encerada y las gruesas alfombras, que me hicieron pensar en la que tanto le gustaba a Olivia. ¿Qué hubiese dicho mi amiga al verme allí, agachando la cabeza en un intento de pasar desapercibida? Prefería no pensarlo.

De todas maneras, estaba allí por Louise.

Ya había diez o doce personas de diferentes edades reunidas en el salón, todas ellas cortadas por el mismo patrón que los Müller. Había un par de hombres uniformados, y vi que el señor Hoffmann se acercaba a uno de ellos en primer lugar:

—¡Me alegro de verlo, doctor Brack!

Entonces, inevitablemente, desvié la mirada hacia Wolfram.

Como el resto de los Hoffmann, el joven se había arreglado para la ocasión. Llevaba un traje sobrio, con la corbata anudada desenfadadamente, y pensé que aquel era un atuendo más apropiado para Eldorado que para una condenada fiesta nazi. Su pelo, recogido en una coleta medio deshecha, no parecía conocer el peine; no así el de Berthold, que se había repeinado para la ocasión y no dejaba de lanzar miradas reprobatorias a su hermano pequeño.

—¡Eh, Berthold, cabronazo! —saludó uno de los jóvenes que conversaban en el salón de los Müller. Se acercó a él y le dio una fuerte palmada en la espalda, y Berthold respondió con un gruñido amistoso:

—Esa boca, Konrad, que hay damas delante.

Entonces, para mi espanto, me señaló a mí. El tal Konrad abrió los ojos exageradamente.

—¡Perdone, señorita, no pretendía ofenderla! —Hablaba con tono jocoso y me costó mantenerme impasible—. Todo es culpa de Berthold, es una mala influencia para mí…

Mientras hablaba, pasó junto a Wolfram empujándolo a propósito y se colocó de tal manera que le hizo quedar fuera del círculo. Molesta, hice girar la silla de Louise para abrir un hueco. Wolfram y yo cruzamos una mirada fugaz y luego él sacudió la cabeza imperceptiblemente y fue a sentarse. Yo estaba a punto de seguirlo cuando la señora Müller nos lo impidió:

—¡Louise, encanto! ¿No quieres ir al cuarto de los juegos a saludar a Helga? También han venido Irma y Sabine, Kristin ya debe de haberse reunido con ellas…

La señora Müller hizo ademán de empujar la silla de Louise ella misma, pero yo vi cómo la niña palidecía y me quedé donde estaba. La sonrisa de mi anfitriona vaciló y, durante una fracción de segundo, las dos nos miramos en silencio.

—Acompañaré a Louise —dije con firmeza.

La señora Müller, que ni siquiera me había dirigido la palabra hasta ese instante, no se molestó en bajar la voz:

—No creo que la niña quiera tener a su maestra vigilándola todo el día.

Pronunció la palabra «maestra» con el mismo tono que hubiese empleado para decir «prostituta». Algunos rostros se volvieron hacia nosotras, incluidos los de los señores Hoffmann. No podía ver a Wolfram desde donde estaba.

—La señorita Weigel no es solo mi maestra, también es nuestra amiga. —Louise le hablaba a la señora Müller, pero miraba a su muñeca—. ¿Verdad, Brigitte?

Hizo que la muñeca dijese que sí con la cabeza, y solo entonces contempló a su anfitriona a través de sus gafas redondas. Desconcertada por aquella intervención, la señora Müller esbozó una sonrisa tirante y fue a recibir a otros invitados.

Louise y yo nos miramos durante unos segundos. Luego las dos suspiramos al mismo tiempo y, muy a mi pesar, la conduje al cuarto de los juegos.

Al igual que el salón, el cuarto de los juegos de aquella casa era casi el doble de grande que el de los Hoffmann. El papel pintado no tenía dibujos de animales, sino una simple cenefa geométrica casi rozando el techo. También estaba escrupulosamente limpio.

Había cuatro personas allí: una de ellas era Kristin, que se había tumbado en el suelo y tenía la barbilla apoyada en la mano; las otras eran una niña flacucha que supuse que sería Helga Müller y dos muchachas de aspecto saludable. Las cuatro estaban jugando al *Juden Raus*, y una de las muchachas iba ganando claramente.

—¡Judíos fuera! —exclamó con aire triunfal. Aunque parecía tener la misma edad que Kristin, sus gestos eran los de una mujer adulta—. Sois unas perdedoras.

—¡Es que tú haces trampas! —protestó la pequeña Helga. Después levantó la cabeza y, al ver llegar a Louise, entornó los ojos—. ¿Qué haces aquí?

No me gustó el tono que empleó para dirigirse a ella.

—¡Pero si se ha traído su muñeca! —La joven que iba ganando se puso en pie y, sin mirar siquiera a Louise, se apoderó de Brigitte—. Qué bonita, ¿eh?

La sacudió peligrosamente en el aire y, por un momento, temí que la estrellara contra el suelo.

—Gracias —susurró Louise, que parecía aterrorizada—. ¿Me la devuelves, por favor?

—¿No vas a dejarme jugar con ella? —La muchacha esbozó una sonrisa desagradable. Tenía las mejillas coloreadas, como si hubiese bebido cerveza, y llevaba la ropa tan ajustada que parecía a punto de estallar sobre sus carnes abundantes—. Hagamos un trato: yo te devuelvo tu muñeca a cambio de que tú traigas aquí a tu hermano.

—¿A cuál de los dos? —Louise la miró con nerviosismo.

—¿Qué clase de pregunta es esa, pequeña idiota? ¡Al que es un hombre de verdad!

La joven agarró a Brigitte del pelo y miró a Louise con

aire impaciente. Yo decidí que había llegado el momento de intervenir.

—Devuélveme esa muñeca ahora mismo —dije extendiendo la mano hacia ella.

Tal y como esperaba, la muchacha se limitó a dirigirme una mirada grosera.

—¿Y tú quién eres, Doña Nadie?

—¡Es la señorita Weigel y es nuestra maestra! —saltó Louise, que parecía al borde del llanto—. ¡Díselo, Kristin!

Pero Kristin tan solo apretó los labios.

Sin embargo, yo no me había ganado el respeto de mis alumnos permitiendo que los abusones dictaran las normas.

—Voy a contar hasta diez y, cuando termine, quiero ver esa muñeca en mi mano y escuchar cómo te disculpas con Louise —dije sin perder la calma— o yo misma traeré a Berthold y le contaré lo que le has hecho a su hermana pequeña.

—Solo estamos jugando —replicó la muchacha con aire desdeñoso. Pero ya había dejado de sonreír.

—Cuando dos personas juegan, las dos se divierten. Louise no se está divirtiendo y tú dejarás de hacerlo enseguida. —Y, sin darle tiempo a responder, empecé a contar en voz alta—: Uno, dos, tres…

Con un bufido, la joven arrojó a Brigitte contra la cama, pasó por mi lado empujándome y salió del cuarto dando un portazo. Me obligué a mantener la calma mientras iba a comprobar los daños sufridos por la muñeca: tal y como sospechaba, el golpe le había dejado una pequeña marca en la mejilla de porcelana.

—Me voy con Irma —dijo la otra muchacha.

—Yo también. —Helga la imitó al instante. Y las dos abandonaron la estancia con aire vagamente ofendido, como si Louise y yo les hubiésemos arruinado toda la diversión.

Apreté los labios sin dejar de sostener a la pobre Brigitte. Después miré a Kristin, que permanecía cabizbaja, miré el tablero de *Juden Raus* y tuve que contenerme para no emprenderla a patadas con todas y cada una de las piezas.

—¿Está bien Brigitte? —me preguntó Louise con una nota de pánico en la voz.

Estuve a punto de disimular, pero luego recordé que las dos teníamos el acuerdo tácito de contarnos siempre la verdad. Por eso me enfrenté a sus ojos y le mostré a su muñeca.

—¡Brigitte! —Los ojos de Louise se llenaron de lágrimas.

—Por Dios, solo es una muñeca —gruñó Kristin. Eran sus remordimientos los que hablaban, no ella, pero aquello bastó para provocarle un sollozo a su hermana.

Fui consciente de mi propio fracaso: no solo no había podido proteger a Louise de aquellas pequeñas arpías, sino que yo misma me había buscado un problema enfrentándome a esa tal Irma. Estaba segura de que una versión manipulada de lo ocurrido llegaría a oídos de los Hoffmann.

Con un suspiro, me obligué a olvidar mis propios problemas durante un rato y me agaché frente a la silla de ruedas.

—Curaremos a Brigitte cuando volvamos a casa —dije suavemente.

—¡Ya nunca volverá a ser la misma! —gimoteó Louise, que abrazaba a la muñeca sin dejar de llorar.

—Ninguna persona vuelve a ser la misma después de que le hagan daño. —Le quité las gafas, que se le habían empañado, para limpiarlas con mi propio vestido—. Pero a veces nos volvemos más fuertes.

—¿Cómo? —Louise tenía los labios curvados hacia abajo. Volví a colocarle las gafas con sumo cuidado y le di un beso en la frente.

—Cuando nos han herido una vez, aprendemos a protegernos. Brigitte y tú tendréis que ayudaros la una a la otra.

—Lo siento, Brigitte. —Louise agachó la cabeza—. No tendría que haberte traído a este horrible lugar.

—La culpa no ha sido tuya por haberla traído, sino de esa muchacha tan antipática por haberla herido. —Me incorporé nuevamente—. ¿Sabes? Se me ha ocurrido una cosa. Creo que sé quién puede proteger a Brigitte para que nadie vuelva a ponerle las manos encima durante el resto de la velada.

—¿Quién? —Por primera vez, Louise dejó de llorar y me miró esperanzada.

—Ahora verás.

Empujé la silla de regreso al salón. Había alrededor de veinte personas reunidas en él, todas hablando a la vez en voz alta. Las carcajadas de los hombres se mezclaban con el cacareo de las mujeres, y alguien había decidido encender un gramófono. El olor a perfume, cerveza y tabaco me mareó durante unos segundos, pero luego, por fin, localicé a Wolfram arrellanado en una butaca. Completamente solo.

No estaba solo como un árbol en lo alto de una colina, sino como un islote al que el mar escupe olas desde todos los ángulos. Las miradas de los otros jóvenes del salón resbalaban por su cuerpo lánguido con perverso deleite, y solo Berthold se dirigía a él de vez en cuando, siempre a gritos y con un entusiasmo fingido que no parecía engañar a nadie. Wolfram respondía con monosílabos sin dejar de mirar por la ventana, sosteniendo una copa que ni siquiera se había llevado a los labios.

—Qué fiesta tan encantadora, ¿verdad? —fue su saludo al verme llegar. Me pareció que su rostro se iluminaba un poco, y aquello me hizo sentir más fuerte de repente.

—¿También la cambiarías por un anuncio de crecepelo? —dije sin poder contenerme.

Por fin, Wolfram apartó los ojos del exterior y me dirigió una mirada entre incrédula y divertida. Por cómo le temblaban los labios, supe que estaba reprimiendo una carcajada.

—Eres tan graciosa que podría condecorarte —murmuró.

—Nunca había escuchado nada tan prometedor.

¡Qué extraña me sentí en ese momento! Estaba en un horrible salón, rodeada de personas igual de horribles, y solo deseaba salir corriendo de allí. Sin embargo, mientras Wolfram y yo intercambiábamos aquellas bromas resignadas que nadie más podía comprender, las que nos salvaban de la desesperación más absoluta, me sentí absurdamente feliz. Como si nadie pudiese hacerme daño de verdad.

—¿De qué habláis? —Louise rompió el hechizo y los dos la miramos.

—Son cosas entre la señorita Weigel y yo —dijo Wolfram jovialmente—. ¿Habéis venido a hacerme compañía?

En realidad, yo pensaba pedirle que se ocupara de Brigitte por nosotras, pero me di cuenta de que no podía ponerlo en semejante aprieto. La cruel insinuación de Irma sobre su hombría aún me hacía hervir de rabia; entregarle a Wolfram una muñeca sería como echar leña al fuego, y más aún con esas alimañas espiándonos. Brigitte tendría que conformarse con Louise.

—Más o menos. —Coloqué la silla junto a su butaca y yo misma me senté al otro lado, tratando de cubrir a Wolfram con mi propio cuerpo para protegerlo de las miradas de los demás jóvenes.

Él debió de adivinar mis intenciones, porque se estiró a propósito, dándome a entender que no le importaba ser observado.

—Pues sois la compañía más agradable de la que podría disfrutar ahora mismo…, lo cual tampoco es mucho decir. —Esbozó una sonrisa torcida.

—Ibas bien hasta el final —suspiré con fingida decepción.

Entonces oímos un rumor junto a la puerta y Wolfram me dio un pequeño codazo.

—Espera, este tampoco está mal.

—¿Qué…? —empecé a decir, pero la voz de la señora Müller ahogó la mía:

—¿Cómo te atreves a presentarte así? ¡Y media hora más tarde de lo que te dijimos! ¿Es que siempre tienes que avergonzarnos?

Miré a Wolfram confundida, pero él me hizo un gesto para que continuara observando. Cuando la señora Müller se alejó de la puerta taconeando furiosamente, pude ver al recién llegado y reprimí un jadeo de asombro.

Anders Müller no llevaba traje, ni nada parecido. Iba en mangas de camisa, con el abrigo medio abierto y la bufanda desordenada. Tenía las manos metidas en los bolsillos y contemplaba a la gente que había en el salón como quien pisa un hormiguero accidentalmente. Solo al ver a Wolfram pareció animarse un poco; él, por su parte, levantó la copa que sostenía en señal de reconocimiento.

En cuanto a mí, me costaba asimilar que aquel joven fuera el mismo al que había visto dejar a Gustav sin aliento en un rincón del cabaret. Cuando se acercó a mí y me tendió la mano, sentí el estúpido impulso de preguntarle si se la había lavado después de sacarla de los pantalones de mi amigo, y se me escapó una risa nerviosa. Pero Anders se limitó a alzar las cejas y a mirar a Wolfram, que sacudió la cabeza levemente.

—Te presento a Ann, Anders —dijo Wolfram—. Como ves, es una chica muy alegre. Tanto que se ríe ella sola.

—Encantada. —Quería mantener la compostura, pero no me resultaba fácil. Aun así, me las arreglé para estrechar la mano de Anders sin soltar una carcajada y, de pronto, tuve un arrebato de inspiración—: ¿Puedo pedirle un favor, señor Müller?

—Las mujeres encantadoras pueden pedirme todos los favores que quieran. —Anders se sentó a nuestro lado cruzando las piernas. Los jóvenes que rodeaban a Berthold no dejaban de observarnos, pero yo trataba de ignorar su presencia.

—Encantadora de serpientes, Anders —puntualizó Wolfram sin perder el buen humor—. Ten cuidado con ella: un día está saludándote muy formal y al siguiente, sin saber cómo, te encuentras preparándole café y bollos y prestándole tus libros favoritos…

El comentario, aunque jocoso, logró acelerarme el corazón. Anders rio con simpatía, y yo logré recuperarme de la impresión antes de hablar:

—Estamos buscando un refugio para una amiga nuestra. —Miré a Louise con aire cómplice y después me incliné hacia Anders—. La pobre Brigitte corre peligro y me temo que nosotras dos no podemos garantizar su seguridad...

—No diga más, Ann: tengo justo lo que necesita Brigitte. —Anders se volvió hacia Louise—. Le daremos la llave de mi habitación para que se quede allí mientras dure esta fiesta que tanto estamos disfrutando nosotros cuatro. —Hizo una mueca divertida y, a mi pesar, sonreí—. Volverá contigo cuando termine, y así evitaremos que algún indeseable se porte mal con ella mientras tanto.

Pronunció la palabra «indeseable» en voz alta, y vi cómo algunos de los jóvenes que rodeaban a Berthold se ponían tensos. Entonces recordé algo que había dicho Gustav: que Anders no era como sus padres. Desde luego, tenía que darle la razón en eso.

—Gracias. —Louise parecía enormemente aliviada.

—No hay de qué. —Con un guiño amistoso, Anders cogió a Brigitte cuidadosamente y abandonó el salón. Yo contemplé cómo se alejaba y me volví hacia Wolfram.

—¿Qué te parece? —preguntó él con aire inocente—. ¿Colgarías su retrato en tu salón?

—Sin duda. —Esbocé una leve sonrisa.

Una sonrisa que duró menos que un suspiro. Porque, cuando mis ojos se deslizaron hacia el grupo de Berthold, pude ver perfectamente cómo uno de los chicos hacía un gesto obsceno en dirección a nosotros. Me volví hacia Louise con aprensión, pero ella estaba distraída hablando con

Wolfram; su hermano, por el contrario, tenía el ceño ligeramente fruncido. Aquello me hizo sospechar que él también lo había visto.

Entonces me atreví a mirar a Berthold y vi que parecía molesto. ¿Se enfrentaría a su compañero, a uno de «los muchachos», por su hermano y por mí? No sabía si podía contar con ello.

Abrí la boca para decirle algo a Wolfram, cualquier cosa que sirviese para relajar la tensión del momento; pero, cuando me disponía a hacerlo, un piano comenzó a sonar.

La canción, suave y rítmica, pareció envolvernos. Poco a poco, las conversaciones cesaron y todos se volvieron hacia Irma, que interpretaba aquella pieza con obvia satisfacción. Me quedé mirando su cabeza erguida, los rizos rubios que se apelmazaban en su coronilla, y sentí que cada nota se me clavaba en la boca del estómago.

—¡Bravo, Irma! —La señora Müller se puso a aplaudir.

No me volví hacia Wolfram, pero noté que se removía en el asiento. Quizá anticipando lo que vendría justo después:

—¿Vuestro hijo pequeño no sabe tocar el piano? —La anfitriona se dirigió a la señora Hoffmann, que la miró parpadeando, como si le hubiese hablado en otro idioma—. ¡Podría tocar él también!

Se me secó la garganta.

—Wolfram no suele tocar en público… —empezó a decir la señora Hoffmann, pero la señora Müller ya estaba dirigiéndose hacia el joven.

—¡Vamos, no seas tímido! Seguro que tú también sabes tocar *Horst Wessel Lied*.

Esta vez sí que me atreví a mirar a Wolfram, y me sorprendió ver que no parecía nervioso. ¿Me habría equivocado con él? Tal vez, después de todo, se supiese aquel condenado himno nazi; tal vez no le importara representar una farsa, fingir que disfrutaba tocándolo para toda esa gente a la que despreciaba. Como yo fingía sentirme a gusto en aquel salón.

Contuve el aliento mientras él se sentaba en la banqueta y, sin perder la calma, posaba las yemas de los dedos sobre las teclas.

Se hizo el silencio durante unos segundos. El señor Hoffmann tosió, pero nadie dijo nada; incluso los amigotes de Berthold estaban pendientes de Wolfram.

Entonces él comenzó a tocar.

Cerré los ojos al escuchar los primeros acordes de la canción. Mi corazón se aceleró de un modo desagradable y, al mismo tiempo, se me hizo un nudo de emoción en la garganta. ¿Hacía cuánto no escuchaba *La Internacional*? Los dedos de Wolfram, más que acariciar el piano, lo golpeaban con una rabia que no reflejaba el rostro de su dueño. Parecía tranquilo a pesar de la tensión que lo rodeaba, sombría y afilada; era como si el aire se hubiese congelado alrededor de todos nosotros y, sin embargo, había algo alegre en ese himno, algo esperanzador. Yo sentía una mezcla de euforia y pánico que me hacía tener ganas de llorar.

El señor Müller cerró la tapa del piano con tanta violencia que estuvo a punto de atrapar los dedos de Wolfram. Durante unos segundos, los dos se miraron en silencio; al señor Müller le temblaba el párpado derecho y su rostro había adquirido un vivo color rojo. Pero, cuando Wolfram se puso en pie para volver a mi lado, no hizo ademán de detenerlo.

—¿Alguien quiere más ponche? —preguntó la señora Müller con fingido entusiasmo.

Poco a poco, las voces de los invitados volvieron a conquistar el salón, aunque algunas estaban cargadas de desprecio. Uno de los del grupo de Berthold incluso hizo ademán de acercarse a Wolfram, pero el propio Berthold le puso la mano en el hombro para detenerlo.

Louise ya no estaba con nosotros: mientras Wolfram tocaba el piano, su madre había venido a buscarla para llevarla con otro grupo de gente. Me sentí aliviada al ver que Anders formaba parte de él, y entonces tomé una decisión impulsiva y me levanté de golpe.

—No me encuentro bien, ¿me acompañas a casa? —le pregunté a Wolfram, que se puso en pie lentamente e hizo un gesto en dirección a la puerta.

Me temblaban las piernas mientras recogía mi abrigo. Quería despedirme de Louise, pero no me apetecía cruzar todo el salón. Anders, que seguía a su lado, sorprendió mi mirada; debió de adivinar mis pensamientos, porque me hizo un gesto para indicarme que todo iba bien. Aliviada, fui directamente al recibidor.

Wolfram ya estaba allí, con el abrigo puesto y cara de aburrimiento. Como si no acabara de jugarse la piel en presencia de una docena de bestias uniformadas y sus respectivos parientes.

—Vamos —dije empujando la puerta.

No le dijimos adiós a nadie y ni siquiera me sentí descortés. La noche estaba cargada de niebla y, sin embargo, sumergirme en ella me provocó un alivio indescriptible. Aunque la sensación de peligro no disminuyó hasta que no hubimos dejado atrás la verja de la casa.

—Espera…, Ann. —Oí jadear a Wolfram a mis espaldas—. Vas… muy rápido… para mí…

Me maldije y giré sobre mis talones para regresar a su lado. Estaba tan ansiosa por alejarme de aquel lugar que había olvidado que Wolfram apenas podía recorrer el pasillo de su casa sin detenerse a recuperar el aliento.

—Estás loco, ¿lo sabías? —Suspiré.

Él no contestó. Se había apoyado en la verja de otra casa y el resplandor mortecino de las farolas apenas alumbraba la mitad de su rostro, dejando la otra mitad sumida en las sombras; aunque no sonreía, había un brillo divertido en sus ojos.

—Apuesto a que… no se lo esperaban…

—No hagas esfuerzos ahora. —Le ofrecí mi brazo—. ¿Quieres apoyarte en mí?

No estábamos lejos de la casa de los Hoffmann, pero aquella distancia podía ser un mundo para él. De no haber sido por el frío y la ansiedad que aún sentía, no me hubiese importado que tardáramos horas en recorrerla.

—Deja de regañarme…, Ann… —El joven sacudió la cabeza, pero aceptó mi brazo y adelantó un pie—. No tenía elección...

Su pecho silbaba cada vez que cogía aire. Angustiada de pronto, dejé de caminar y le dirigí una larga mirada. Ahí fuera, en la calle, no se oía nada: ni voces, ni gramófonos, ni pianos. Ni siquiera viento. Ahí solo estábamos nosotros, nosotros y la niebla.

—No ganas nada poniéndote en peligro de esta manera. —Intenté que no me temblara la voz al decírselo, pero creo que no lo logré—. No vuelvas a hacerlo, por favor.

—Tampoco pierdo nada… —Wolfram tiró de mí para que anduviésemos un poco más. Nuestras pisadas resonaban en la acera—. Ni la dignidad ni… mis principios… —Tragué saliva al escuchar aquello—. No me convertirán en… uno de ellos…

—No tienes por qué convertirte en uno de ellos, Wolfram, pero desafiarlos abiertamente…

—Es la única manera de no darles la razón. —Aún jadeaba, pero no se detenía, y la pasión con la que me miró mientras hablaba me calentó el pecho a pesar del frío que se colaba bajo mis huesos—. Son poderosos porque… la gente mira hacia otro lado…

—Tú solo no puedes vencerlos.

Desvié la mirada, pero entonces sentí el tacto de su mano enguantada en mi rostro y tuve que enfrentarme a sus ojos de nuevo.

—Hay luchas que no se pueden vencer, Ann —dijo en voz baja—, pero deben librarse igualmente.

Iba a responder, pero entonces me vi a mí misma en mi escuela, rodeada de mis alumnos, gritándole al director que tendrían que quitarme aquel brazalete a la fuerza, y comprendí que Wolfram tenía razón. Que a veces uno tenía que librar batallas imposibles de ganar para no perderse a sí mismo.

¿Qué hubiese pensado yo si Wolfram hubiese tocado el himno nazi, convirtiéndose así en uno más de aquellos que me provocaban temor y rechazo? ¿Podría seguir mirándolo de la misma manera? ¿Sería injusta si eso me hiciese cambiar mi opinión de él, si lo juzgara por intentar sobrevivir a cualquier precio?

Eran demasiadas preguntas y demasiado complicadas como para responderlas en una sola noche. Con un suspiro, eché a andar de nuevo y Wolfram me siguió, siempre tomando mi brazo, hasta que llegamos a la casa de los Hoffmann.

12

Berthold

Después de eso, Wolfram se marchó de casa de los Müller junto a la señorita Weigel, que insistió en acompañarlo. Los Hoffmann se disculparon con los Müller mientras el resto de los invitados les dirigían miradas ultrajadas o compasivas.

—¡Deja de atormentarte, Katja, querida! —dijo la señora Müller con tono amable—. Todos los jóvenes intentan provocar a sus padres en algún momento.

—Inaceptable, ha sido inaceptable... —seguía balbuceando su pobre madre. Este sintió una oleada de compasión por ella, y otra de furia dirigida a Wolfram. ¿Por qué se empeñaba en manchar su intachable reputación? ¿Por qué deseaba tan fervientemente arrastrar el buen nombre de su familia por el fango?

—Volved a casa si queréis —le susurró a su padre—. Yo me quedaré arreglando esto.

Y, sin esperar respuesta, se dirigió a la señora Müller en voz lo suficientemente alta como para que lo oyese todo el mundo:

—Mi hermano tiene un peculiar sentido del humor. —Exhaló un suspiro y tomó la mano de su anfitriona con aire caballeresco—. Dígame cómo puedo compensarla, señora Müller. Esta velada estaba resultando encantadora hasta que el pequeño Wolfie ha decidido estropearla con sus irreverencias.

Casi pudo percibir el alivio de sus padres mientras se escabullían de la reunión. Él, por su parte, sabía que era mucho más inteligente hacer pasar la actitud de Wolfram por rebeldía juvenil; cualquier cosa era mejor que levantar sospechas sobre sus inclinaciones políticas.

Porque Berthold empezaba a pensar que Wolfram no pasaba tanto rato encerrado en su habitación solo para tocar el piano.

—Te digo lo mismo que a tu madre, hijo: no te mortifiques. —La señora Müller le sonrió a Berthold, que soltó su mano y dio un paso atrás—. ¿Qué era eso que nos estaba contando sobre la higiene racial, doctor Brack?

Las conversaciones se reanudaron y Berthold se relajó al fin, al menos en parte. Con todo, agradeció que llegara el momento de despedirse. No había olvidado los cuchicheos maliciosos de Konrad y Lukas, y temía que la actitud de Wolfram no hiciese sino aumentar la animadversión que los muchachos sentían por él.

A veces Berthold se preguntaba por qué todo el mundo parecía decidido a ponerle las cosas difíciles.

13

Diario de Ann

Tan solo la buhardilla de la señorita Klausen estaba iluminada, pero Wolfram se había traído una copia de la llave y no tuvimos que recurrir a ella para entrar en casa. El calor y la sensación familiar se mezclaron con la angustia que sentía al pensar en cómo sería mi próximo encuentro con los Hoffmann: después de lo ocurrido con Louise y las otras niñas y de la provocación de Wolfram, suponía que mis jefes no estarían de muy buen humor…, y les costaría menos tomarla conmigo que enfrentarse a cualquiera de sus hijos.

—¿Estás bien, Ann?

Wolfram me miraba con el ceño fruncido. Ya se había quitado el abrigo, mientras que yo permanecía de pie en el recibidor, como una invitada no deseada a punto de excusarse con sus anfitriones.

—Sí —dije sin mentir.

—¿Puedo? —El joven se acercó a mí y me ayudó a quitarme el abrigo con naturalidad. Sentirlo a mis espaldas me provocó un extraño calor en el rostro—. ¿Vamos arriba?

—¿No prefieres descansar antes de ponerte a subir escaleras? —dije volviéndome hacia él.

Estábamos tan cerca que podía captar aquel olor de nuevo, dulzón y caliente. Pero no retrocedí. Wolfram tampoco lo hizo, aunque puso un pie en el primer escalón.

—Descansaré cuando me muera. —Parecía haber recuperado un poco el aliento.

—¡Qué dramático te has puesto de repente!

—¿Verdad? —Él hizo amago de sonreír—. Esa frase es de mi madre, creo que a mí no me pega tanto.

Iba a decirle que no, pero entonces Wolfram me tendió la mano. Con la misma naturalidad con la que me había ayudado a deshacerme del abrigo... y de la sensación de ser una intrusa en su hogar.

La acepté casi con cautela. Era grande, bastante más que la mía, y estaba agradablemente cálida. No era la primera vez en mi vida que cogía a Wolfram de la mano, pero sí la primera en los últimos cinco años, y ya no era lo mismo. Cuando éramos niños, el simple roce de aquellos dedos elegantes no me hacía sentir lo que sentía en ese momento.

El joven me soltó en cuanto llegamos al pasillo, y se dirigió hacia su dormitorio. Entró dejando la puerta abierta a sus espaldas, lo cual interpreté como una invitación. Y entré.

Wolfram encendió la lámpara que había en su mesilla de noche y se sentó en la banqueta del piano, pero no hizo ademán de ponerse a tocar. Yo tampoco pensaba pedírselo, lo último que quería era despertar a la señorita Klausen.

Se apoderó de mí una súbita incomodidad al pensar en lo inadecuado que era todo aquello: estaba en el dormitorio de Wolfram, pasada la medianoche y después de haber vivido uno de los momentos más tensos de toda mi vida. Lo correcto sería darle las buenas noches y retirarme discretamente, como una maestra decente; y, sin embargo, no me decidía a hacerlo. El deseo ferviente de acercarme a él para besarle me dominaba de tal manera que apenas podía contenerme y quedarme donde estaba, al lado de la estantería, esperando un milagro que me hiciese alejarme de allí en contra de mi voluntad.

—Estás temblando.

Lo dijo quedamente, pero su voz, grave y dulce, pareció vibrar en todo el cuarto. Como vibraban las notas de aquel piano que me hacía compañía en los malos momentos.

—He tenido miedo, Wolfram. —Hablé con una sinceridad que no hubiese creído posible hacía tan solo unos minutos—. Pensaba que no era tan cobarde.

—Los idiotas son los únicos que nunca tienen miedo. —Acarició la tapa del piano con aire pensativo—. Lo admirable es tener miedo y enfrentarnos a él. —Hizo una mueca—. Yo no siempre lo consigo, hay cosas que no…

Aguardé, pero no siguió hablando. Tras un instante de duda, di un paso hacia él.

—Yo pienso que eres valiente.

—No. —Wolfram soltó una risa amarga. Había dejado de mirarme—. No lo soy, Ann, no para las cosas importantes. Pero te lo agradezco igualmente.

—Lo que has hecho esta noche ha sido valiente —insistí—. Quizá no lo más inteligente del mundo, pero…

Estaba intentando bromear, pero no me salió bien. Wolfram sacudió la cabeza con los ojos clavados en la tapa del piano.

—Tocar *La Internacional* delante de un montón de nazis de mierda no es nada al lado de…

—¿De?

—Da igual. —Suspiró—. ¿Podemos cambiar de tema, por favor?

—Ya no recuerdo cuándo fue la última vez que escuché *La Internacional* —dije rápidamente—. ¿Sabes que la tocas muy bien?

Estaba terminando de pronunciar esas palabras cuando me di cuenta de algo. Wolfram, en efecto, había tocado *La Internacional* realmente bien. Respetando el ritmo de la canción en todo momento, tal y como había hecho con *Stille Nacht* aquella otra noche, cuando acompañó mi voz con el piano desde su habitación. Entonces no lo había reflexionado, pero ahora comprendía que Wolfram realmente *sabía* cuál era el ritmo de la música que interpretaba.

En ese caso, ¿por qué a veces tocaba desacompasadamente? ¿Eran simples errores, era algo deliberado? ¿A qué se debía ese cambio?

—Gracias —contestó él sin percatarse de mi turbación.

Abrí la boca, pero volví a cerrarla momentos después. ¿Qué sentido tenía hacerle notar que tocaba algunas canciones mal a propósito? En el mejor de los casos, resultaría ofensivo. No quería romper la calma de aquel momento interrogando a Wolfram, y menos ahora que los dos nos habíamos tranquilizado un poco.

Durante unos segundos, permanecimos en silencio. Yo

era consciente de cada respiración de Wolfram, de cada parpadeo. De cada vez que sus dedos tamborileaban sobre la tapa del piano como si reconociesen a un viejo amigo. ¿Cómo podía alguien despreciarlo? Todo en él me resultaba atrayente, desde sus palabras afiladas hasta su olor penetrante. Atrayente en todos los sentidos.

Las reacciones de mi cuerpo empezaban a asustarme. Era dolorosamente consciente de mi piel erizada bajo el vestido, y me pregunté cómo sería sentir aquellas manos pálidas sobre ella, templándola con caricias. También fantaseé con sus besos: una parte de mí quería imaginarlos dulces y otra, más oscura y algo perversa, exigentes hasta la rudeza. No me atrevía a mirar a Wolfram por si mis pensamientos se reflejaban en mi rostro y, como él tampoco hizo nada, los dos permanecimos quietos y silenciosos durante un interminable minuto.

Entonces, para mi frustración, oímos cómo se abría la puerta de casa y voces amortiguadas en el rellano. Los Hoffmann habían vuelto a casa.

Me levanté de inmediato. No miré a Wolfram mientras salía de su habitación: cerré la puerta a mis espaldas, me deslicé sigilosamente en el pasillo y me refugié en mi propio dormitorio.

Aunque cerré la puerta, pude oír perfectamente cómo las voces se acercaban. Contuve la respiración, pero nadie se detuvo frente a mi cuarto; oí, sin embargo, unos golpes firmes en la puerta de Wolfram.

No pretendía espiar, pero incluso sentada en la cama podía oír lo que decía el señor Hoffmann desde el pasillo:

—Tenemos que hablar, hijo.

—¿Lo habéis pasado bien esta noche? —El tono de Wolfram, aunque amable, podía interpretarse como un desafío.

—¿Es que quieres ser nuestra desgracia? —intervino la señora Hoffmann—. Nos has humillado esta noche, Berthold ha tenido que quedarse un rato más para guardar las apariencias. ¿Te imaginas cómo se sentirá ahora mismo?

—¿Cuándo, cuando le digan que su hermano es un mariconazo? No será nada nuevo para él...

—¡Ni se te ocurra hablar así delante de tu madre!

—Fritz, baja la voz. Ann y las niñas ya estarán durmiendo...

Yo estaba despierta y tenía la certeza de que Kristin tendría la oreja pegada a la puerta de su habitación. Por no hablar de la señorita Klausen, quien, como un pájaro de mal agüero, siempre se las arreglaba para aparecer allá donde se mascaba la tragedia.

—Vamos al despacho —dijo el señor Hoffmann.

Oí pisadas dirigiéndose hacia las escaleras, algunas vigorosas y otras más lentas, y después el corredor quedó en silencio. Solo entonces me atreví a abrir la puerta de mi habitación.

No pensaba seguir a Wolfram y a sus padres, lo único que quería era comprobar el estado de Louise. Después de todo, la había dejado sola en la fiesta. Ese pensamiento me provocó ciertos remordimientos, y me pregunté si la niña me guardaría rencor por haber faltado a mi palabra.

La puerta del dormitorio estaba entornada y la abrí con sumo cuidado. Tal y como esperaba, la luz estaba apagada, pero capté un movimiento brusco en la oscuridad y encendí la luz con un suspiro.

—No hace falta que os hagáis las dormidas —susurré cerrando la puerta detrás de mí—. ¿Va todo bien?

Busqué a las niñas con la mirada, pero solo Louise me la devolvió. Estaba tumbada en su cama, muy pálida, con los ojos entrecerrados mientras se acostumbraba a la luz. Brigitte reposaba en la mesilla de noche, lo cual me alivió momentáneamente.

—¿Kristin? —dije al ver que la niña estaba tumbada de espaldas a mí y fingía no verme—. ¿Cómo te encuentras?

—Bien. —No esperaba que respondiese, y menos a la primera, por lo que me pilló desprevenida—. Buenas noches, señorita Weigel.

Entorné los ojos y di un paso hacia la cama. Louise bajó la vista y se abrazó a sí misma; en cuanto a Kristin, no se movió. Permaneció inmóvil bajo las sábanas de encaje blanco y, durante unos segundos, yo misma me quedé donde estaba, contemplando las florituras que trazaban sus iniciales bordadas en rosa, «K. A. H.».

Me di cuenta de que había estado conteniendo el aliento sin pretenderlo. Había olvidado esa «A.», y todo lo que significaba.

Sacudí la cabeza y me arrodillé frente a la cama de Kristin en vez de rodearla. Si la niña no quería mirarme, no la obligaría a hacerlo. Yo hubiese odiado que me obligaran.

—¿Quieres hablar de ello?

Se lo pregunté en voz baja, casi susurrando, y cometí la audacia de ponerle la mano en el hombro. Primero ella se apartó con un jadeo, pero luego se incorporó de golpe y me miró. El brillo de sus ojos era un desafío y, al mismo tiempo, una llamada de auxilio. Le temblaba la barbilla.

—¿Desde cuándo le importa lo que me pase? —me espetó.

—Por supuesto que...

—Nunca le importó. —Apretó los puños sobre las sábanas con tanta fuerza que acabó estrujando aquellas letras bordadas; yo ni siquiera pude detenerla—. Un día volverá a irse, como ya hizo una vez, y ni siquiera se acordará de que existo. Así que no se haga la buena porque a mí no me engaña, y tú —dijo volviéndose hacia Louise con brusquedad— tampoco deberías dejarte. Eres tonta.

—¡Yo no soy tonta! —Louise, que había permanecido silenciosa hasta ese instante, hizo un puchero.

—Por el amor de Dios, ¿en serio vas a llorar? —Kristin hizo una mueca burlona, pero fueron sus ojos los que se llenaron de lágrimas en primer lugar—. ¿Cuántas veces te digo que llorar no sirve de nada? No le das pena a nadie...

—¿Por eso estás tan enfadada conmigo, Kristin? —murmuré. Y, aunque apenas se me oyó, la niña volvió a mirarme—. ¿Es porque dejé de venir a esta casa hace años?

—Fue una hipócrita. —Ella pareció fulminarme a través de aquel velo de lágrimas—. Fingía ser amable conmigo, pero todo era mentira. «Claro que somos amigas, Kristin» —dijo con voz de falsete, pretendiendo imitarme, y me sentí como si me hubiese abofeteado—. No, no lo éramos: yo era su amiga, pero usted se olvidó de mí. Solo ha vuelto a esta casa por dinero.

—¿Por qué le hablas así a la señorita Weigel? —Louise sollozaba como los niños, con la cara colorada y la boca curvada hacia abajo—. No es justo...

—Quizá lo sea —dije intentando parecer calmada—. Quizá Kristin tenga algo de razón.

Creo que ninguna de las dos se esperaba aquello. Se miraron, me miraron y se quedaron calladas, Kristin, con aire receloso y Louise, claramente sorprendida.

—Son tiempos difíciles. —Me incorporé para sentarme en la cama de Kristin, que no hizo ademán de apartarse—. Hace cinco años, por desgracia, hubo diferencias entre nuestros padres y por eso no pude seguir viniendo a veros.

—Menuda excusa —dijo Kristin con tono acusador—. Usted no era ninguna niña, señorita Weigel, no necesitaba a sus padres para venir a esta casa.

—Pero pensaba que se pondrían tristes si lo hacía —suspiré— y que yo también sufriría. Por eso digo que tienes algo de razón: fui egoísta, no pensé... No creí que nadie fuese a echarme tanto de menos. —Intenté sonreír—. Lo siento, Kristin, de verdad. Ojalá pudiera volver atrás y hacer las cosas de otra manera.

Por primera vez, la niña dejó de fruncir el ceño y me miró verdaderamente sorprendida. Supe, sin necesidad de que nadie me lo dijera, que era la primera vez que una persona adulta se disculpaba con ella.

—¿Por qué se pelearon nuestros padres? —Kristin se cruzó de brazos—. ¿Fue por la dichosa política?

—¡Yo odio la política! —Louise, con una audacia impropia de ella, arrugó el entrecejo y nos miró casi desafiante—. Los adultos no saben hablar de otra cosa.

—Sé que la política parece algo ajeno a nosotras —dije yo suavemente—. Algo aburrido y desagradable que hace que las personas se peleen. Eso es lo que algunos quieren que creamos. —Sacudí la cabeza—. Pero a veces la política es cuestión de vida o muerte, a veces la política consiste en decidir si ciertas personas tienen derecho a vivir tranquilas o, directamente, a existir. Y entonces no puedes simplemente callarte, porque de ese silencio dependen las vidas de otros.

Las dos niñas me miraban fijamente. Como si les costara asimilar mis palabras.

—Pero... no lo entiendo. —Louise habló tímidamente—. Mamá siempre dice que la política es cosa de hombres; si fuese tan importante, también sería cosa de mujeres.

—Piensan que las mujeres somos tontas —saltó Kristin con un gesto desdeñoso—. No tienen ni idea.

En cierto modo, me seducía la idea de organizar una pequeña revolución feminista en aquel dormitorio; estaba segura de que Olivia la hubiese aprobado. Pero decidí que ya había cometido suficientes actos de rebeldía aquella noche, sola y acompañada, y me centré en lo importante:

—Sé que te decepcioné, Kristin, pero ¿crees que podríamos llevarnos bien de todas maneras? —pregunté con cautela—. Tendremos que vernos todos los días igualmente, y sería más agradable para las dos que hiciésemos buenas migas.

—Si lo que quiere es que me porte bien, puedo hacerlo. —Kristin hablaba con pretendida indiferencia, pero quería pensar que las cosas mejorarían un poco después de aquella conversación.

—Y yo te estaré muy agradecida —dije con sinceridad—. Ahora, niñas, creo que es hora de que os vayáis a dormir...

Fui a darle un pequeño apretón en el hombro a Kristin,

pero ella volvió a apartarse de mí con un gesto de dolor. Entonces comprendí que no rechazaba mi contacto por culpa del enfado.

—¿Te duele ahí, Kristin?

—No es nada. —El hecho de que se tapara el hombro tan deprisa me hizo comprender que era algo, probablemente malo.

—¿Me lo dejas ver?

—¡No!

—¿Qué te pasa, Kristin? —Louise parecía preocupada. Su hermana me dirigió una mirada suplicante y comprendí que no quería hablar delante de ella.

—No te preocupes, Louise —dije rápidamente—, seguro que ha sido un golpe de nada.

Kristin me miraba con insistencia y, cuando logró captar mi atención, pronunció una palabra sin hacer ruido, solo moviendo los labios. Cuando lo hizo, tuve que contenerme para no soltar una maldición.

«Irma». Eso era lo que había dicho.

¿Aquella maldita bruja le había hecho daño? Pero ¿por qué motivo? Pensaba que la tenía tomada con Louise, por eso había olvidado por completo a Kristin. Decidí que a la mañana siguiente, cuando Louise estuviese distraída, le pediría a Kristin que me contara lo sucedido en la fiesta. Por el momento, una cosa estaba clara: esa tal Irma no era una buena compañía para las Hoffmann. Tendría que hablarlo con su madre, aunque no tuviese ganas, por el bien de las niñas.

Resignada por el momento, me incliné para besar la frente de Louise y luego, tras vacilar un instante, hice lo mismo con Kristin. Ella no me rechazó. Cuando apagué la luz, sin embargo, no respondió a mi «buenas noches».

«Poco a poco, Ann», me dije para animarme. Por lo menos, ya conocía el motivo de la actitud de Kristin; con un poco de suerte, las cosas mejorarían a partir de ese momento.

«Kristin A. Hoffmann», repetí para mis adentros. La «A.» era de «Annalie», mi nombre completo. Aunque todo el mundo me llamaba Ann. Lo había olvidado por completo, al igual que tantas otras cosas relacionadas con los Hoffmann. Incluido el tacto suave de la mano de Wolfram.

Su dormitorio estaba en silencio y el corredor, sumido en las sombras. Deduje que sus padres ya lo habrían despachado y todos estarían durmiendo, y me pregunté si yo lograría conciliar el sueño después de tantas emociones. Mientras me desvestía y me lavaba un poco, los acontecimientos de aquel día regresaban a mi mente: la fiesta de los Müller, Irma y las otras muchachas, Anders salvando a Brigitte, Wolfram tocando *La Internacional*, Kristin confesándome el motivo de su comportamiento. Wolfram otra vez, en un rincón de aquel salón, envuelto en el vaho que salía de sus labios mientras recorríamos la Schlossplatz, sentado a mi lado en la banqueta. Wolfram de nuevo, sus sonrisas afiladas, toda su rabia encerrada en aquellos dedos largos, los estremecimientos que me provocaba su cercanía.

Las emociones que sentía eran abrumadoras. El miedo a que le ocurriese algo, ya fuese por culpa de los nazis o por aquella enfermedad que lo mantenía encerrado durante la mayor parte del tiempo; la felicidad de saber que estaba ahí, al otro lado de esa pared, como un refugio solitario que a veces me curaba con su música y otras, con su sola presencia; el deseo febril de abrir las puertas que nos separaban, sentarme a su lado y confesarle todo lo que me hacía sentir desde aquella tarde que se había presentado en el salón de los Hoffmann para disponerlo todo como el señor de un castillo.

Incluso protegida por la oscuridad de mi habitación, me tapé la cara con las manos como si quisiera ocultar mi rubor de las miradas ajenas.

14

Diario de Ann

Kristin despertó con fiebre al día siguiente y la señora Hoffmann me dijo que lo mejor sería suspender las clases. Yo podría haberme ocupado de Louise sin problemas, pero no quise llevarle la contraria a mi jefa: era la primera vez que la veía mal peinada y sin arreglar, lo cual me hizo comprender que ella tampoco se encontraba bien esa mañana. Lo más sensato que podía hacer era quitarme de en medio. Cuando me despedí de ella, pasé por delante de la habitación de Wolfram y me sorprendió encontrarla abierta y vacía. Debía de haber salido.

Mientras me preparaba para salir de casa, me pregunté qué pensaría él de lo sucedido la noche anterior. ¿Me vería como a la vieja amiga con la que podía ser él mismo? ¿O habría algo más profundo por su parte? La respuesta a esa pregunta me daba casi tanto miedo como la idea de contarle la verdad. A la luz del día, después de un sueño reparador y un desayuno en condiciones, me alegraba de no haber cedido al dramático impulso de despertarlo para sincerarme con él. Las consecuencias podrían haber sido catastróficas.

Sacudí la cabeza y me puse uno de mis vestidos más audaces, de color azul marino con vuelo. No lo hubiese llevado con las niñas, pero pasaría desapercibido en el cabaret. Porque, aunque pensaba visitar a mis padres por la mañana, necesitaba hablar con alguien y Olivia siempre estaba dispuesta a escucharme. Sabía que me regañaría si me ponía demasiado sentimental, pero no podía seguir guardándome todo aquello sin volverme loca. Sí, estaba decidido: iría a ver a mis padres en primer lugar y luego, al caer la noche, me acercaría a Eldorado.

Me pasé el cepillo por el pelo y, en vez de recogérmelo, me lo dejé suelto hasta los hombros. Exceptuando un anillo de plata muy fino que me habían regalado mis padres por mi decimoctavo cumpleaños, nunca llevaba joyas, ni tampoco maquillaje; pero, por una vez, me permití empolvarme un poco la nariz. Me sentía frívola y, al mismo tiempo, pensaba que debía recordarme a mí misma que era algo más que una maestra. Era una persona, una mujer joven con deseos y necesidades más primarias que la lectura y la enseñanza.

Cuando bajé las escaleras, descubrí que Berthold tampoco estaba. Mejor. No me apetecía demasiado verlo, y menos después de lo ocurrido en casa de los Müller. Estaría enfadado con Wolfram y quizá también conmigo, por habérmelo llevado de esa manera. Prefería dejar pasar algún tiempo antes de volver a encontrarme a solas con él.

Mis padres me invitaron a almorzar con ellos. Pasamos un buen rato charlando, aunque mamá, como todas las madres, se dio cuenta de que me pasaba algo. Aun así, no me hizo preguntas: solo me ofreció unas gotitas de su perfume, «para adornar ese vestido tan precioso que llevas y que te regaló alguien con un gusto excelente por la moda» —me lo había regalado ella la Navidad del año anterior—, y me dejó marchar pacíficamente. Sabía que acabaría sincerándome con mamá tarde o temprano, pero me daba menos vergüenza recurrir a Olivia en primer lugar. Si le contaba a mi madre lo de Wolfram, lo convertiría en un asunto serio, mientras que mi amiga podía tomárselo con tanta ligereza como yo demostrara.

Como siempre, accedí al cabaret por la puerta trasera. Pasé junto a los artistas que descansaban al aire libre, entré y pregunté por Olivia; para mi sorpresa, me dijeron que estaba reunida con alguien. No me importaba esperar, pero sabía que mi amiga era capaz de interrumpir un revolcón para recibirme en su camerino, lo cual me hizo preguntarme si habría tenido algún problema. Me dije que pronto lo descubriría y decidí hacer algo extraño en mí: pedir una copa para matar el tiempo.

El humo me hacía parpadear con insistencia. A pesar de mi vestido, me sentía fuera de lugar entre la clientela, que exhibía ropas y joyas tan caras. Con todo lo que había dentro de mi armario no habría podido pagar un solo atuendo de ellos. Tampoco sabía qué bebida pedir, pero Rosi, la camarera, eligió algo suave por mí y hasta me dio un poco de conversación. Me quedé mirando su combinación de encaje mientras se quejaba del último hombre que la había abandonado, y continué haciéndolo cuando un cliente atrajo su atención y se alejó pestañeando con coquetería. Muchos en

Eldorado tenían historias tristes que contar y, sin embargo, la mayoría de ellos preferían centrarse en un presente lleno de pequeños placeres. Aunque Rosi y los demás me consideraban demasiado mojigata para su gusto, me sentía cómoda con ellos, y a veces también los envidiaba.

Se suponía que la bebida era suave, pero empezaba a marearme. Alguien estaba tocando el piano, pero la música no podía ser más diferente a la que sonaba en el número seis de la Schlossplatz.

—¿Puedes dejar de pensar en él cinco minutos?

Lo dije en voz alta sin darme cuenta, el alcohol estaba empezando a surtir efecto. Los consejos de Rosi, aunque bienintencionados, podían llegar a ser peligrosos. Molesta conmigo misma, dejé el vaso medio vacío en la barra y me di la vuelta para acercarme de nuevo a la zona de los camerinos.

Olivia aún estaba ocupada. Di un par de vueltas para ver si encontraba a Gustav por ahí, pero me dijeron que ese día no había venido. Cada vez más intranquila, me senté sobre unas alfombras enrolladas y me abracé las rodillas; entonces vi que había una pareja medio escondida tras unos cortinajes. Iba a desviar la mirada de inmediato, pero algo en uno de ellos me llamó la atención y entorné los ojos para ver bien en la penumbra.

Estuve a punto de dejar escapar un grito incrédulo: ¡aquel muchacho era albino! ¡Albino como Hans Kittel, el joven bailarín que se suponía que estaba desaparecido desde hacía semanas! ¿Acaso había vuelto y nadie me lo había dicho? Hans y yo no éramos exactamente amigos, pero habíamos compartido más de una tarde de risas y confesiones absurdas, por lo que me aliviaba saber que estaba bien.

Entonces, cuando ladeó un poco el rostro, me di cuenta de no estaba bien en realidad. Tenía la cara amoratada, como si le hubiesen dado una paliza, y sus movimientos eran cautelosos, como de animal herido. Me tapé la boca, muda de espanto, hasta que me fijé en quién era su acompañante.

Wolfram.

Pero ¿cómo…?

—No hay otra opción. —Oí murmurar a Hans entonces—. Me marcharé esta noche y no volveré jamás.

—Eres un chico sensato. —Wolfram resopló ligeramente. Ninguno de los dos me había visto y, aunque yo no quería escuchar lo que decían, tampoco me decidía a hacerles notar mi presencia—. Espero que te vaya muy bien.

—¿Ya está, eso es todo? —Hans hundió los hombros.

—¿Qué más quieres que te diga? —Wolfram esbozó una de esas sonrisas que tan bien conocía yo, las mismas que les dedicaba a sus padres, a Berthold y, en general, a todos menos a mí—. Ya sabes que no soy muy romántico.

Mi corazón dio un vuelco al oír aquello. ¿Romántico?

—Pues bésame, joder. —Hans parecía impaciente.

No podía quedarme allí, no lo soportaba. Me puse en pie y me alejé de los camerinos sin mirar atrás.

¿Por qué me sentía traicionada? Wolfram podía tener todos los amantes que quisiera, él y yo no éramos nada. Y, sin embargo, el dolor sordo que había invadido mi pecho no me abandonaba a base de razonamientos lógicos. No tenía ningún derecho a enfadarme con Wolfram, pero estaba furiosa.

Quería irme. Y me hubiese ido si alguien no se hubiese interpuesto en mi camino:

—¿Ann?

Miré hacia arriba y me encontré con la última persona que esperaba ver allí: Berthold.

—Berthold. —Parpadeé confundida. Mi cabeza embotada y mi corazón herido no estaban preparados para un tira y afloja con el mayor de los Hoffmann, por lo que traté de escabullirme—: Lo siento, no puedo quedarme a charlar, tengo prisa…

Pero, cuando me disponía a seguir mi camino, Berthold me agarró del brazo. Iba vestido con gran elegancia, mucha más que yo; sin embargo, la mirada que dirigió a mi vestido fue de apreciación. Se demoró un instante más de lo necesario en el escote, y aquello me hizo comprender que tenía que librarme de él lo antes posible.

—Shhh, Ann, tranquila. —Me chistó como si fuese un bebé, o un animal doméstico, y apreté los puños. Odiaba que me dijesen que me tranquilizara, y más cuando lo hacía un hombre—. ¿Sabes? Me equivoqué contigo.

—¿De qué hablas?

Si Berthold notó la aspereza de mi pregunta, no se dio por aludido. Sus movimientos eran más lentos de lo normal, debía de ir ya por la tercera o la cuarta copa.

—Pensé que este lugar… —Hizo un gesto con la mano para abarcar todo el cabaret—. Pensé que era… Ya sabes, sórdido. Y lo es. —Soltó una carcajada—. Pero me gusta y… —Volvió a mirarme los pechos—. Diablos, nunca creí que te vería así.

Demasiado tarde, supe por qué me estaba agarrando. Cuando se inclinó para besarme, traté de evitarlo, pero sus labios presionaron los míos con la fuerza de una bofetada.

Y una bofetada fue lo que le di, con la mano que tenía libre, sin pensarlo dos veces.

—Pero ¿qué te has creído? —le grité. Hubiese sido más prudente no alzar la voz, pero estaba demasiado alterada como para usar la cabeza—. ¡No vuelvas a tocarme sin permiso, imbécil!

Berthold se llevó la mano a la mejilla y abrió la boca como un pez moribundo fuera del agua. Parecía sinceramente desconcertado.

—Vamos, no te hagas la dura —dijo al cabo de un momento—. Me lo estabas pidiendo… con ese vestido y esa mirada… —Esbozó una sonrisa torcida—. Anda, ven aquí…

Extendió el brazo hacia mí, pero alguien se lo apartó con firmeza. Y esta vez no fui yo.

Wolfram miraba a su hermano como si fuese un insecto particularmente repugnante. No sabía cuándo se había detenido a mi lado, con la chaqueta arrugada y la coleta medio deshecha, pero su presencia allí me provocó tanto alivio como rechazo. Lo quería a mi lado y, al mismo tiempo, quería huir de él.

—No la toques.

—¿Wolfram…? —Berthold lo miró y dejó de sonreír, pero su hermano no le permitió continuar:

—No vuelvas a ponerle las manos encima si ella no quiere. —Wolfram se puso delante de mí. Era tan alto como Berthold, aunque carecía de su corpulencia—. Si una mujer no quiere que la toques, Berthold, no la tocas y punto.

—No tienes ni idea. —Berthold lo miró con aire desdeñoso—. A las mujeres les gustan los hombres de verdad, los que cogen lo que quieren cuando quieren…

—¿Quién te ha contado esa mierda, el mastuerzo de Konrad? —Wolfram volvió a interrumpirlo sin miramientos—. Ojalá un día tope con alguna mujer que pierda la paciencia y le queme las manos. Aunque, a este paso, lo haré yo mismo.

—¿Y qué sabrás tú de mujeres? —El rostro de Berthold había adquirido el color de los tomates maduros—. No conseguiste a la mujer que querías y ahora… te pareces cada vez más a una de ellas…

—Deja de decir tonterías. —Wolfram no parecía afectado por sus palabras, pero yo sí lo estaba. ¿A qué se debía ese cruel comentario, a que Berthold sabía que Wolfram se veía con Hans Kittel?

Por muy herida que me sintiese, no podía permitir que le hablara así.

—Ser un hombre no implica ser una bestia machista, grosera y violenta —le espeté. Estaba temblando, pero intentaba disimularlo con todas mis fuerzas—. Wolfram nunca tendría que robar un beso, cualquiera se lo daría encantada. —Aquello iba a ser lo más parecido a una confesión que Wolfram obtendría de mí—. Ahora, si me disculpáis, tengo que irme.

No tenía fuerzas para quedarme con Wolfram, ni siquiera después de que me hubiese defendido de Berthold. Aquello solo ponía de relieve mi propio egoísmo: Wolfram se había enfrentado a su hermano por mí, pero yo seguía queriendo alejarme de él porque me sentía dolida. Porque Wolfram había besado a otra persona, porque quizá amaba a otra persona. No miraba a Hans con ojos de enamorado, pero ¿acaso no había aprendido ya que, cuando le interesaba, Wolfram Hoffmann sabía fingir muy bien?

Estaba a punto de alcanzar la puerta de los artistas cuando alguien me llamó:

—¡Ann, querida! —Me giré y vi que Olivia estaba en la puerta de su camerino, desnuda excepto por el batín rojo que llevaba medio abierto—. ¿A dónde vas? ¡Creí que habías venido a visitarme!

Me quedé mirándola y, de repente, pensé que ella también me había traicionado. No solo por haberme ocultado que Hans se escondía en el cabaret, sino por haber fingido que no conocía a Wolfram. Había hablado de él como si fuera un extraño, pero yo sabía por experiencia que mi amiga conocía a todos y cada uno de los clientes de Eldorado, y más aún si tenían relación con sus protegidos.

—Tengo buenas noticias, Olivia —le solté—: Hans Kittel está aquí, en Eldorado. Qué sorpresa, ¿verdad?

Mi amiga exhaló un suspiro y se llevó dos dedos al puente de la nariz. Ni siquiera se molestó en disimular.

—Le dije al muy idiota que no se dejara ver…

—Oh, es que estaba distraído. —Resoplé—. Con Wolfram Hoffmann, ¿te suena? Es el hijo de esos nazis para los que trabajo, pero seguro que ya lo sabes todo de él. Dime, ¿sois amigos? ¿Amantes, tal vez? Como tienes tantos, quizá olvidaste mencionarlo...

—Eh, Ann, ¿a qué viene esto? —Olivia volvió a mirarme—. Conozco a Wolfram, sí, pero apenas tenemos relación…

—Las relaciones de Wolfram no me interesan, gracias.

—¿Así que todo esto es por Wolfram? —Mi amiga rio, y eso solo contribuyó a irritarme más. Sabía que no debía pagar mi frustración con Olivia, pero no podía más.

—¿Por qué no me dijiste lo de Hans? —contraataqué.

—Umm, me pregunto por qué no lo haría… —Olivia se llevó el dedo a los labios con aire pensativo—. Hay varias opciones: puede que sea una amiga terrible, después de todo, y te ocultara esa información solo para reírme de ti a escondidas. —Me miró y soltó un pequeño bufido—. O puede que lo hiciera para protegerte.

—¿Para protegerme? —repetí con lentitud.

—Puede que no te cuente absolutamente todo lo que hago porque siempre te empeñas en ayudar, y no quiero darte problemas. —Mi amiga se encogió de hombros—. Pero, oye, la otra opción es mucho más trágica. ¿Hay algo más dramático que la traición de un amigo?

Sabía que Olivia solo quería quitarle hierro al asunto y se lo hubiese agradecido en cualquier otra circunstancia, pero un hombre al que comenzaba a aborrecer me había dado algo que difícilmente podía considerarse un beso y al que quería lo había visto compartiendo con otro una intimidad que jamás tendría conmigo. Me sentía miserable, por eso perdí la poca dignidad que me quedaba y me eché a llorar.

—Eh, cielo, no te pongas así. —Olivia me rodeó los hombros con el brazo y me habló con dulzura—. Solo quería bromear, sabes que el tacto no es lo mío. Anda, ven…

Me hizo entrar en su camerino. Yo ni siquiera me resistí: tan pronto como cerró la puerta, me dejé caer en su querida alfombra y me tapé la cara con las manos.

—¿Quieres contarme qué te pasa? —Oí que me preguntaba.

—Perdóname, estoy desbordada. —Dejé caer los brazos

y me obligué a enfrentarme a su mirada—. Han sido demasiadas emociones de golpe y…

—¿Qué te digo siempre con respecto a los sentimientos? —Olivia se arrellanó en el asiento—. El amor es una molestia, prescinde de él.

—¿Quién ha hablado de amor?

—Tu cara cada vez que mencionas a Wolfram. —Mi amiga puso los ojos en blanco—. Lo sospeché cuando me hablaste de él hace tiempo, pero hoy he salido de dudas.

—Entonces, sabrás por qué me siento ridícula…

—Tampoco está tan mal. —Olivia se encogió de hombros. Cada vez que recordaba que había fingido no conocerlo de nada, volvía a sentirme engañada, pero no quería discutir con ella—. Por si te lo estás preguntando, no, no sé qué tipo de relación tiene con Hans. O tenía, porque Hans se marcha de Berlín esta noche.

—No me lo estaba preguntando y me da igual —dije con tono cansado—. Puede hacer lo que quiera con quien quiera.

—Y tú también. —Siempre con movimientos elegantes, Olivia se dejó caer de la butaca y se arrodilló frente a mí—. ¿Por qué no me dejas que te dé una alegría?

Mientras decía eso, tomó mi mano con delicadeza y la colocó sobre uno de sus senos. La seda del batín era tan fina que podía apreciar perfectamente su tacto, y sentí un ligero calor entre las piernas cuando lo hice.

Podía coger lo que Olivia me estaba ofreciendo en bandeja, podía desahogarme físicamente con ella y dejar de pensar durante un rato. Pero ¿serviría de algo? ¿El hecho de disfrutar unas horas con mi amiga me ayudaría a olvidar a Wolfram o solo haría que mi relación con Olivia se volviese… extraña? Tal vez, de haberse tratado de otra mujer hermosa, hubiese cometido la estupidez de acostarme con ella para no pensar en la persona con la que realmente quería estar. Pero no quería estropear aquella amistad haciendo tonterías, por lo que aparté la mano sin brusquedad.

—Sé que lo haces por mí, pero no creo que sea una buena idea.

—Está bien. —Olivia se apartó lentamente—. Si cambias de idea, ya sabes dónde encontrarme.

Y así daba por concluida nuestra conversación. Me sentí vagamente decepcionada: había acudido a ella en busca de consejo y consuelo, no de una propuesta de ese tipo. Y menos después de mi encontronazo con Berthold, del que ahora no sabía si hablarle o no. Pero estaba claro que Olivia no quería escuchar mis sentimentalismos, como los llamaba ella, y yo tampoco tenía ganas de mostrarme vulnerable.

Le di un beso en la mejilla y salí del cabaret. Lo más sensato sería volver a casa de los Hoffmann, enfriar mi cabeza y mi ánimo y tratar de comportarme con normalidad a partir de ese momento. Tratando a Wolfram como al amigo que era, aunque le quisiera.

Porque le quería. Y había tenido que esperar a esa noche tan amarga para atreverme a reconocerlo.

15

Diario de Ann

Pasé un buen rato deambulando por las calles de Berlín, hasta que los efectos del alcohol se disiparon y empecé a tener frío y sueño. Solo cuando llegué accidentalmente a la Wilhelmstrasse, la calle de los ministerios nazis, me di cuenta de que estaba vagando sin rumbo. La Wilhelmstrasse estaba a tan solo diez minutos de la Schlossplatz, al otro lado del Spree, pero yo jamás la pisaba; me detuve antes de llegar al Ministerio de Propaganda y, tras echarle un aprensivo vistazo a la fachada gris, eché a andar tan deprisa como me permitieron mis piernas.

Esperaba no cruzarme con los Hoffmann al volver a casa: no quería llamar su atención más de lo que ya lo había hecho.

Me sentí aliviada al distinguir la verja de la casa a través de la niebla. La calle estaba bastante concurrida a esas horas, y tuve que detenerme para dejar pasar a una mujer que llevaba un carrito de bebé. Entonces me fijé en una muchacha que estaba sentada en un banco, garabateando en un cuaderno que apoyaba contra sus rodillas: cuando la miré bien, me di cuenta de que era la misma joven pelirroja con la que ya me había cruzado en un par de ocasiones. Debía de vivir por esa zona.

Cuando llegué al jardín, miré hacia arriba instintivamente y descubrí que la ventana de Wolfram estaba abierta, pero no se oía el piano. Agucé el oído, absurdamente esperanzada, y entonces distinguí otro sonido.

Gritos. Alguien estaba gritando.

Me abalancé sobre la puerta y llamé con insistencia. Tuve que esperar a que la señorita Klausen me abriese, y prácticamente pasé por encima de ella para entrar.

Los gritos se oían desde el rellano:

—¿Por qué tienes que ser así, hijo?

—Mira, madre, ni lo intentes. —Wolfram parecía cansado—. No voy a dejarle entrar aquí.

—El doctor Brack es el mejor médico que he podido encontrarte. —El señor Hoffmann no gritaba, pero su voz se oía con total claridad—. Si él no te cura, ¿quién lo hará?

Me aferré a la barandilla de la escalera. Junto a mí, la señorita Klausen contenía el aliento; no me reprochó que estuviera escuchando porque ella misma lo estaba haciendo, con el rostro desencajado y los ojos clavados en el techo, como si pudiera atravesarlo con rayos X.

—Si nadie puede curarme, dejad que las cosas se queden como están. —La voz de Wolfram estaba cargada de resignación—. Estoy bien así.

—¿Así? —Su padre bufó—. ¿Siendo un inútil que no puede ni echar una carrera?

—¡No le digas eso, Fritz! —La señora Hoffmann parecía angustiada—. Vamos, hijo, entra en razón.

—Tenemos diferentes ideas sobre la inutilidad —la interrumpió su hijo—. No considero que un hombre que se dedica pacíficamente a la música tenga la necesidad de correr en ningún momento de su vida.

—¿Pacíficamente? —Su padre parecía indignado—. ¿Tengo que recordarte el espectáculo que diste ayer?

—Nunca dije que quisiera tocar himnos nazis para ganarme la vida…

—¿Por qué tienes que complicarlo todo tanto? —Por su tono de voz, supe que la señora Hoffmann estaba intentando no llorar. Yo no quería espiarla, no quería espiar a ningún miembro de esa familia, pero tampoco podía dar media vuelta sin saber qué sucedía con Wolfram.

Me sentía angustiada por lo que acababa de oír. ¿Sus propios padres lo consideraban un inútil debido a su enfermedad? ¿Cómo podían ser tan crueles? Al margen de su habilidad para tocar el piano, Wolfram era un joven despierto, inteligente y amable; jamás se me hubiese ocurrido calificarlo de «útil», ni siquiera a modo de halago. «Útiles» eran los objetos, no las personas.

—Es mi última palabra. —Suspiró él finalmente—. Si dejáis que el doctor Brack entre en esta casa, me encerraré para que no pueda acercarse a mí. Y, si es preciso, haré lo mismo con mis hermanas. No sabéis a quién le estáis abriendo la puerta, no tenéis ni idea…

—¡No como tú, Wolfram, que eres mucho más listo que todos nosotros! —estalló el señor Hoffmann—. ¡Parece mentira que seas nuestro hijo!

Oí sus zancadas dirigiéndose hacia las escaleras y entonces comencé a subir a toda prisa. Cinco segundos después, mi jefe entró en mi campo de visión, pero, en vez de seguir bajando, frenó en seco y se quedó mirándome desde el piso de arriba hasta que pasé por su lado.

—Ah, hola, Ann. —¿Su tono era más brusco de lo normal o eran imaginaciones mías?—. Supongo que lo has escuchado todo.

No fui capaz de mentir abiertamente, por lo que tan solo desvié la mirada. Pero el señor Hoffmann siguió hablando:

—¿Sabes? Cuando llegaste a esta casa, pensé que serías una buena influencia para las niñas. Claro que entonces no sabía que les llenarías la cabeza de según qué cosas.

—¿Perdón? —Volví a mirar al señor Hoffmann—. ¿De qué está hablando...?

—No voy a juzgarte por tus ideas políticas —siguió diciendo él sin escucharme—, pero tampoco voy a consentir que sigas adoctrinando a mis hijas. Ese cuento del gato... En fin, ni me molesto en comentarlo. Y el *Juden Raus* es un juego, no hace falta buscarle mensajes ocultos.

—Señor Hoffmann, creo que no lo estoy entendiendo: ¿en qué momento un cuento que habla de aceptar a las personas diferentes a nosotros mismos se ha convertido en adoctrinamiento? —Logré hablar con una calma que no sentía realmente—. En cuanto al *Juden Raus*, no recuerdo haber comentado nada sobre él en presencia de sus hijas, pero, ya que lo menciona, su mensaje ni siquiera está oculto: el objetivo del juego es echar a los judíos del tablero.

Al señor Hoffmann le temblaban los bigotes. Cuando me miró, no había el menor asomo de calidez en sus ojos claros.

—¿Tienes algún interés particular en los judíos?

—¿En quiénes piensa exactamente cuando habla de «los judíos», señor Hoffmann? —dije pronunciando cuidadosamente cada palabra—. Porque yo pienso en algunos de mis antiguos alumnos, como el pequeño Noah Jacek, o en mi vecino de toda la vida, el señor Blumer, o en un viejo amigo del que tuve que despedirme hace poco. —*Günther*—. Personas como usted y como yo.

—¡«Como usted y como yo»! —repitió él con una risa desdeñosa—. No te creía tan ingenua, Ann. Voy a pasar por alto todo esto porque no quiero problemas con tus padres, pero deja de llenar la cabeza de mis hijas de ideas estúpidas. —Me señaló con el dedo índice—. Es mi primer y último aviso.

«Sí, señor Hoffmann» hubiese sido la respuesta correcta. Pero, por una vez, no tenía ganas de hacer lo correcto, o lo que otros creían que era lo correcto. Tenía ganas de complicarme la vida, como ya me la había complicado en la escuela y como se la había complicado Wolfram tocando *La Internacional* en casa de los Müller.

—Soy maestra y mi obligación es enseñar cosas sobre el mundo, señor Hoffmann. Y en el mundo, le guste o no, hay cientos de países en los que viven gentes de todo tipo. —Alcé la barbilla—. Si lo que quiere es que alguien les enseñe a sus hijas que son mejores que otras personas solo por haber nacido donde han nacido o por pertenecer a una supuesta raza superior, tendrá que hacerlo usted mismo, porque yo no estoy dispuesta a ello. —Le dediqué una inclinación de cabeza—. Buenas tardes.

Pasé por su lado casi esperando que me detuviese, pero

no lo hizo. Se quedó donde estaba, rígido y mudo, mientras yo me alejaba. No le oí bajar las escaleras en ningún momento, ni tampoco me giré para mirarlo antes de refugiarme en mi habitación. Una vez dentro, apoyé la espalda en la puerta cerrada y me dejé caer hasta el suelo.

Solo entonces comprendí qué era lo que acababa de hacer.

Me había jugado el puesto de trabajo, y tal vez algo más. Tal vez el señor Hoffmann hablara con su esposa y los dos decidiesen echarme de su casa para siempre. En ese caso, pensé angustiada, no volvería a ver a Wolfram.

Cerré los ojos con fuerza y, en la intimidad de mi cuarto, dejé que las emociones de aquel día me golpearan por fin: el encontronazo con Berthold, mi enfado con Olivia, las advertencias del señor Hoffmann. Y la imagen de Wolfram a punto de besarse con otra persona. La decepción había sido tan amarga que, al cabo de unos minutos, ese recuerdo pesaba más que todos los demás juntos.

Me obligué a levantarme del suelo. Despacio, me quité el vestido y volví a colgarlo en el armario, pero luego cambié de idea y decidí que lo lavaría antes de ponérmelo otra vez. Al abrir un cajón, vi la invitación enmarcada que había escondido nada más llegar a casa de los Hoffmann y me di cuenta de que había pasado casi un mes desde entonces: era nueve de noviembre y, si mis cálculos no fallaban, yo me había presentado en el número seis de la Schlossplatz el doce de octubre. Cerré el cajón de golpe y suspiré.

Entonces me fijé en el libro que reposaba en mi mesilla de noche. *El mundo en el que vivo*, prudentemente oculto bajo las tapas de *Mi lucha*. Lo tomé cuidadosamente y empecé a leer el primer capítulo:

Acabo de tocar a mi perro. Estaba revolcándose en el césped, sintiendo el placer en cada uno de sus músculos y miembros. Quise captar una imagen suya en mis dedos, y lo toqué muy levemente, como si tocara telarañas; pero entonces su cuerpo robusto se giró, se puso rígido y duro al levantarse, ¡y su lengua me lamió la mano! Se pegó a mí, como si quisiera meterse dentro de mi mano. Mostraba su alegría con la cola, las patas y la lengua. Si hubiera podido hablar, creo que habría dicho lo mismo que yo: que el paraíso se alcanza con el tacto, puesto que en el tacto residen el amor y la inteligencia.

Conocía de sobra la historia de Helen Keller y sus palabras me hubiesen conmovido en cualquier otro momento. Pero ahora, turbada como estaba por los acontecimientos del día, solo podía pensar egoístamente en mi propia vida y mis propias frustraciones; por eso lo primero que me vino a la cabeza fue que Wolfram y yo solo nos habíamos tocado en dos ocasiones, cuando él me ofreció su mano y cuando yo le di aquel beso en la mejilla, tan leve como el roce de una pluma. ¿Wolfram habría encontrado ese amor y esa inteligencia que mencionaba Keller en los labios hambrientos de Hans Kittel? Me retorcía de celos solo de pensarlo.

Cerré el libro y me irrité conmigo misma. ¿Por qué no podía disfrutar de las cosas que antes me agradaban, por qué todo lo llevaba al mismo terreno? ¿Me había obsesionado con Wolfram hasta ese punto? Tal vez, después de todo, fuese bueno para mí haberme arriesgado a que los Hoffmann me echaran de su casa. Tal vez alejarme de Wolfram me salvara de mí misma. No quería convertirme en una mujer amargada, siempre lamentándose por el rechazo del mismo hombre.

Aunque, bien pensado, Wolfram ni siquiera me había rechazado. Yo no le había confesado lo que sentía por él y, desde luego, no pensaba hacerlo en el futuro. Al menos, me dije, conservaría mi orgullo más o menos intacto.

En ese instante, como si hubiese escuchado mis pensamientos, comenzó a tocar una canción en el piano. *Liebestraum*, de Franz Liszt.

—¿«Sueño de amor», Wolfram? —Lo dije en voz alta, con una sonrisa triste en los labios—. ¿Hasta tu música se burla de mí ahora?

Estaba siendo injusta. Wolfram no se burlaba de mí, como tampoco tocaba para mí. Era yo la que se empeñaba en creer que existía un vínculo especial entre los dos, la que creía ver señales de algo que solo era el fruto de mis deseos más íntimos.

—Lo siento —murmuré mientras las notas, perfectamente acompasadas, me acariciaban los oídos—. Lo siento mucho.

16

Berthold

Durante los siguientes días, Berthold evitó a Wolfram y a la señorita Weigel en la medida de lo posible. Pasaba la mayor parte del tiempo fuera de casa, haciendo méritos para el Partido, y recibió una felicitación de Carl Klein. Aunque todavía estaba resentido con el *Stellenleiter* debido a los encuentros clandestinos de este con Konrad, todo elogio proveniente de un superior lo llenaba de dicha.

Tal vez, con el tiempo, pudiera olvidarse de todo el asunto de los furgones. De las conversaciones a media voz. De las conspiraciones.

—Pronto vamos a limpiar la ciudad, Berthold —le había dicho el *Stellenleiter*— y vamos a abordar de una vez por todas la cuestión judía.

El joven no había osado interrogarlo; no le correspondía a él indagar en el asunto. Solo sabía que, si Carl Klein lo convocaba, él acudiría a la llamada.

De algún modo, se refugiaba en el sentimiento patriótico para olvidar lo sucedido en Eldorado con Wolfram y la señorita Weigel, y se sentía avergonzado al recordar su propio abatimiento aquella noche. ¿Qué eran sus estúpidos sentimientos por una vulgar mujer al lado de todo lo que sentía por Alemania, por el Reich, por el *Führer*?

Berthold el muchacho debía morir, y así Berthold el soldado prevalecería.

Sin embargo, algo iba a suceder en el número seis de la Schlossplatz que haría decaer el ánimo de aquel joven idealista.

Sucedió una tarde en la que Berthold se encontraba en casa, encerrado en su habitación. Estaba repasando una lista de nombres que le había facilitado Carl Klein para que la memorizara, aunque no había especificado por qué motivo. Le sorprendió encontrar en ella el nombre y la dirección del señor Schmidt, el padre de Gerda. Era un humilde zapatero que apenas podía mantener a sus tres hijas; en alguna ocasión, la señorita Klausen le había insinuado a la señora Hoffmann que ese era el motivo por el cual Gerda «ponía tanto empeño en quedarse embarazada de Berthold». Y la señora Hoffmann, que nada tenía en contra de Gerda, había acudido a su esposo retorciéndose las manos y le había pedido que tuviera «una conversación» con Berthold.

—No te acuestes con una muchacha si no planeas casarte con ella, hijo —le había dicho a este el señor Hoffmann—. Puedes arrepentirte durante el resto de tu vida.

Berthold le había asegurado, muy serio, que no planeaba hacer tal cosa con Gerda. No era lo mismo meterle la mano bajo el sostén que llevársela a la cama, y Berthold no era tan estúpido como para hacer eso último, ni siquiera cuando se emborrachaba.

El joven estaba releyendo el nombre y la dirección del señor Schmidt, tratando de encontrarle algún significado, cuando oyó gritos provenientes del pasillo:

—¿Por qué tienes que ser así, hijo?

Aquella era la voz de su madre. Berthold se puso en pie, arrugando el entrecejo, y aguzó el oído.

Sus padres y Wolfram estaban discutiendo por la enfermedad de este último. Berthold sintió una mezcla de temor, resentimiento y culpabilidad; todavía estaba molesto con su hermano por lo sucedido en el cabaret y, al mismo tiempo, le preocupaba su estado de salud, que no hacía sino empeorar con el paso de las semanas. Si las cosas no cambiaban, pronto su hermano ni siquiera podría caminar sin ayuda. Habría que llevarlo en silla de ruedas, como si fuese un inválido...

No, peor aún: *sería* un inválido.

El joven tragó saliva y sintió el regusto amargo de la bilis en la garganta.

—Si nadie puede curarme, dejad que las cosas se queden como están. —Oyó decir a Wolfram con tono calmado—. Estoy bien así.

—¿Así? —Su padre bufó—. ¿Siendo un inútil que no puede ni echar una carrera?

Berthold apoyó la frente en la puerta y cerró los ojos. Pese a todo, no le gustaba que su padre llamara «inútil» a Wolfram.

Pero ¿acaso él mismo no lo había hecho para sus adentros? ¿Acaso no lo había despreciado y compadecido?

Sí, lo había hecho… hasta la intervención de Ann Weigel.

«Wolfram nunca tendría que robar un beso», le había espetado a Berthold en Eldorado. «Cualquiera se lo daría encantada».

Ann tenía que saber que aquello no era cierto, las muchachas de la Liga jamás hubiesen mirado a Wolfram dos veces. Pero ella… Ella no pensaba lo mismo.

Ella sentía algo por el pequeño Wolfie. Y Berthold seguía sin comprenderlo.

Curiosamente, estaba empezando a aceptarlo.

Cuando su familia dejó de discutir, Berthold abrió la puerta. Una parte de él deseaba ir al encuentro de Wolfram y decirle… ¿qué? ¿Que tenía razón, que sus padres tenían que dejarlo en paz de una vez por todas?

No. No podía hacer eso.

Su hermano debía pelear por su salud y su dignidad, pelear como un hombre hasta el último aliento. ¿Cómo se atrevía a rechazar la mano que le tendían sus padres, cómo osaba rendirse tan pronto? Una vez más, Wolfram Hoffmann se estaba comportando como un pusilánime. Estaba optando por la solución más fácil… y más cobarde.

¿Ese era el hombre al que amaba Ann Weigel?

Berthold sacudió la cabeza y, en vez de ir a ver a su hermano, fue al encuentro de su padre.

—Ah, Berthold. Me figuro que lo habrás oído todo.

El joven encontró a su padre en el despacho, sentado frente al escritorio. Frente a él reposaban un vaso de licor y un ejemplar del *Völkischer Beobachter*.

Durante unos segundos, Berthold se limitó a contemplarlo. Franz Hoffmann era un hombre de mediana edad, de mediana estatura, mediocre en todos los aspectos de su vida. Aun así, Berthold lo consideraba un buen padre, afectuoso y severo, exigente y comprensivo. Nunca antes se había planteado la posibilidad de que pudiera equivocarse en algo, y tampoco estaba muy seguro de querer hacerlo aquella tarde.

Sin embargo, el señor Hoffmann tenía el aspecto de un hombre derrotado. Y, para un joven, no hay nada tan inquietante como ver tambalearse los cimientos de su familia: el buen juicio de su propio padre.

—Wolfram ha vuelto a dar problemas, ¿eh? —preguntó Berthold arrastrando una silla para sentarse frente a él.

—Él cree que los problemas se los damos nosotros. —El señor Hoffmann suspiró y, por primera vez, miró a los ojos a su hijo mayor—. ¿Tú qué piensas?

Berthold parpadeó.

—Pienso —murmuró al fin— que Wolfram se ha rendido.

El señor Hoffmann hizo un gesto de dolor y Berthold casi se arrepintió de haber dicho aquello.

—Ya lo conoces —añadió con suavidad—, rechaza cualquier cosa que conlleve un mínimo esfuerzo, y sanar es una de ellas.

—Sanar. —Su padre se pasó las manos por el pelo—. Berthold, puesto que ya no eres ningún niño, voy a ser sincero contigo: no sé si Wolfram podrá sanar aunque se lo proponga.

Berthold apretó los dientes y, cuando tragó saliva, fue como si un millar de agujas se deslizaran por su garganta.

—Si no se lo propone, padre —declaró secamente—, jamás lo hará. Eso está claro.

—¿Entonces?

—No conozco al doctor Brack, pero se supone que es un buen médico. —El joven se cruzó de brazos—. No creo que Wolfram sepa lo que le conviene mejor que él.

El señor Hoffmann reflexionó por un breve instante.

—No, seguramente no —concedió.

—¿Entonces?

—Entonces, hijo, deberías hacerle una visita al doctor Brack.

—¿Yo? —Berthold enarcó las cejas—. Yo estoy bien, padre…

—Lo sé de sobra. —El señor Hoffmann entrelazó las manos y se inclinó hacia delante sobre el escritorio—. Pero Wolfram ya ha ofendido varias veces al doctor Brack…, quien, por cierto, también estuvo en la fiesta de los Müller. —El padre de Berthold sacudió la cabeza—. Creo que nos corresponde tener un gesto de buena voluntad con él y, puesto que tu hermano no va a ofrecerse…

Berthold se mordió el interior de la mejilla. Por un lado, rechazaba la idea de visitar al médico cuando su hermano se negaba a tomarse la más mínima molestia por su propia salud.

Por otro lado, sabía que sus padres estaban desesperados.

—Está bien —suspiró—, iré a verlo en unos días.

—No tardes mucho, Berthold. —El señor Hoffmann volvió a hundirse en la butaca.

El joven se levantó.

—No lo haré.

—Berthold. —Su padre aún se dirigió a él una última vez antes de que abandonara el despacho—. Gracias.

Berthold lo miró por encima del hombro y, detrás de aquel hombre mediocre, vio al soldado. Su padre jamás había pisado una trinchera, pero se había afiliado al Partido Nazi con la convicción de que Hitler no le fallaría como le habían fallado los socialdemócratas.

«Los políticos nos han traicionado, hijo», le había dicho el señor Hoffmann la víspera de las elecciones de 1933. «Han traicionado a los trabajadores y nos han vendido a los franceses».

Berthold recordaba vívidamente aquellas palabras, y también uno de los carteles que el Partido había pegado por las calles, que representaba a un alemán dirigiéndose a un tipo vestido con sombrero y traje mientras señalaba a una mujer hambrienta. «PRIMERO EL PAN Y LUEGO LAS REPARACIONES», rezaba el texto que acompañaba a la imagen.

No, su padre no había pisado ninguna trinchera. Tampoco lo necesitaba. Él, como todos los alemanes, había sentido en sus propias carnes la humillación que había supuesto la Paz de Versalles, que había dado rienda suelta a la sed de venganza de los franceses y había hundido en la miseria a todo un país. Y el resto del mundo, cómplice, había asistido a la ruina de Alemania sin mover un dedo.

Solo los alemanes se salvarían a sí mismos. Y solo un hombre podía guiarlos.

Berthold había aprendido aquello de su padre. Por eso aún era capaz de ver, detrás de aquel tipo exhausto y confundido, al hombre que lo había inspirado a unirse al Partido Nazi. El hombre que había prendido en su corazón la llama del patriotismo, la que nunca había de apagarse.

Y se dijo, resignado, que ese hombre bien merecía que su hijo visitara al médico que podía salvar a su hermano pequeño.

17

Berthold

—Tienes mala cara, Berthold —dijo Lukas nada más verlo.

—¿Ya estás otra vez? —Konrad levantó la cabeza del periódico que estaba leyendo y lo miró con aire burlón—. Empiezo a pensar que no eres su mamaíta, sino su putita.

—¿Quieres callarte? —Lukas le dirigió una mirada hosca.

Berthold no dijo nada, se limitó a sentarse entre los dos. Carl Klein los había citado en una cervecería del centro, pero saltaba a la vista que el *Stellenleiter* no había llegado aún.

«La noche del nueve de noviembre haremos algo grande», les había dicho, sin darles más detalles. Berthold tampoco se los había perdido.

—¿Qué lees? —le preguntó a Konrad por sacar algún tema de conversación.

Por toda respuesta, el joven le mostró el número de noviembre de *Der Stürmer*, el diario fundado por Julius Streicher. Berthold tendría que haberlo previsto: era el único periódico que Konrad parecía interesado en leer, pues siempre publicaba alguna caricatura. La de aquel mes representaba a un judío portando la cabeza de una mujer en una bandeja, acompañada de la frase: «Los judíos son nuestra desgracia».

—Es muy apropiado —dijo Konrad con tono enigmático.

—¿Hum? —Berthold alzó la vista—. ¿Y eso?

Su amigo esbozó una sonrisa misteriosa.

—Pronto lo averiguarás.

—¿Por qué lo dices? ¿Es que tú ya sabes lo que el *Stellenleiter* quiere que hagamos esta noche?

—«El *Stellenleiter*, el *Stellenleiter*» —se burló Konrad—. ¡Tú siempre pensando en el *Stellenleiter*! Claro, como te dijo que te propondría como *Blockleiter*... Ah, Berthold, tendrías que disimular mejor tu propia ambición.

—¿Qué estás insinuando? —Berthold apretó los puños.

—Que algunos solo hacéis las cosas para quedar bien con vuestros superiores, mientras que otros lo hacemos por convicción.

—¿Qué sabes tú de mis convicciones?

—Más de lo que sabes tú mismo. —Konrad le dedicó una mueca—. Y tú, Lukas, qué calladito estás de repente. ¿No te cansas de ser la putita de Hoffmann...?

—¡Que cierres la boca, he dicho! —Lukas dio un puñetazo en la mesa.

Konrad respondió con una carcajada.

—¡Tranquilo, fiera! —Se dirigió a Berthold con tono confidencial—: ¿También se porta así en la cama?

Berthold reprimió el impulso de propinarle un puñetazo y se preguntó cómo hubiese respondido Wolfram a una provocación semejante.

—¿Por qué lo preguntas? —le espetó a Konrad—. ¿Estás celoso?

Esta vez le tocó a Lukas reírse. Konrad entornó los ojos y fue a decir algo más, pero una voz firme los interrumpió:

—Buenas tardes, muchachos.

Carl Klein se había detenido junto a ellos y se estaba quitando el abrigo. Lukas se apresuró a buscarle una silla y fue a pedirle una cerveza. Mientras, el *Stellenleiter* tomó asiento y contempló a los otros dos chicos.

—Me gusta vuestra puntualidad —comentó.

Encendió un cigarrillo y, como no había cenicero, usó la jarra vacía de Konrad para echar la ceniza.

—¿Habéis memorizado las listas que os facilité?

—Sí —asintieron Berthold y Konrad. Lukas regresó con la cerveza del *Stellenleiter* y volvió a sentarse en silencio.

—Bien. —Carl Klein se inclinó hacia ellos—. Pues esta noche les haréis una visita.

—¿Una visita? —repitió Berthold mientras la boca de Konrad se curvaba en una sonrisa maliciosa.

—Hemos conseguido localizar una cantidad nada desdeñable de negocios y hogares judíos de Berlín —explicó el *Stellenleiter* con tono monótono—. No están todos, naturalmente, pero tenemos para empezar.

—¿Para empezar… a qué? —preguntó Berthold.

No le gustó la mirada que le dirigió el *Stellenleiter*.

—A limpiar las calles —le dijo con tono impaciente—. A sacar la basura, Berthold.

—Pero ¿cómo…?

—¿Necesitas un croquis? —Konrad lo interrumpió—. Hay que enseñarles que no son bienvenidos aquí.

Berthold asintió secamente y, al mismo tiempo, tragó saliva. Sabía que Gerda Schmidt era judía, claro está; pero su padre no era más que un zapatero. ¿Qué amenaza podía suponerle al Reich ese pobre hombre?

—*Stellenleiter*, con el debido respeto —intervino Lukas entonces—, ¿tenemos carta blanca para hacer… lo que haya que hacer? ¿O debemos tener una especial consideración con algunas personas?

—¿Una especial consideración? —Carl Klein le dirigió una mirada gélida.

—Sí, esto…, con los niños, por ejemplo.

—Dime una cosa, Lukas. —El *Stellenleiter* hablaba con un tono de voz peligrosamente amable—. Si las ratas invadiesen tu casa, ¿dejarías vivir a las crías?

—No, claro que no.

—En ese caso, no necesitas que responda a tus preguntas. —Carl Klein se volvió hacia los tres chicos—. Cada uno de vosotros acudirá a los hogares que aparecían en su lista. No estaréis solos, por supuesto: habrá otros miembros del Partido en las inmediaciones. Pero digamos que sois responsables de las direcciones que se os han asignado, ¿entendido?

Berthold pensó en su deseo de ser *Blockleiter* y responsabilizarse de cincuenta hogares. Anhelaba responsabilizarse de su bienestar, de su comportamiento, de que caminaran en la dirección correcta. En modo alguno había imaginado que antes se responsabilizaría de que otros hogares y negocios fuesen exterminados como ratas.

No quería hacerlo.

Aquella revelación le provocó un escalofrío. No quería hacerlo; pero ¿acaso tenía elección? Si esa noche no salía a la calle, si no hacía lo que le decían, habría consecuencias. Y no solo para sí mismo, sino también para su familia.

Tal vez sus padres cayesen en desgracia.

Tal vez el doctor Brack se negase a ver a Wolfram nunca más.

—… ¿Ha quedado claro? —El *Stellenleiter* seguía hablando, pero él ya no se sentía capaz de escucharlo. Asintió como un autómata y esperó a que todos se levantaran para hacer lo mismo.

—Nos vemos esta noche —se despidió Konrad.

—Buena suerte, muchachos. —Carl Klein volvió a ponerse el abrigo.

Y, por primera vez desde que conocía al *Stellenleiter*, Berthold sintió una punzada de resentimiento. Carl Klein no haría acto de presencia esa noche, prefería enviarlos a ellos a hacerle el trabajo sucio.

—¡Hasta esta noche, Berthold! —dijo Lukas, y se alejó en dirección contraria.

Berthold no se movió enseguida, permaneció allí durante un buen rato, inmóvil bajo una farola. Hasta que fue capaz de tomar una decisión.

18

Diario de Ann

Estaba helada cuando desperté aquel diez de noviembre. Y lo hice porque sonaron unos golpes en mi puerta.

—¿Ann?

La voz de Wolfram me aceleró el corazón. Me senté en la cama, confundida por el sueño que se resistía a abandonarme, y miré por la ventana: estaba amaneciendo aún, pero al otro lado se veía…

¿Fuego?

Iba a asomarme, pero los golpes se repitieron. Me puse en pie y fui a abrir la puerta; encontré a Wolfram en el umbral, ya vestido, y le dirigí una mirada confundida.

—¿Se está quemando la casa? —pregunté con voz ronca.

—No, esta casa no. —Él miró con cierta aprensión el corredor vacío—. ¿Puedo entrar un momento?

Me hice a un lado para dejarle pasar y cerré la puerta con llave. Wolfram se acercó a la ventana y su rostro se ensombreció; después se volvió hacia mí y habló con gravedad:

—Han quemado las casas de los judíos.

—¿Qué? —Miré al joven sin comprender sus palabras—. ¿Cómo que las han quemado?

Él tragó saliva y apoyó las manos en el cristal empañado. Entonces, por fin, vi lo que estaba ocurriendo ahí fuera: la ciudad, o lo que se veía de ella desde la Schlossplatz, estaba llena de columnas de humo negro que se mezclaban con la niebla de la madrugada, formando una sombra espesa que parecía devorar Berlín. Durante unos segundos, me quedé mirándola mientras trataba de asimilar aquello.

—Han entrado en las casas de los judíos y han destrozado sus negocios. —Wolfram habló con voz ronca—. Dicen que han matado a unas cien personas. También han quemado sinagogas y han detenido a… ¿miles de familias? —Se llevó las manos a la cara. Nunca lo había visto tan afectado como en ese momento—. Dios mío…

—¿Cómo lo sabes? —murmuré confundida—. ¿Cómo sabes que no es un rumor o…?

—Lo sé —dijo él con desaliento. Y su voz estaba cargada de convicción—. No importa cómo, pero lo sé y… podría haberlo evitado.

Se le quebró la voz y me dio la espalda con el pretexto de mirar por la ventana. Yo tenía ganas de llorar, pero me las tragué.

—Wolfram, no. —Me temblaba la mano cuando la posé en su hombro con delicadeza—. Si ha sucedido lo que tú dices, no es culpa tuya…

—¿Y de quién es, Ann? —Su tono era tan amargo que

fui a retirar la mano, pero él puso la suya encima para impedírmelo.

—De los nazis.

—¿Y nosotros no somos nazis?

—¡No!

—Pero aquí estamos. —Sus dedos presionaron los míos con suavidad—. Viendo cómo lo destruyen todo y guardando silencio.

Entonces, por primera vez, comprendí que aquello no era un mal sueño. Que podía haber gente conocida entre esos judíos a los que habían matado.

—Tengo que ir al cabaret —dije impulsivamente—. Necesito saber si un amigo está bien.

No me di cuenta de que había mencionado «el cabaret» dando por hecho que Wolfram sabía a cuál me refería. Él me miró con los ojos enrojecidos, pero respondió con naturalidad:

—He telefoneado a Anders. Si ese amigo del que hablas es Gustav, está vivo.

Sentí tanto alivio al escuchar aquello que me llevé la mano al corazón. Ni siquiera le pregunté cómo sabía lo de Gustav y Anders, ni que yo era amiga del primero.

—Gracias, Wolfram...

—Pero hay malas noticias. Esta noche han matado a los vecinos de los Bremen, los Jacek —añadió Wolfram sin mirarme directamente—. No sé si tú los conocías…

Dejé escapar un jadeo de horror. No conocía a los Jacek, pero sí a su hijo, el pequeño Noah. Mi mejor alumno de la escuela.

Mis ojos se llenaron de lágrimas. Wolfram abrió los ojos

un poco más de lo normal; luego los cerró y, vacilante, me ofreció sus brazos. Me refugié en ellos sin pensar, solo porque necesitaba tocar algo que no estuviese podrido. «El tacto es todo amor e inteligencia», escribía Helen Keller; pero, para mí, el tacto de aquel jersey era simplemente consuelo.

El día anterior había sido tan egoísta como para llorar por mi propio corazón herido. Me sentí avergonzada y, al mismo tiempo, lamenté tener un motivo para sufrir por los demás y no por mí misma. ¿Cómo habíamos llegado a ese punto?

En realidad, conocía la respuesta: habíamos llegado a ese punto porque los judíos habían dejado de ser personas para convertirse en el otro, el extraño, el enemigo. Primero habíamos jugado a expulsarlos del tablero y, gracias a eso, los nazis se habían creído con derecho a expulsarlos también de sus casas, de sus negocios, de sus hogares.

¿Y quiénes serían los siguientes? ¿Los trabajadores del cabaret, que tenían tendencias «antinaturales»? ¿Los hombres y mujeres de izquierdas, como mis padres y yo, que defendíamos que todo el mundo tenía derecho a existir? ¿Cuál sería la próxima casa en arder a medianoche?

—Lo siento, Ann —murmuró Wolfram al cabo de un minuto. Se apartó de mí con gentileza y secó mis lágrimas con los pulgares—. Pero me temo que los Jacek no serán los últimos.

—¿Y qué hacemos, resignarnos? —dije con voz trémula—. ¿Asumir que los monstruos se han hecho con el poder y dejar que nos maten a todos?

—No.

Wolfram cerró los ojos un instante; después suspiró y me dio un beso en la frente.

—Tengo que telefonear a más gente —se disculpó dando un paso hacia la puerta—. Si quieres ir a ver a tus padres, entretendré a mis hermanas. Hace tiempo que no juego con ellas.

Sentí una oleada de gratitud al escuchar aquello. Mis padres estaban a salvo, afortunadamente, pero deseaba verlos de todas maneras. Solo para comprobar que los tres nos encontrábamos fuera de peligro… todavía.

Porque aquello se parecía cada vez menos a la paz y cada vez más a una tregua.

Le di la espalda a Wolfram para empezar a cambiarme. Pensé que lo siguiente que oiría sería la puerta cerrándose, pero él aún dijo algo más antes de irse:

—Berthold no ha dormido en casa esta noche.

Me quedé helada incluso después de que el joven se hubiese retirado. Sus palabras flotaban a mi alrededor como fantasmas: Berthold no había dormido en casa, Berthold… estaba fuera mientras se cometían aquellos crímenes atroces.

¿Volvería con las manos manchadas de sangre inocente? ¿El mismo Berthold con el que yo había jugado cuando era pequeña, el mismo chico guapo, aunque un poco bruto, que se había empeñado en invitarme al cine y en besarme a pesar de mi reticencia? ¿Lo habían convertido en un asesino sin que nos diésemos cuenta?

Me vestí precipitadamente y salí a la calle. Me detuve nada más cruzar la verja y me quedé mirando el cielo encapotado: cada columna de humo parecía una enorme garra hundiéndose en las nubes. Comencé a caminar, y enseguida me crucé con el primer escaparate roto, el de una papelería en la que yo había comprado lápices para Louise. Sacudí la cabeza, horrorizada, y apreté el paso. Pronto dejé de mirar a ambos lados de la calle y me concentré en mis pasos, solo en mis propios pasos, para no ver lo que había alrededor. Y, una vez más, me sentí cómplice de todo aquello.

Me quedé con mis padres hasta después del almuerzo, aunque apenas probamos bocado. Se habían llevado al señor Blumer por la noche y nadie sabía nada de él; mi madre había ido a preguntarle a un policía y este la había abofeteado. Aún tenía la mejilla roja y mi padre apretaba los puños cada vez que la miraba. Yo me alegraba de que no hubiese presenciado ese momento: de haberlo hecho, quizá mamá y yo estaríamos buscándolo a él en ese preciso instante.

Por primera vez en mi vida, me planteé que estábamos juntos y vivos, y que eso era más de lo que otras personas podían decir. Personas que, como el señor Blumer, se habían sentido relativamente a salvo hasta el día anterior.

—¿Te acompaño a casa de los Hoffmann? —me preguntó mi padre cuando yo ya estaba despidiéndome de mi madre y de él—. Me vendrá bien dar un paseo.

Me quedé mirándolo y se me encogió el corazón: llevaba el pelo gris descuidado, las gafas sucias y la camisa arrugada. Lo que le vendría bien sería descansar.

—Gracias, papá, pero estoy bien. —Le di un beso en la mejilla—. Y te quiero. Os quiero a los dos.

Mi padre parpadeó, pero después esbozó una sonrisa vacilante, como si hubiese olvidado cómo se sonreía y estuviese aprendiendo a hacerlo de nuevo.

—Y nosotros te queremos a ti, Annalie —contestó por fin.

—Cuídate, tesoro. —Mamá me estrujó entre sus brazos y aspiré su perfume con más ganas que nunca—. Nos vemos pronto.

Aquella visita me reconfortó y, al mismo tiempo, me provocó una ansiedad que yo desconocía hasta entonces. Por primera vez, me pregunté cuándo volvería a ver a papá y mamá y pensé en todas las cosas que podían sucederles mientras yo no estaba, cosas peores que la bofetada de un asqueroso nazi.

Estaba nerviosa cuando llegué a casa de los Hoffmann, más de lo que me hubiese gustado. Mis propios problemas parecían insignificantes ahora; y, sin embargo, no podía dejar de preguntarme si mis jefes me reprocharían que hubiese salido sin pedirles permiso. A pesar de la ayuda de Wolfram.

Cuando llegué, sorprendentemente, los Hoffmann no estaban en casa. La señorita Klausen me abrió la puerta con una sonrisa que me pilló desprevenida.

—Adelante, señorita Weigel. —¿Por qué me miraba de ese modo?—. ¿Ha disfrutado del paseo? Hoy la ciudad tiene un aspecto maravilloso, muy limpio.

Yo, que ya estaba quitándome el abrigo y los guantes para ir en busca de las niñas, me quedé lívida al escuchar aquello.

—¿Disculpe? —Me giré para contemplar al ama de llaves, que seguía sonriendo de la misma manera.

Su sonrisa tenía una peculiaridad: en vez de estirar las comisuras de los labios hacia los lados, como casi todo el mundo, la señorita Klausen separaba los labios hasta enseñar las encías rosadas.

—¿No se ha enterado, señorita Weigel? Anoche limpiaron la ciudad de escoria.

Sentí la rabia trepando por mi garganta y, antes de que pudiese detenerla, salió en forma de torrente de palabras:

—Límpiese usted la boca antes de hablar de sus semejantes —le espeté—. Porque los judíos lo son, señorita Klausen, por desgracia para ellos.

El ama de llaves dejó de sonreír y me miró con el rostro desencajado.

—¿Cómo se atreve a hablarme así? —preguntó atropelladamente, pero yo ya estaba dándole la espalda—. Maestrilla de tres al cuarto… ¡Haré que los señores la despidan!

—Bah. —Ni siquiera me volví para mirarla mientras subía las escaleras.

Cuando llegué al corredor a oscuras, lo primero que hice fue tropezar con un bulto.

—¡Ay!

—¿Kristin? —Fruncí el ceño—. ¿Qué haces aquí tumbada?

—¡Hola, señorita Weigel! —dijo la vocecilla de Louise desde el otro lado del pasillo—. Estamos jugando a las linternas, ¿quiere unirse?

Un destello al final del corredor acompañó sus palabras. Aunque no quería aguarles la fiesta, encendí la luz un momento para situarme.

Entonces vi que ahí estaban los tres: Kristin, justo a mi lado; Louise, al fondo del pasillo; y Wolfram, en el centro, mirándome con las cejas ligeramente alzadas, casi expectante.

Yo aparté los ojos de él y me concentré en las niñas.

—¿A las linternas? —repetí lentamente—. ¿Este es el famoso juego del que me hablabais?

—Mire, es muy fácil —empezó a decir Louise con entusiasmo—: cada letra del abecedario se representa con puntos y rayas. Si enciendes la linterna y la apagas rápidamente, es un punto; si la dejas encendida unos segundos, es una raya. Poco a poco, vas formando frases enteras con puntos y rayas, ¡y puedes comunicarte usando solo la luz!

Parpadeé sorprendida al oír la explicación del supuesto juego.

—¿Jugáis a comunicaros en morse?

—¿En morse? —repitió Louise sorprendida.

Entonces vi que Kristin tenía un papel en la mano en el que había escrito el alfabeto morse, probablemente para no tener que recordarlo durante el juego.

—¿Puedo…? —Ella me tendió el papel y me quedé mirándolo durante unos segundos—. ¡Qué curioso!

—¿Usted también sabe jugar, entonces? —insistió Louise—. ¡Yo creía que era un juego que se había inventado Wolfram! ¿O es que los dos jugaban de pequeños?

Su hermano no decía nada. Yo, desde luego, no recordaba haber jugado a «las linternas» con él jamás; sabía qué era el código morse porque mi abuelo había trabajado en una oficina de telégrafos, pero ni siquiera me sabía de memoria cómo se representaba cada letra.

—No. —Fue Wolfram quien respondió a Louise—. Pero quizá a la señorita Weigel le apetezca jugar con nosotros ahora.

—¡A ver si sabe descifrar mi mensaje! —Su hermana pequeña se puso a encender y apagar su linterna.

Con una amabilidad impropia de ella, Kristin me ofreció su copia del alfabeto morse para que pudiera descifrar el mensaje de Louise.

—H..., o..., l..., a... —dije en voz alta, y sonreí—. Hola a ti también, querida.

—¡No, señorita Weigel, no vale hacerlo así! —Louise rio—. ¡Use la linterna!

De nuevo, tuve que recurrir a Kristin para devolverle el saludo a Louise, que se mostró encantada de recibirlo. Tras intercambiar unas cuantas frases de cortesía —«¿Cómo está usted, señorita Weigel?», «Bien, gracias, ¿y tú?», «Me lo estoy pasando de maravilla»—, yo había logrado dejar de pensar en mis padres, en lo que había visto en la calle y en las mezquinas palabras de la señorita Klausen.

Entonces tuve una idea:

—¿Sabéis que también se pueden intercambiar mensajes en morse con sonidos?

—¿Con sonidos? —Se sorprendió Louise—. ¿Cómo?

Kristin también parecía interesada, por lo que procedí a explicarles cómo se hacía y, de paso, qué era el telégrafo, quién lo había inventado y para qué servía. Wolfram no me miraba, pero sonreía para sí mismo, como si estuviese saboreando una broma que solo él comprendía; cuando terminé la improvisada lección, sus dos hermanas estaban entusiasmadas con la idea de comunicarse dando golpecitos en la pared. Fueron corriendo a hacer la prueba en la puerta de su habitación, y aproveché aquel momento para despedirme de ellas.

Quería abordar a Wolfram y preguntarle cómo se le había ocurrido enseñarles morse a sus hermanas. Una parte de mí también quería contarle que el señor Blumer había desaparecido, que un nazi le había pegado a mi madre y que estaba asustada. Pero, para cuando quise hacerlo, él ya se había encerrado en su habitación.

Abatida, me refugié en la mía. Me senté en la cama y abrí *El mundo en el que vivo*, pero volví a cerrarlo al instante: no iba a poder concentrarme en la lectura ese día.

El sonido del piano me provocó un sobresalto. Tendría que haberlo esperado y, sin embargo, mi corazón se aceleró al escucharlo.

Wolfram tocó unos cuantos acordes y se detuvo sin previo aviso. Volvió a empezar. Tardé unos segundos en reconocer *Liebestraum*: una vez más, tocaba sin respetar el ritmo de la partitura original.

Se me secó la garganta. Yo sabía que Wolfram conocía el ritmo de esa canción, la había interpretado maravillosamente el día anterior. Entonces, ¿a qué venía ese cambio? De nuevo, el joven dejó de tocar y volvió a empezar desde el principio.

Tuve una corazonada. Kristin me había regalado su copia del alfabeto morse, y la puse frente a mí mientras sacaba uno de mis cuadernos de notas. Me temblaban tanto las manos que apenas podía sostener el lápiz, pero, cuando la música regresó, me puse a representar las notas con puntos y rayas, poniendo puntos en las notas que sonaban brevemente y rayas en las que duraban un poco más.

No fui capaz de registrar todo lo que oí, pero sí las primeras notas. Aparté el papel y, con un suspiro tembloroso, comprobé si aquellos puntos y rayas realmente aparecían en el alfabeto morse.

Raya, raya, punto, raya. Una «q».

Punto, punto, raya. Una «u».

Punto. La «e».

Durante unos segundos, solo se oyeron el rasgueo del lápiz sobre el papel y mi respiración irregular. Hasta que solté el cuaderno y me tapé la boca con las manos.

No podía dejar de releer aquellas palabras temblorosas, escritas de mi puño y letra, pero secretamente pronunciadas por los dedos que acariciaban el piano.

«Querida Ann».

La música volvió a sonar, y esta vez duró más tiempo. Cerré los ojos e imaginé el rostro de Wolfram, su expresión concentrada, la sonrisa que quizá encerraran sus labios en ese instante. ¿Cuánto tiempo llevaba escondiendo mensajes en las canciones que tocaba, dejando que la verdad vibrara en los cimientos de aquella casa sin que nadie se percatara de ello? Impresionada, pero decidida, recuperé el cuaderno y el lápiz.

Punto, punto, punto...

19

Diario de Ann

El papel temblaba entre mis dedos.

Querida Ann:

Este podría ser el principio de una carta de amor, pero me temo que solo es la confesión de un hombre egoísta y cobarde. Egoísta porque, mientras el mundo se rompe en pedazos, él se lamenta porque la mujer a la que siempre ha querido no le corresponde; cobarde porque, en vez de callarse, se desahoga a través del piano.

Pero basta de hablar de mí.

¿Ves lo mismo que yo cuando te miras en el espejo, ves la luz que hay en ti? Has traído de vuelta cosas que creía muertas y enterradas, como la tolerancia, la alegría y la bondad. Berlín se ha convertido en un sumidero, pero tu presencia aquí me recuerda que hubo un pasado y que podría haber un futuro.

Gracias por volver a mi vida, mi vieja y querida amiga, y

ojalá ese futuro lo veamos los dos. Aunque no estemos juntos entonces.

Una y otra vez, como el eco de una herida, las palabras de Berthold resonaban en mi memoria: «No conseguiste a la mujer que querías». Eso le había dicho a Wolfram cuando discutieron en el cabaret, pero yo lo había pasado por alto en ese momento.

¿Era yo, yo era la mujer a la que Wolfram quería? En tal caso, Berthold se equivocaba: Wolfram nunca había intentado tenerme. Wolfram no quería poseer a nadie, y aquellas palabras escondidas en las notas de *Liebestraum* eran la prueba de ello. Una prueba más.

Me puse en pie con dificultad. ¿Tolerancia, alegría y bondad? ¿Eso era lo que Wolfram veía en mí, la maestra fracasada, la que solo podía asistir a la destrucción de todo aquello en lo que creía? Apenas podía dar crédito.

Y, sin embargo, sabía que no me estaba mintiendo. Nunca me hubiese mentido de esa manera.

Ni siquiera llamé a su puerta, tan solo la abrí. Lo encontré sentado en la banqueta, de espaldas a mí, tan silencioso como su preciado instrumento. No se giró, y yo tampoco me dirigí hacia donde estaba. Lo que hice fue cerrar la puerta a mis espaldas, apoyarme en ella y cerrar los ojos.

—No eres egoísta ni cobarde —murmuré—, y te quiero.

Ya estaba, ya lo había dicho. Sin mensajes cifrados, sin ambigüedades, sin protegerme de ningún modo. Solo la verdad, cruda y hermosa como era.

Oí el sonido de la banqueta arrastrándose y abrí los ojos de nuevo. Los de Wolfram estaban clavados en mí.

No había alivio en ellos, ni tampoco recelo. Solo asombro.

—¿Qué? —dijo con un hilo de voz.

Nunca lo había visto tan perdido como entonces.

—Que te quiero, Wolfram, desde el día que apareciste en el salón y les dijiste a tus padres que quitaran «esa cosa» de la pared. —Hablaba deprisa, casi sin detenerme a recuperar el aliento, porque temía no ser capaz de hacerlo de otra manera—. Cuando te vi con Hans en el cabaret, pensé que no sentías lo mismo por mí y quise evitarte, y eso sí que fue egoísta por mi parte. Lo siento.

—¿Por eso te mostraste tan fría conmigo de repente? —Él me miraba con estupor—. Creí que…

—¿Qué? ¿Qué creíste? —pregunté al ver que callaba.

Pero Wolfram sacudió la cabeza lentamente y me dio la espalda otra vez.

—Creí que te había decepcionado —dijo con amargura—. Ya sabes, porque no era un hombre de verdad…

Sus hombros estaban ligeramente hundidos. Por fin, me atreví a dar un paso hacia él.

—Wolfram, no voy a juzgar a nadie por desear a otra persona, y menos aún por quererla. —Me crucé de brazos—. Solo estaba celosa.

—Celosa —repitió él con un bufido—. Dios, Ann… Lo peor de todo es que yo nunca he querido a Hans. —Se volvió hacia mí nuevamente—. Fui al cabaret para evadirme, para pasar el rato…, pero las cosas se complicaron. En todos los sentidos.

—¿En todos los sentidos?

—Prefiero no hablar de ello.

—¿Por qué nadie confía en mí? —Le mostré mis manos desnudas—. ¿No me crees capaz de ayudarte, por eso nunca me cuentas nada?

—¿Disculpa? —Wolfram alzó las cejas—. ¿Estás insinuando que no quiero hablar de ciertas cosas *contigo*? ¿No has pensado que quizá no quiera hablar de ello *con nadie* en este momento?

Lo que decía tenía sentido, pero yo no podía evitar pensar en el día anterior, cuando había descubierto que Wolfram no solo era un visitante habitual de Eldorado, sino que todos mis amigos y conocidos lo sabían. Todos menos yo.

—Vale, da igual.

—¡Por Dios, Ann! ¿Es que tú nunca has tenido un secreto? —Ahora me miraba con impaciencia—. ¿Y si mis secretos pudiesen ponerte en peligro? ¿Querrías que te los contara igualmente?

Tragué saliva. Olivia había recurrido a ese mismo argumento para justificarse; me pregunté si los secretos de mi amiga estarían relacionados con los de Wolfram de alguna manera, pero luego me dije que aquello no tenía sentido. Olivia y Wolfram pertenecían a mundos diferentes.

—Me gustaría poder decidirlo yo también —repliqué con frialdad—. De todos modos, no veo por qué iba a ponerme en peligro saber ciertas cosas.

—¿Qué cosas?

—Qué es lo que te pasa, por ejemplo.

—¿Te refieres a mi enfermedad? —Wolfram volvió a sentarse en la banqueta—. No es algo de lo que me guste hablar, pero, si tanto te interesa, es una enfermedad respiratoria. No empecé a presentar síntomas hasta hace unos años, cuando me di cuenta de que me fatigaba al subir escaleras. Durante meses, Berthold y sus amigos se burlaron de mí y me llamaron debilucho, pero entonces mi madre llamó al médico y me diagnosticaron. Poco después, mi padre se empeñó en que me tratara Viktor Brack, pero me pegaré un tiro antes de permitir que vuelva a ponerme las manos encima, así que supongo que mi destino es seguir empeorando hasta que muera asfixiado algún día. Eso o el tiro, que, por cierto, me parece mucho más romántico.

Mientras hablaba con tanta crudeza, yo sentía que algo se rompía dentro de mí. Él parecía tranquilo, aunque ya no había ninguna ternura en su mirada.

—Ahí tienes la verdad, Ann. —Se encogió de hombros—. ¿Te sientes mejor ahora? Yo, desde luego, no.

—¿No se puede hacer nada? —murmuré—. ¿No puede tratarte otro médico o...?

—Podría, pero no ahora. No mientras las cosas sigan así. —Sonrió con desgana—. ¿Quieres que sigamos hurgando en alguna de mis heridas o pasamos a las tuyas?

—¡Eso es injusto, Wolfram! —protesté—. Me has dicho que no querías decirme la verdad para no ponerme en peligro, pero esto...

—¡Esto también te pone en peligro, maldita sea! —Se levantó bruscamente—. ¡Todo lo que tiene que ver conmigo te pone en peligro ahora!

Fui a responder, pero no llegué a hacerlo. Se produjo un silencio tenso, uno durante el cual fui plenamente consciente de la sangre que calentaba mi cuerpo. Una parte de mí se sentía turbada por aquella conversación; otra no podía dejar de recrearse en el rostro de Wolfram, en el rictus de sus labios y en el brillo desafiante de sus ojos.

—¿También besarte me pone en peligro? —murmuré.

Él entornó los ojos.

—¿Besarme…?

—Quiero besarte.

Parpadeó dos veces. Después resopló y sacudió la cabeza con incredulidad.

Pensé que iba a decir algo, pero no lo hizo. Tan solo cubrió la distancia que nos separaba, me puso una mano en la espalda y me atrajo hacia sí.

Pude sentir el deseo palpitando en su palma caliente, y su aliento en mis labios incluso antes de recibir el primer beso. Nos miramos, igual de perdidos, y entonces él se inclinó para tomar mis labios con un jadeo.

El contacto fue cálido y firme. Durante unos segundos, me perdí en aquella caricia, en el aroma conocido y la sensación de vértigo. En la solidez de su cuerpo apretado contra el mío y en el primer escalofrío que descendió por mi nuca.

Luego enterré las manos en su pelo y entreabrí la boca para recibir algo más que aquel roce. Wolfram lo comprendió y su lengua buscó la mía, tentativa al principio y casi con furia después.

Me estremecí. Todo mi cuerpo parecía despertar de un largo sueño, y me asaltó el deseo febril de desnudarme y sentir esa misma mano que presionaba mi espalda directamente sobre la piel.

Me aparté un instante de Wolfram, solo para contemplarlo, y vi que tenía los ojos entrecerrados. Sonrió un poco, y yo besé su sonrisa antes de pasarle la lengua por el labio inferior. Su respuesta fue un jadeo ronco que me erizó la piel; momentos después, sentí sus manos levantándome las faldas del vestido.

Yo misma lo empujé hacia la cama, donde se sentó, y me subí a su regazo. Entonces fui realmente consciente de que estaba excitado. Ninguno de los dos era un adolescente inexperto, ambos nos habíamos acostado con otras personas; quizá por eso no había vacilación en nuestros movimientos, ni esa timidez tan propia de quienes exploran lo desconocido. Yo alternaba besos y miradas, había tomado el control sin darme cuenta; Wolfram se dejaba arrastrar por mí, respondiendo cada vez que yo atacaba sus labios y sonriendo levemente cuando mis ojos buscaban los suyos.

Empecé a desabrocharme el vestido, pero él apartó mis manos con gentileza y lo hizo en mi lugar. Me incliné para besarle los dedos, y hasta le lamí el índice y el corazón; él abrió los ojos sobresaltado y, con un gruñido excitado, me puso las manos en la nuca y me besó con una rudeza que no esperaba.

Terminó de arrancarme el vestido, que cayó al suelo de cualquier manera. No había sensualidad en aquellos gestos, Wolfram y yo no estábamos jugando a seducirnos; ni las novelas semanales ni los bailes eróticos del cabaret podían compararse a ese deseo sincero, agresivo y tierno. Los labios de mi amante, enrojecidos por culpa de los besos, se abrieron con un gemido cuando le metí la mano bajo los pantalones, buscando la dureza de su sexo. Su respuesta fue bajarme la ropa interior a tirones.

—Oye, Ann —jadeó—, no puedo más. Si debo detenerme, dímelo ahora…

Por toda respuesta, aparté mi ropa interior de un puntapié y me abracé a él. Momentos después, me encontré desnuda en su cama, completamente expuesta ante sus ojos sedientos, y me sentí bien. Libre, audaz, lejos de aquel Berlín que empezaba a odiar con todas mis fuerzas.

—Deja de mirarme así y ven aquí —dije sin poder contener una sonrisa.

Wolfram también sonrió; luego hundió el rostro en mi cuello y lo cubrió de besos húmedos. Cuando empezó a bajar por mis senos, me vino a la mente un extraño pensamiento: en el tacto estaban el amor y la inteligencia, pero también la calma y el perdón. Wolfram y yo, sin pretenderlo, nos habíamos herido con nuestras miradas y nuestras palabras, y solo la piel podía curarnos.

Él quería entretenerse, lamer las zonas sensibles de mi cuerpo y continuar excitándome hasta que no pudiera más. O eso me dijo después, cuando ya descansábamos abrazados entre las sábanas húmedas. Pero yo tenía prisa, quizá porque llevaba mucho tiempo deseándolo en contra de mi voluntad o quizá porque aquel día había aprendido que a veces el tiempo se acaba de pronto y nos deja con los besos ardiendo en los labios y las palabras prendidas en el corazón.

Me permití detenerme solo para ir a buscar una de las pastillas de la doctora Stopes; mientras me preparaba, Wolfram se tumbó en la cama, lánguido y risueño, y comenzó a provocarme a propósito con su desnudez. Prometí darle su merecido y, por algún motivo, esa idea le hizo reír. Dejó de hacerlo cuando quise subirme encima de él: entonces su mirada se oscureció, su sonrisa se volvió peligrosa y, de pronto, me encontré tumbada boca arriba, con las piernas separadas y el cuerpo encendido.

—¿Y ahora qué? —murmuró él adelantando sus caderas.

Su sexo rozó el mío y gemí en voz alta. Wolfram rio entre dientes y me tapó la boca.

—Shhh, no querrás que nos oigan, ¿verdad?

Debió de arrepentirse de aquellas palabras nada más pronunciarlas. Porque, de algún modo, nos devolvían a esa realidad de la que los dos necesitábamos escapar. Sea como fuere, no tuvo tiempo de decir nada: sin apartar su mano, puse las mías en sus caderas y lo empujé hacia mí.

Se deslizó en mi interior con una delicadeza que no había demostrado hasta entonces. Ya no sonreía, solo me miraba con una mezcla de temor y euforia, una que debían de reflejar mis propios ojos. Sus primeras embestidas fueron lentas, pero luego comenzó a moverse más deprisa, al ritmo que yo le marcaba, sin dejar de contemplarme.

Su rostro se contrajo. Giré la cara para morder la almohada, no quería que se me oyese fuera de aquellas cuatro paredes; Wolfram debió de pensar lo mismo, porque apretó los labios y, tras cubrirnos con las mantas a los dos, se escondió en la curva de mi cuello, donde empezó a murmurar mi nombre.

20

Diario de Ann

El aliento de Wolfram me desordenaba el pelo. Cerré los ojos, satisfecha, y acaricié su brazo perezosamente.

—Tengo que irme —susurré—. Prometí que le contaría un cuento a Louise antes de cenar…

Hice ademán de levantarme, pero Wolfram se abrazó a mi cintura para retenerme.

—Solo un momento —pidió.

Me dio un beso en el vientre; yo enterré los dedos en su cabello y suspiré. Solo hacía un par de semanas que éramos amantes, pero ya me había aprendido todo su cuerpo, desde la curva de sus cejas hasta las piernas delgadas, y apenas podía creer que todo hubiese comenzado aquel diez de noviembre cargado de sangre y temor.

—Ya está, puedes irte. —Por fin, Wolfram me soltó. Después él mismo se sentó en la cama—. Yo también debería hacer acto de presencia.

Empecé a vestirme con desgana. En realidad, hubiese preferido quedarme con él, pero no podía dejarme llevar solo por mis deseos. Porque podrían descubrirnos y, sobre todo, porque no tenía edad para esas cosas. Wolfram y yo no éramos dos jóvenes atolondrados, sino dos adultos supuestamente capaces de llevar sus asuntos con discreción.

—¿Crees que tu familia sospecha esto? —murmuré a pesar de todo.

—¿Que estoy loco por ti? —Wolfram sonrió alzando las cejas—. Me temo que todos lo saben. Lo estaba ya hace cinco años, antes de que…

—Ya veo.

—Entonces me considerabas un crío, ¿verdad?

—*Eras* un crío, Wolfram.

Rio entre dientes y se levantó para recuperar sus pantalones. Mientras se los ponía, yo no dejaba de mirarlo de reojo, pero disimulé cuando se irguió de nuevo y se abrochó el cinturón.

—Berthold lo sabe, al menos —añadió al cabo de un momento—. Y creo que Kristin…

—Kristin debe de sospecharlo. —Me alisé el vestido y comprobé que todo estuviera en su sitio—. Al principio, cuando empecé a trabajar aquí, me acusó de querer seducirte…

—No le faltaba razón…

—Idiota. —Resoplé—. También me dijo que yo era demasiado vulgar para ti.

—Demonios. —Wolfram dejó de sonreír—. ¿Tengo que darle un escarmiento?

—Oh, no. Ahora nos llevamos bien, o eso creo. —Con la

excusa de abrochar su camisa, le rocé el pecho desnudo con los nudillos—. Además, ella te adora.

—¿Tú crees? —Él atrapó una de mis manos para llevársela a los labios—. Le hace más caso a Berthold.

«Porque a él le tiene miedo», pensé, pero no lo dije en voz alta. Wolfram y yo no habíamos vuelto a hablar de su hermano desde aquella amarga noche, que acabarían llamando la Noche de los Cristales Rotos, y era mejor así.

Por lo demás, habíamos hablado de casi todo. De la relación de Wolfram y Hans, por ejemplo, y también de la mía con Günther. Wolfram y el joven habían tenido un breve romance que había comenzado durante una de las visitas de Wolfram a Eldorado y había concluido cuando, tras recibir una paliza de los camisas pardas y ser dado por muerto, Hans había decidido marcharse de Alemania. Cómo se las había arreglado para hacerlo era un misterio para mí, como tantos otros. En cualquier caso, Wolfram hablaba de él con afecto, pero sin pasión, y a mí no me importaba. Tampoco él parecía molesto cuando yo le contaba cosas de Günther, y eso que Günther había sido algo más que un amante pasajero para mí. Probablemente, si se hubiese quedado, nos hubiésemos casado, y entonces yo no hubiese podido compartir la cama y el corazón con Wolfram. Recordaba a Günther como quien recuerda un lugar agradable que visitó en una ocasión y al que no piensa volver jamás, y Wolfram parecía comprenderlo.

Cuando consideré que mi aspecto era más o menos presentable, abandoné sigilosamente el dormitorio de Wolfram. El corredor estaba oscuro, pero, cuando las tablas de madera crujieron bajo mis pisadas, me pregunté con cierta aprensión si la señorita Klausen andaría husmeando por el piso de arriba. Me dirigí velozmente hacia la habitación de las niñas, pero entonces una voz me detuvo:

—¿Ann?

Di un respingo y me giré rápidamente. Berthold acababa de subir las escaleras, por lo que descarté de inmediato que me hubiese visto saliendo del cuarto de su hermano; aun así, me costó aparentar tranquilidad.

El joven encendió la luz del pasillo, algo que agradecí, y me dirigió una mirada azorada. Ese día, al menos, no iba uniformado.

—¿Podemos hablar?

—¿No lo estamos haciendo ya?

—Mira, Ann, lo siento —me soltó abruptamente—. No estoy orgulloso de lo que hice aquel día, no he dejado de darle vueltas al asunto en todo este tiempo. Me porté como un animal y por eso te ofrezco mis más sinceras disculpas.

Mientras hablaba, me miraba como mis alumnos de la escuela cuando los sorprendía copiando en un examen. Estaba encorvado y tenía las orejas rojas.

¿Se arrepentía de verdad o solo intentaba darme pena? Si hubiese sido cualquier otro hombre, hubiese creído que era lo segundo, pero Berthold parecía lo bastante cretino como para llegar a pensar que una mujer caería rendida en sus brazos si la obligaba a recibir un beso suyo.

Sea como fuere, no me correspondía a mí enseñarle decencia ni modales.

—Disculpas aceptadas, Berthold —dije con paciencia.

—No volveré a intentar nada contigo —insistió él—. Ya me ha quedado claro que prefieres a mi hermano.

Sus palabras se me clavaron en la boca del estómago y sentí rabia. ¿Por qué Berthold no podía disculparse sin más, por qué tenía que entrometerse en mi vida íntima y en la de su hermano? Él no podía saber lo que acababa de ocurrir a escasa distancia de nosotros, entre las sábanas de Wolfram, pero su comentario me inquietó de todas maneras.

Aun así, traté de mostrarme lo más indiferente posible:

—No recuerdo haber manifestado mis preferencias por ningún hombre.

—Mira, a mí no me engañas. —Berthold esbozó una sonrisa amarga—. Supongo que me lo merezco, no tendría que haber subestimado los encantos del pequeño Wolfram.

¿El pequeño Wolfram? Aunque probablemente él se hubiese reído al escuchar aquello —y quizá hubiese recurrido a su humor más irreverente para asegurar que no era pequeño en ningún sentido—, me molestó el tono condescendiente de Berthold. Y, al mismo tiempo, comprendí que, para un hombre como él, el hecho de que una mujer pudiese preferir a su hermano pequeño, tan débil, tan poco viril, era a la vez un misterio y un insulto.

Bien, pues ya podía ir acostumbrándose.

Estaba a punto de decirle a Berthold que, sintiéndolo mucho, tenía que reunirme con Louise enseguida; pero entonces tuve un momento de inspiración.

—Por curiosidad, ¿qué opinión te merece ese doctor Brack?

Berthold parpadeó sorprendido.

—¿El doctor? Pues... tengo entendido que tiene buena fama. A mí nunca ha tenido que tratarme, jamás me pongo enfermo. —Había un estúpido orgullo encerrado en esas palabras, como si estar enfermo fuese algo vergonzoso—. Aunque dicen que tiene ideas extrañas.

—¿Ideas extrañas? —insistí—. ¿Qué clase de ideas?

—Ni idea, ya te he dicho que nunca ha tenido que tratarme. —Berthold me miró con los ojos entornados—. ¿Por qué me has preguntado por él?

—Porque sospecho qué clase de ideas tiene. —Sacudí la cabeza—. ¿Sabes, Berthold? No entiendo cómo puedes soportarlo.

—¿Soportar qué?

El joven parecía confundido. Recordé lo que Wolfram me había dicho la mañana siguiente a la Noche de los Cristales Rotos, que no había vuelto a casa en toda la noche, y sentí un vértigo desagradable en la boca del estómago. ¿Era seguro para mí seguir con aquella conversación? ¿Hasta qué punto podía hablar con Berthold?

—¿Qué hiciste la noche del nueve de noviembre? —le solté finalmente. A bocajarro.

Durante una fracción de segundo, Berthold se quedó sin habla.

—¿El nueve de noviembre? —repitió al cabo de un instante—. ¿Te refieres a *esa* noche? —Su expresión se endureció—. Si lo que quieres saber es si quemé alguna sinagoga, no, no lo hice. Ni maté a nadie, Ann, por el amor de Dios. ¿Por eso no me has dirigido la palabra en todo este tiempo? —Levantó la voz, pero no parecía enfadado, sino espantado—. ¿Me consideras un asesino?

—¿Acaso no te rodeas de ellos? —repliqué yo—. «Los muchachos», como te gusta llamarlos, ¿a cuántos judíos asesinaron esa noche? —Se me hizo un nudo en la garganta al pensar en el simpático señor Blumer, del que ya no habíamos vuelto a saber nada más—. ¿A cuántos jóvenes con tendencias «antinaturales» golpean por pura diversión?

Pensé en Hans, que había tenido que huir de su propio país, y en Gustav y Anders, que seguían viéndose a escondidas a pesar del peligro que corrían los dos. Por lo que me había contado Wolfram, Anders estaba dispuesto a pasar por el aro y a fingir que era el hijo perfecto si así podía garantizar la protección de Gustav y su familia. Su posición, aunque privilegiada, también era delicada en cierto modo. Y todo por culpa de aquellas malditas bestias.

—Escúchame, Ann. —Berthold se había sonrojado completamente, quizá de vergüenza o quizá de simple irritación—. No digo que sus métodos me gusten, pero hacía falta limpiar Alemania…

—¿Limpiarla de qué, por el amor de Dios? —lo interrumpí—. ¿De la gente que no es igual que tú? ¡De lo único que hay que limpiar este país es del odio que han estado sembrando tus compañeros de partido! ¡Porque yo soy tan alemana como vosotros y te aseguro que prefiero a cien judíos que a un solo nazi…!

Dejé de hablar al ver que Berthold se volvía hacia el extremo opuesto del pasillo. La señorita Klausen se había detenido allí y permanecía inmóvil, como una urraca decidiendo si abalanzarse o no sobre una joya especialmente brillante.

—Esta es una conversación privada, señorita Klausen —le dijo Berthold con tono cortante.

Ella respondió con una inclinación de cabeza y se alejó escaleras abajo, pero yo ya no podía sentirme cómoda. Tras un instante de vacilación, Berthold señaló el fondo del corredor y, cuando nos detuvimos junto a la pared, se inclinó para hablarme en susurros:

—A veces hay que hacer sacrificios, Ann. A veces hay que sacrificar a algunas personas por el bien común.

Podría haberle gritado que ese era un pensamiento completamente egoísta, una auténtica bajeza por su parte. Pero ni siquiera sentía furia ya, solo cansancio y un profundo desprecio por todo aquello.

—¿Y qué pasará cuando quieran sacrificarte a ti? —pregunté en voz baja, pero sin apartar los ojos de él—. ¿Te entregarás alegremente por ese supuesto bien común?

—No digas tonterías, mujer. —Berthold sonrió con nerviosismo—. A mí no me pasará nada, yo soy un buen ciudadano. Un buen alemán. Como mi familia y como tú, por mucho que quieras ponerte del lado equivocado.

Sacudí la cabeza con lentitud.

—Eso es lo que crees ahora. —Mis palabras, aunque suaves, resonaban en todo el corredor—. Crees que eres intocable porque nadie te ha tocado aún, pero ¿y si un día sucede? ¿Y si un día, cuando se hayan cansado de perseguir a los judíos, a los homosexuales y a cualquier persona que no piense y viva como ellos, los nazis se vuelven contra ti o contra las personas que quieres? ¿Qué harás entonces, Berthold, a quién acudirás? Porque, a este paso, ya no quedará nadie que pueda ayudarte.

—Estás exagerando…

—Ojalá. —Retrocedí un paso—. Ojalá todo esto sea una exageración, ojalá no lleguemos a ese punto. Pero me temo que ya estamos llegando. —Cerré los ojos un instante y suspiré—. Y, si la gente como tú, la que no está del todo podrida, sigue permitiéndolo, pronto ya no habrá vuelta atrás.

No esperé respuesta: sin darle tiempo a reaccionar, pasé por su lado y fui directa hacia la puerta de la habitación de las niñas. Pero aún oí cómo murmuraba una última frase, casi avergonzado: «¿Y qué quieres que haga?».

¿Qué quería que hiciese? Lo mismo que quería hacer yo misma: enfrentarme a los nazis, impedirles que dañaran a más inocentes, expulsarlos de unas instituciones que nunca tendrían que haber pisado y de unas calles que no les pertenecían. Demostrarles que estaban solos, que la mayoría de la gente no pensaba como ellos.

Pero sabía que no iba a hacerlo, que seguiría callándose… hasta que le tocara a él.

Frustrada, me detuve frente a la puerta y puse la mano en el pomo. Pero, antes de hacerlo girar, me obligué a respirar hondo y a pensar en cosas agradables: Wolfram tocando el piano, el olor de mi madre, Wolfram dirigiéndome una mirada cómplice desde la otra punta de la habitación, la voz de mi padre, Wolfram y yo haciendo el amor en silencio.

Logré articular una sonrisa, una que intentaba ser lo más sincera posible, y entré.

—¡La estaba esperando, señorita Weigel! —El tono de Louise no era acusador, sino alegre. Junto a ella, Kristin fingía leer una revista, pero yo sabía que estaba atenta a lo que decíamos—. ¿Me cuenta el cuento que me ha prometido antes?

—Claro. —Me senté en su cama y le coloqué un mechón de pelo detrás de la oreja—. ¿Te apetece alguno en especial?

—El del gato.

—A tus padres no les gusta ese cuento, querida.

—Bueno, señorita Weigel, no tienen por qué enterarse de que me lo ha contado otra vez…

Miré de reojo a Kristin, que seguía parapetada tras su revista. Completamente inmóvil.

Y decidí darle un voto de confianza.

—Érase una vez un gato que vivía en una próspera granja llena de animales… —comencé.

Por fin, Kristin bajó la revista y me miró fijamente. Y, mientras Louise y ella me escuchaban, en silencio y con los labios entreabiertos, me pregunté si, después de todo, existía una pequeña posibilidad de que ese futuro del que hablaba Wolfram en su peculiar confesión se hiciese real. En ese caso, pensé mirando a las dos niñas, ellas debían construirlo por nosotros.

21

Diario de Ann

—Suéltalo de una vez: ¿con quién te estás acostando?

La pregunta de Olivia casi me hizo escupir el té. A Gustav le entró la risa floja y Anders también sonrió con disimulo; los cuatro estábamos sentados en el camerino de Olivia, poniéndonos al día, y mi amiga pasó de enseñarnos el descarado vestido que se pondría esa noche a interrogarme de ese modo.

—¿De qué hablas? —protesté débilmente—. ¿Por qué tendría que estar acostándome con alguien?

—Por el amor de Dios, chicos, decidme que no soy la única que la ha oído suspirar ciento siete veces en lo que llevamos de tarde. —Olivia puso los ojos en blanco—. A juzgar por eso y por tus ojeras, Ann, deduzco que es un amante maravilloso.

—No está mal —concedí avergonzada. La carcajada que soltó Gustav no me ayudó.

—¿Vas a ruborizarte? ¿Tú, una mujer con experiencia? ¡Ay, cariño, me matarás de un disgusto al final! —Mi amiga se sentó en la alfombra y se apoyó en mis rodillas con aire teatral—. A ver, deja que adivine quién es: su nombre empieza por «W» y termina en «*olfram* Hoffmann»…

—¿Se lo has contado tú? —Me volví hacia Anders y lo señalé con un dedo acusador, pero él me mostró las palmas de sus manos.

—Yo no he dicho nada… que no se supiera ya.

—¿Que no se supiera? —me indigné.

—Los amigos de Wolfram sabemos que está loco por ti, y sus enemigos, por desgracia, también. —Anders estiró un brazo para rodear los hombros de Gustav con él—. Y siento decirte que tu querido Hans se fue de Alemania odiándote por eso. Aunque supongo que lo superará cuando encuentre a otro en… ¿Francia? —dirigió la pregunta a Olivia.

—¿Cómo demonios quieres que sepa dónde está? —Mi amiga respondió con tono cortante. Supuse que la partida de Hans la habría afectado más de lo que quería dejarnos ver; al fin y al cabo, era uno de sus protegidos. Anders debió de notar su irritación, porque no dijo nada más—. Ann, sabes que no es muy inteligente proclamar a los cuatro vientos que la oveja negra de los Hoffmann y tú tenéis un romance, ¿verdad?

—Yo ni siquiera he sacado el tema —dije con fastidio—. Y tú lo sabrás mejor que yo, Olivia, ¿o no conocíais todos a Wolfram antes de que yo supiese que venía a Eldorado?

Olivia y Anders intercambiaron una mirada y Gustav agachó la cabeza. El ambiente había dejado de ser distendido, pero yo no quise quitarle hierro al asunto: después de todo, seguía molesta por haber sido apartada de todo aquello. ¿Qué tenía de malo que supiese lo de Wolfram?

Tras un breve silencio, Olivia abrió la boca para decir algo; pero, antes de que pudiese hacerlo, la puerta se abrió de golpe y Doreen apareció en el umbral.

—Preguntan por ti, Rubí —anunció con su voz aguda.

—Ya. —Mi amiga suspiró ostentosamente y se puso en pie—. Y supongo que debo ponerme el batín de seda roja...

—Como siempre. —Doreen le dedicó un guiño amistoso y se marchó.

—¿A tu amigo le gusta el rojo? —pregunté sin poder contenerme.

—¿De qué amigo hablas? —Olivia ya se estaba cambiando, pero se detuvo un instante para contemplarme.

—Amigo o amiga, eso ya no lo sé. Pero siempre te pide que vayas con el mismo batín.

—Qué observadora —bufó mi amiga. Después se inclinó para darme un rápido beso en la frente—. Vuelve pronto, preciosa.

—Lo haré. —Me quedé mirando cómo se iba y luego yo también me levanté—. Será mejor que me vaya, chicos: no debo llegar más tarde que la bandeja de la señorita Klausen.

—Ann. —La expresión seria de Gustav me hizo detenerme—. No se lo tengas en cuenta.

Me giré hacia él y lo interrogué con la barbilla. Al chico parecía costarle un triunfo sostenerme la mirada.

—A Olivia. No lo hace con mala intención.

—¿Qué cosa? —Me había perdido.

Anders le dio un pequeño codazo a Gustav. Aquello terminó de impacientarme.

—Mirad, ya he asumido vuestros secretismos, pero, por lo menos, tened el detalle de disimular un poco.

—Joder, Ann. —Gustav frunció el ceño—. ¿Por qué siempre tienes que pensar que los secretos que guardamos tienen que ver contigo y encima son malos?

—Hay cosas que es mejor no saber. —Anders se miraba las uñas.

—Vale, lo que vosotros digáis.

Estuve a punto de marcharme en ese momento, pero después recordé aquella noche, la noche que lo había cambiado todo. Recordé que Gustav y sus padres habían perdido a sus amigos, los Jacek, y que, horas antes, ninguno de ellos podía imaginar siquiera que no volverían a verse nunca.

Por eso me di la vuelta y me arrodillé frente a los dos jóvenes, que me miraron sorprendidos.

—Lo siento —dije sacudiendo la cabeza—. Hay demasiadas cosas que no dependen de mí últimamente y siento impotencia. Pero ni vosotros ni Olivia tenéis la culpa, cada cual está en su derecho de guardarse lo que considere oportuno.

Wolfram me había dado esa lección: me había contado lo de su enfermedad prácticamente obligado, y los dos nos habíamos sentido peor después. Yo no dejaba de martirizarme pensando que, si hubiese tenido paciencia, él me hubiese hablado del tema cuando se hubiese sentido preparado para ello; me había prometido a mí misma no cometer el mismo error dos veces, ni con Wolfram ni con nadie más.

—No tienes que disculparte, y menos con él —bufó Anders mientras Gustav se inclinaba para darme un beso en la cabeza—. Tendrías que ver cómo se pone cuando no quiero contarle algo.

—¡Me ocultas información importante! —protestó mi amigo sin soltarme aún.

—Cuando estoy contigo, amor mío, lo último en lo que me apetece pensar es en lo que han dicho o hecho los nazis de mierda a los que tengo que aguantar todos los días. —Anders torció el gesto y después volvió a mirarme—. Pero confía en nosotros, Ann. La vida nos ha enseñado que la verdad suele ser peligrosa, lo cual no obsta para que te consideremos nuestra amiga.

—Confío en vosotros —dije sin mentir—. Gracias.

Me levanté y, antes de salir, los abracé a los dos al mismo tiempo. Anders pareció sorprendido, pero me dio unas palmaditas en el hombro; en cuanto a Gustav, me besó por toda la cara con una sonrisa en los labios.

Solo entonces me sentí lo bastante tranquila como para despedirme de ellos.

Tuve que hacer la mitad del camino corriendo para no llegar tarde, pero logré adelantarme a la bandeja de la señorita Klausen, que me miró de hito en hito antes de que le cerrara la puerta en las narices. Ninguna de las dos se molestaba en ocultar nuestra mutua animadversión.

Me tomé la sopa de patatas en silencio, deseando secretamente oír el piano. Pero no se oían ruidos al otro lado de la pared. Cuando terminé de cenar y la señorita Klausen recogió mi bandeja, me armé de valor y recorrí el silencioso corredor para llamar a la puerta de Wolfram.

Me sorprendió no obtener respuesta de inmediato.

—¿Wolfram? —susurré audazmente.

Tras unos instantes que me parecieron eternos, oí sus pasos acercándose. Luego abrió.

—Ann. —Se apartó para dejarme entrar y me dio la espalda.

Enseguida supe que algo no iba bien.

Solo había una lámpara encendida, cuya luz proyectaba nuestras sombras temblorosas en la pared. El piano tenía la tapa cerrada y Wolfram, aunque descalzo, seguía completamente vestido. Llevaba puesto uno de esos jerséis de punto que tanto me gustaban y se había remangado un poco las perneras de los pantalones. El pelo, más sucio de lo normal, le caía suelto por los hombros.

Parecía decidido a no mirarme. Yo respeté aquello y permanecí donde estaba, junto a la puerta.

—¿Quieres hablar?

—No. —Tardó un poco en continuar—: Pero creo que es necesario.

Inspiré profundamente; luego di un paso hacia él. Se había sentado en la cama, justo en el borde, con el rostro vuelto hacia la ventana oscura. No se veía nada al otro lado, solo noche y niebla.

—Cuéntame —dije sentándome a su lado, sin llegar a tocarlo.

Él alzó la barbilla y, por fin, me miró. Con una expresión indescifrable.

—Odio tener que pedirte esto.

Bajó la vista y frunció el ceño. Después, con la cabeza agachada aún, estiró la mano para abrir el cajón de su mesilla de noche. Con una desgana nacida de la más absoluta resignación.

Reprimí un jadeo de espanto al ver lo que había ahí dentro.

—Solo la usaré si no tengo otra salida. —Wolfram hablaba con una calma escalofriante—. Solo si el doctor Brack se empeña en ingresarme.

Yo no podía dejar de mirar la pistola. La sola idea de que Wolfram pudiese usarla para quitarse la vida me provocaba náuseas.

—¿Ingresarte... dónde? —me obligué a preguntarle. Casi no me salió la voz.

—En realidad, no sé a dónde planea llevarme —contestó él sacudiendo la cabeza con lentitud—. Pero eso da igual: no pienso ir.

—¿Por qué?

—Porque nadie vuelve de allí nunca. —Se volvió hacia mí y su mirada se endureció súbitamente—. Te lo he dicho, Ann: odio tener que pedirte esto y espero que nunca tengas que hacerlo por mí. —Mi corazón se encogió cuando supe lo que iba a decir a continuación—. Espero no tener que hacerlo yo mismo, de hecho, porque resulta que me gusta vivir, y más ahora que te tengo a mi lado. Pero, si me drogan o algo así..., tú serás mi única oportunidad.

—¿Tu única oportunidad para morir? —Me ardían los ojos—. ¿Eso es lo que quieres?

—Hay cosas mucho peores que la muerte. —Por primera vez, él se inclinó hacia mí y tomó mi mano entre las suyas—. Llegado el momento, si no tengo alternativa, prefiero que tú me des una muerte rápida y digna que entregarme al doctor Brack y a esas alimañas que dicen ser médicos. Me niego a convertirme en un sujeto de experimentos macabros. —Apretó los labios—. Si se me llevan, Ann, no será para curarme. No dejes que lo hagan, por favor.

Una lágrima resbaló por mi mejilla; Wolfram alzó la mano y la enjugó con delicadeza. Su rostro había pasado de la indiferencia a la desesperación y, finalmente, a la ternura.

—Te lo dije una vez: no soy valiente —murmuró—. Soy un cobarde y no quiero sufrir.

—Me estás pidiendo que te mate…

—Solo si no hay otra salida. —Se mordió el labio inferior—. Si puedo, te aseguro que yo mismo lo haré…

—¿Y eso debería consolarme? —bufé—. ¿Pensar que vas a pegarte un tiro para huir de los médicos nazis? ¿Me estás diciendo que no hay otra opción?

—¿Pero has escuchado algo de lo que te he dicho? —Wolfram soltó mi mano y me miró con fastidio—. ¡Claro que hay otras opciones! Que el jodido doctor Brack se olvide de que existo, por ejemplo, o que mis padres entren en razón de una vez. O que se produzca un milagro y mi enfermedad se cure sola, aunque esto último lo veo menos probable. —Hizo una mueca—. Pero, si un día me encuentro postrado en esta cama, demasiado enfermo como para sostener un arma, me gustaría morir tranquilo y no acabar en manos de esa gente. —Se le quebró la voz de pronto y me giró la cara—. Si no quieres hacerlo, lo entiendo. Pensaré en otra cosa…

—Lo haré. —El sonido de mi propia voz me provocó un escalofrío, pero continué hablando—. Espero que ese día no llegue nunca, pero, si llega, puedes estar tranquilo: no dejaré que se te lleven.

Wolfram se giró hacia mí de nuevo. Tenía los ojos húmedos y los labios entreabiertos.

—Gracias —dijo simplemente.

Había tanta gratitud en esa palabra que, cuando me rodeó con sus brazos, le eché los míos al cuello sin ningún resentimiento. Enterré el rostro en la piel tierna de su cuello y la besé con devoción; él respondió suspirando en silencio y soltándome el pelo para hundir los dedos en él. Wolfram y yo nos encontrábamos el uno al otro en esos gestos sencillos, cariñosos, en los que no había engaño posible.

En el fondo, pensé, yo le hubiese pedido lo mismo a él. Yo también hubiese preferido que no me atraparan, hubiese preferido morir a manos del hombre que quería.

Aun así, tuve que armarme de valor para pronunciar las siguientes palabras:

—Enséñame a cargarla. —Me separé de él y me enfrenté a su mirada—. Solo por si acaso.

—Solo por si acaso —concedió Wolfram y, visiblemente aliviado, cogió la pistola del cajón.

22

Diario de Ann

Los días se sucedieron, el invierno avanzó y pronto llegó la víspera de Navidad. Los Hoffmann estaban de buen humor: habían comprado regalos, la señora Hoffmann y la señorita Klausen ya habían ensayado el menú de Nochebuena, que consistiría en un asado de ganso acompañado de albóndigas de patata y, de postre, bizcochos de miel, y Louise no dejaba de hacer elucubraciones sobre los regalos que recibirían Kristin y ella.

En cuanto a mí, pasaría la Nochebuena con mis padres. A mamá le había comprado Chanel; a papá, una bufanda. También me había hecho con unas cuantas chucherías para las niñas: una cajita de lápices y una pulsera de cuentas para Louise y un diario con un diminuto candado para Kristin. Y unos retales de tela para hacerle un vestido nuevo a Brigitte. Además, había cedido al tonto impulso de comprarle unos guantes de piel a Wolfram, pues había descubierto que se le agrietaban las manos cuando hacía frío.

Él ya me había hecho un regalo por adelantado: cuando le dije que no sabía si había acertado con la bufanda para mi padre, me sugirió que le regalara también su ejemplar de *El mundo en el que vivo*. Primero yo rehusé la oferta, pero Wolfram insistió tanto que, finalmente, envolví cuidadosamente el libro en papel de seda y lo escondí hasta Navidad.

En realidad, me entusiasmaba la idea de poder regalarle a papá algo tan valioso para él, y me conmovía que hubiese sido Wolfram el artífice de aquello.

Creo que hubiesen sido unas Navidades relativamente tranquilas de no haber sido por algo que sucedió la mañana de Nochebuena.

Los Hoffmann habían decidido que no habría clases ni en Nochebuena ni en Navidad, por lo que acordamos que yo dormiría en casa de mis padres la noche de Nochebuena para no tener que regresar de madrugada. La perspectiva de dormir de nuevo en el cuarto que había ocupado desde que tenía uso de razón me ilusionaba en parte; y, al mismo tiempo, sabía que me resultaría extraño acostarme sin la certeza de que Wolfram estaba al otro lado de la pared.

De todos modos, solo sería una noche.

Aquella mañana, por tanto, no tenía que impartir ninguna lección; como Wolfram había salido con Berthold y su padre a hacer algunas compras de última hora, me quedé en mi habitación mientras la señora Hoffmann y la señorita Klausen comenzaban con los preparativos de la cena. Louise estaba en el cuarto de los juegos y a Kristin la había perdido de vista.

Me senté en la cama y abrí el cajón de la mesilla de noche para desplegar unos folios que había unido con cinta adhesiva. En ellos había dibujado, con poca gracia, las teclas de un piano.

Wolfram me estaba enseñando a tocar en secreto. Como no podía entrar en su cuarto libremente para practicar, había reproducido el teclado en unos folios y ensayaba silenciosamente cuando él no estaba. No era lo mismo, desde luego, pero me servía para no olvidarme de lo que iba aprendiendo.

Coloqué los dedos sobre los folios y traté de recordar las primeras notas de *Stille Nacht*, una de las canciones que Wolfram había decidido enseñarme. Me había preguntado, medio en broma, si quería aprenderme también *La Internacional*, pero los dos coincidimos en que a sus padres no les gustaría oírla después de lo ocurrido en casa de los Müller.

No era fácil tocar encorvada en la cama y, demasiado tarde, comprendí que la superficie blanda tampoco había sido una buena elección: al intentar recolocar los folios, rasgué uno de ellos sin pretenderlo.

—Vaya. —Bufé y me levanté con desgana. Si quería seguir ensayando, tendría que arreglarlo.

Salí de mi habitación y, resignada, fui a la cocina, donde la señora Hoffmann ya había desplegado todo un ejército de ingredientes y cacharros relucientes.

—¡Ann, querida! —me saludó. Al menos, me dije, parecía de un humor excelente—. ¿Necesitas algo?

—Me vendría bien un poco de cinta adhesiva, señora Hoffmann —dije suavemente—. Sé que el señor Hoffmann tiene un rollo en su despacho, pero, como no está, he pensado que debía pedírsela a usted.

—Ya veo. —La mujer se secó las manos mojadas en el delantal y se dirigió hacia la puerta, pero luego debió de cambiar de idea, porque se detuvo en seco—. ¿Sabrías encontrar la cinta adhesiva sin mi ayuda?

—Supongo que sí…

—Entonces, ve tú misma. —Mi jefa me dio la espalda y siguió con lo que estaba haciendo antes de que llegara.

—Gracias, señora Hoffmann —dije con cautela.

Me sorprendía que me dejara entrar sola en el despacho de su marido, pero, cuando me echó un último vistazo desde donde estaba, no parecía recelosa en absoluto.

—Katja —me regañó amablemente.

Recordé cómo había sido mi última conversación con el señor Hoffmann y comprendí que, a diferencia de él, su esposa no me reprochaba nada, o no abiertamente. Con un suspiro, me forcé a sonreírle y salí de la cocina, siempre vigilada por la mirada punzante del ama de llaves.

Sabía dónde estaba el despacho del señor Hoffmann, justo al fondo del pasillo. Abrí la puerta y descubrí que la persiana estaba bajada y la habitación, a oscuras; sorprendida, palpé la pared en busca del interruptor de la luz eléctrica y, cuando lo encontré, lo hice girar.

Una sola bombilla iluminó la estancia con su luz mortecina. Y cuál fue mi sorpresa al descubrir que no estaba vacía.

—¿Kristin? —pregunté alzando las cejas.

La niña ahogó un grito de sorpresa y se le cayó lo que llevaba en la mano. Bajo la luz amarillenta, pude ver claramente de qué se trataba: una cajita de madera labrada. Su contenido se desparramó por la alfombra de arabescos y, en un primer vistazo, calculé que ahí dentro habría unos quinientos marcos alemanes.

Kristin se arrodilló para recogerlo todo apresuradamente. Yo no intenté detenerla; me quedé donde estaba, en el umbral de la puerta, observándola con calma.

—¿Ahora le llevas las cuentas a tu padre? —le pregunté con frialdad.

Ella levantó la cabeza y me miró con irritación.

—No es la primera vez que haces esto, ¿verdad? —insistí.

—No. —Contra todo pronóstico, Kristin fue espantosamente sincera—. ¿Va a delatarme?

Inspiré profundamente. Aquello no iba a ser fácil.

—No, Kristin: tú vas a confesar. —Ella bufó, pero yo no le permití rechistar—: Les dirás a tus padres lo que has hecho, les pedirás disculpas y te ofrecerás a reparar el daño.

—¿Y de dónde quiere que saque el dinero, señorita Weigel? —me preguntó con descaro—. ¿Me pongo una media en la cabeza y atraco un banco?

—He dicho que repararás el daño, no hace falta que sea con dinero. —Me crucé de brazos—. Te ofrecerás a hacer pequeños recados para tus padres, seguro que eso les parece bien.

—¿Trabajaré para saldar mi deuda? —Kristin soltó una risa amarga—. ¿Ni siquiera va a preguntarme por qué les he robado, señorita Weigel?

—¿Por qué?

—¿Sabe qué? Da igual. Supongo que solo les he robado porque soy una niña muy mala. —Me dirigió una mirada afilada—. Usted siempre ha creído eso, ¿verdad?

—En realidad, Kristin, pienso que nadie excepto tú ha creído eso nunca.

—Ya, bueno. —La niña se puso en pie, dejó la cajita en su sitio y se alisó el vestido—. ¿Se ha acabado el sermón o quiere decirme algo más?

—Tienes tres días para confesar —dije con paciencia—. Disfruta de la Nochebuena y la Navidad y luego haz lo correcto. De lo contrario…

—De lo contrario, usted me delatará. —Kristin puso los ojos en blanco—. Mensaje recibido, señorita Weigel.

Pasó por mi lado empujándome con el hombro. Era casi tan alta como yo, por lo que hubiese podido derribarme.

Solté el aire que había estado reteniendo en los pulmones e, ingenua de mí, pensé que todo había terminado. Pero, cuando apenas había dado unos pasos por el corredor solitario, Kristin dijo algo más:

—¿Usted también confesará?

—¿Yo?

Me volví hacia ella y vi que había un brillo perverso en sus ojos claros. Tal vez tendría que haber adivinado lo que vendría después de aquello, pero lo cierto es que ni se me pasó por la cabeza.

—¿Confesará que se mete en la cama de mi hermano? —Kristin pareció saborear cada palabra de aquella frase mientras yo palidecía—. También debería pedir disculpas y ofrecerse a reparar el daño, por ejemplo, haciendo voto de castidad.

—¿Quién te ha enseñado a hablar así? —pregunté espantada. No me asustaba tanto aquella amenaza implícita como el hecho de que una niña de trece años tuviera ocurrencias de esa índole.

—Los oigo a veces, cuando paso junto a la habitación de Wolfram —prosiguió ella ignorando mi pregunta—. Dicen cosas realmente sucias, señorita Weigel. ¿No le da vergüenza comportarse como una fulana en la casa en la que trabaja?

Reprimí un gesto de repugnancia y levanté la cabeza.

—Wolfram y yo somos adultos, Kristin —susurré.

—Oh, ya veo. Entonces, los adultos pueden hacer cosas malas, pero los niños no. —Kristin esbozó una sonrisa desagradable—. Menos mal que pronto dejaré de ser una niña.

No tendría que haberle permitido tener la última palabra, pero lo hice. Dejé que se alejara por el pasillo, triunfal, y solo al cabo de un minuto reuní las fuerzas que necesitaba para entrar en el despacho del señor Hoffmann y buscar la cinta adhesiva. Aunque, en realidad, ya ni siquiera me apetecía tocar el piano.

Había pecado de ingenua al creer que Kristin tan solo se imaginaría lo que había entre Wolfram y yo. Por muy niña que fuese, sabía más del mundo de lo que todos creíamos y se permitía el lujo de despreciarnos por ese motivo. También a mí.

Sobre todo, a mí.

«No he hecho nada malo», me repetía a mí misma obstinadamente. «Wolfram y yo no hemos hecho nada malo». Entonces, ¿por qué me sentía culpable? ¿Por qué tenía ganas de encerrarme en mi habitación y no volver a salir?

Me alegraba de no tener que pasar la noche en esa casa. Quizá en la de mis padres tuviese un respiro, quizá esa breve ausencia me permitiese aclarar mis ideas.

O tal vez solo quisiera escapar.

La Nochebuena llegó y pasó, igual que la mañana de Navidad. Mis padres recibieron sus regalos con emoción, y yo también: aquella tarde, cuando regresé a casa de los Hoffmann, lo hice con un cuaderno de tapas de cuero y un precioso vestido de color verde oscuro. Mi madre se puso unas gotas de perfume nada más desenvolverlo y mi padre se puso la bufanda y acarició *El mundo en el que vivo* como si fuera un cachorro recién nacido. A pesar de lo ocurrido en los últimos meses, fue una celebración discretamente feliz; y, por primera vez, decidí atesorarla en mi memoria por si no se repetía. Porque tenía el terrible presentimiento de que ya nada volvería a ser para siempre.

Nevaba cuando llegué a la Schlossplatz, los copos diminutos se arremolinaban en torno a mi abrigo. Tiritando, llamé a la puerta y esperé; la señorita Klausen me recibió con un escueto «feliz Navidad» que yo respondí por pura inercia. Subí las escaleras a toda prisa y, en vez de ir directa a mi habitación, me detuve frente a la puerta de la de Wolfram, que estaba entornada, y susurré:

—¿Wolfram?

—Pasa, Ann.

Se volvió hacia mí cuando entré. Tenía las mejillas coloreadas y parecía algo confundido; tras un instante, parpadeó y se puso en pie con dificultad.

—Ann —repitió. Su voz sonaba más ronca que de costumbre.

Nerviosa, cerré la puerta y lo interrogué con la barbilla.

—¿Ha ocurrido algo?

—Vengo de una reunión encantadora. —Wolfram torció el gesto—. Los Müller nos han invitado a comer en su casa.

—¿Y te han hecho beber?

—La cerveza sabía a trementina.

—¿Bebes trementina a menudo?

—Solo cuando me invitan a casa de los Müller.

—Lo siento por ti —dije lentamente.

—Oh, no. Me conviene ir de vez en cuando.

—Creí que preferías que no te invitaran.

—Una cosa son mis preferencias y otra, lo que nos conviene a todos. —Por fin, el joven dio un paso hacia mí, vacilante—. Estás muy guapa.

Yo lo dudaba: aunque llevaba puesto el vestido verde, el frío me había coloreado las mejillas, la nariz y las puntas de los dedos. Aún estaba intentando entrar en calor. Pero Wolfram continuaba observándome de la misma manera y, al cabo de un momento, frunció el ceño y me dio la espalda. Le oí realizar una aspiración profunda y supe lo que le estaba ocurriendo.

Mi mente recordó las groseras palabras de Kristin; mi cuerpo, por el contrario, se encendió irremediablemente. Una parte de mí deseaba que Wolfram perdiera el control, me pusiera contra la pared y me desnudara a su antojo.

—¿Te gusta mi vestido? —pregunté sin poder contenerme.

—Sí. —Él no se dio la vuelta.

—Pues quítamelo.

Entonces sí que se giró para observarme, con las cejas ligeramente arqueadas.

—¿Qué? —repitió despacio.

Por toda respuesta, le mostré mi espalda, como dándole permiso.

Tras una breve vacilación, Wolfram se acercó a mí. Reprimí un temblor al sentirlo a mis espaldas, y también cuando sus dedos comenzaron a desabrocharme los botones. «Dicen cosas realmente sucias, señorita Weigel», repitió la vocecilla de Kristin dentro de mi cabeza. Wolfram comenzó a repartir besos húmedos por mi cuello con una lentitud casi insoportable; yo gemí por lo bajo, preguntándome por qué me hacía esperar. Ni siquiera necesitaba tocar mi piel para erizarla. «¿No le da vergüenza comportarse como una fulana en la casa en la que trabaja?». La tela se deslizó por mis hombros y el vestido cayó a mis pies con un susurro de tela. La erección de Wolfram presionó mi cuerpo y los dos jadeamos. Todo mi cuerpo ardía de impaciencia, pero tenía un nudo en la garganta al mismo tiempo.

—Ann, ¿qué te pasa? —preguntó Wolfram entonces.

—¿No se nota? —intenté sonar descarada, incluso grosera, pero no pude hacerlo.

Despacio, pero con movimientos confiados, Wolfram hizo que me diese la vuelta. Él aún estaba vestido.

—Espera, yo no estoy listo todavía.

Se desabrochó la camisa con calma y luego la dejó resbalar hasta el suelo, como había hecho con mi vestido. Después, se quitó el cinturón y los pantalones, y los zapatos los apartó de un puntapié. Tenía los pies largos y delgados, como casi todo el cuerpo.

Solo cuando estuvo completamente desnudo me rodeó con sus brazos, pero no me puso contra la pared ni me llevó a la cama, solo me estrechó suavemente contra su pecho.

Hacía calor, pero yo temblaba igualmente.

—¿Qué soy, Wolfram? —Oí el sonido de mi propia voz como si fuese otra persona la que hablaba—. ¿Una mojigata o una prostituta?

Él resopló y me abrazó con más fuerza.

—¿Quién te ha dicho eso?

—¿Y qué más da? —Cerré los ojos y apoyé la mejilla en su pecho. Estaba agradablemente cálido a través del vello—. No sé lo que soy.

—Eres Ann.

—¿Y qué significa eso?

—Que lo que digan los demás no importa.

—¿Tampoco te importa a ti?

—¿A mí? —Wolfram echó la cabeza hacia atrás y me miró con las cejas enarcadas—. ¿Te refieres al mariconazo?

—No digas eso…

—No lo digo yo, lo dicen otros. Pero ya te he dicho que no importa. —Sus manos treparon por mi cuello y envolvieron mi rostro amorosamente—. Soy Wolfram.

Suspiré, pero no dije nada. Solo pensé que me gustaban sus manos, y su voz, y lo que intentaba decirme. Aunque no fuese capaz de creerlo del todo.

Entonces él dijo algo que me sorprendió:

—No puedes ensuciar esto aunque lo intentes. —Lo miré sin comprender, pero él me habló con dulzura—: El sexo no va a ensuciar lo que tenemos porque no es algo sucio en sí mismo. Lo vuelven sucio las personas sucias, las que usan sus cuerpos para hacer daño o para saciarse de una forma egoísta. Como en el cabaret.

—No todo es así en el cabaret —dije recordando a Gustav y Anders y, muy a mi pesar, a Hans Kittel. Aunque la naturaleza de la relación de este último con Wolfram no hubiese sido estrictamente romántica, sabía que el afecto era mutuo.

—No —concedió él.

—Wolfram.

—¿Sí?

—A mí me gusta acostarme contigo. —Quería dejarlo claro—. Ese no es mi problema.

—¿Y cuál es?

—¿A dónde nos lleva todo esto?

—¿Al orgasmo?

—¡Wolfram!

—¿Quieres que nos casemos?

La pregunta no era burlona. Wolfram se había puesto completamente serio, y la intensidad de su mirada me hizo sentir más desnuda que cuando me había quitado el vestido.

—No tengo mucho que ofrecer —añadió, quizá malinterpretando mi silencio—, por eso nunca te lo he pedido. Quizá no debería haberlo mencionado ahora, pero quiero que sepas que estoy dispuesto.

Cerré los ojos y dejé que aquellas palabras penetraran dentro de mí, más allá de mi carne y mi sangre, en un lugar íntimo que aún permanecía inexplorado.

—Dime qué quieres, Ann. —Me abrazó de nuevo—. Dímelo y te lo daré.

«Dímelo y te lo daré». Su voz acarició mis oídos durante unos instantes deliciosos.

«Tacto», le contesté para mis adentros. Pero no lo dije en voz alta, solo le eché los brazos al cuello y le besé.

Ya casi había anochecido cuando Wolfram se sentó en la cama y, con movimientos pesados, recogió su camisa del suelo y se la puso por encima, sin llegar a abrochársela. Estuve a punto de preguntarle si prefería que me marchara, pero, antes de que pudiese hacerlo, él se inclinó para darme un beso en la frente y se dirigió hacia la ventana, cuyo cristal estaba empañado y convertía las farolas de la Schlossplatz en manchas de luz dorada.

—Tengo que abrirla un momento —dijo con tono de disculpa—. Tápate bien con las mantas.

Hice lo que me decía mientras observaba cómo se recortaba su silueta despeinada contra la tenue luz del exterior. Cuando abrió la ventana, el frío conquistó por completo el dormitorio, por lo que yo me encogí entre las sábanas y aguardé, expectante, a que rebuscara en el cajón de su mesilla de noche, el mismo en el que guardaba la pistola, hasta extraer de él un papel amarillento y manoseado que colocó junto a la partitura del nocturno.

Cerré los ojos con fuerza. No necesitaba ver aquel papel para saber que no era una partitura, ni tampoco una carta.

Estaba escrito en morse.

Durante los siguientes minutos, Wolfram interpretó el *Nocturno* sin respetar el ritmo de la canción original. Ahora yo sabía por qué, ahora sabía por qué a veces no tocaba las notas correctamente y, mientras la penumbra acariciaba cada rincón de la estancia, desde la cama de hierro hasta la madera vieja del piano, lo contemplaba bajo una nueva luz, atenta al gesto decidido de sus labios y al desafío que vibraba en cada tecla que pulsaba.

Sí, ahora yo lo sabía todo.

Cuando terminó, fue como si se hubiese librado de una

pesada carga. La tensión de sus hombros desapareció, dejó de fruncir el ceño y me miró suspirando.

—Gracias —dijo con sencillez.

Luego cerró la ventana y vino hacia la cama arrastrando los pies. Yo aparté las mantas a modo de invitación; su piel estaba fría, pero sentí un agradable calor cuando pegó su cuerpo al mío.

Volvió a suspirar y, por un momento, el silencio nos envolvió. Hasta que yo decidí romperlo.

—¿Cuánto tiempo llevas espiando a los nazis? —pregunté en voz baja.

Él se incorporó ligeramente y me miró de reojo.

—Tres años —contestó sin vacilar—. Primero pasaba la información personalmente, reuniéndome con agentes de la resistencia en algún punto de encuentro, pero pronto me di cuenta de que era demasiado peligroso para mí, y más teniendo en cuenta mi… situación.

Yo era capaz de imaginarme a Wolfram acudiendo a ese punto de encuentro, con el traje arrugado y el pelo revuelto, como cualquier joven despreocupado dando un paseo por la ciudad. No perdería el buen humor ni desaprovecharía ninguna oportunidad para soltar un comentario mordaz mientras se jugaba la vida, desafiante hasta su último aliento, pero sin perder la discreción. Él era así, nunca se daba importancia.

—Por eso pediste el piano —comprendí—. No fue por tu enfermedad.

—Disfruto tocándolo, no te equivoques. —Wolfram había estirado los brazos, que reposaban lánguidamente por encima de su cabeza. La melena rubia formaba una aureola dorada en torno a su rostro—. Pero, desde luego, tiene una utilidad mucho más práctica que el mero deleite.

—¿A quién se le ocurrió lo del morse, a ti?

—Sí. —Lo dijo casi con timidez—. Pensé que nadie sospecharía.

—Y no creo que nadie sospeche. —Me incorporé sobre los codos—. ¿Por eso dices que te viene bien que te inviten a las fiestas, para recabar información?

—Te aseguro que no lo hago por placer. —Torció levemente el gesto—. Pero los nazis borrachos son bastante indiscretos, te lo aseguro. Y más cuando creen que no eres una amenaza para ellos.

—¿Por qué me lo has contado? —Sacudí la cabeza—. ¿Por qué ahora?

—Siempre he estado solo, Ann. —Él también se sentó en la cama, con la espalda apoyada en el cabecero de barrotes metálicos, y se aferró a uno de ellos mientras me contemplaba—. Pero supongo que eso ha cambiado.

Me ofreció su mano. Yo la tomé y sentí un peso en el corazón.

—No quiero estar aquí. —Intenté que no se me quebrara la voz—. Odio en lo que se ha convertido este país y odio sentirme cómplice de ello.

Wolfram suspiró y entrelazó sus dedos con los míos. Después me besó el dorso de la mano. Su presencia, su olor, su tacto, todo en él me hacía sentir perdida y a salvo al mismo tiempo.

—Lo he pensado muchas veces —murmuró—. En realidad, por eso me uní a la resistencia: sabía que, si no lo hacía, los remordimientos me volverían loco.

—¿Puedo unirme yo?

—¿Y que corras el riesgo de que los nazis te descubran y te torturen hasta la muerte?

—¿Como tú, quieres decir?

—Yo ya tengo los días contados, y no por formar parte de la resistencia, precisamente. —Wolfram soltó mi mano—. Sabes lo que pretendo hacer cuando vengan a por mí.

—O lo que pretendes que haga yo.

Se volvió hacia mí como si lo hubiese abofeteado.

—Me lo prometiste. —Su tono era acusador.

—Lo sé.

—Ann...

Pronunció mi nombre con desaliento, pero no dijo nada más. Tal vez porque, en realidad, no sabía qué decir, ni yo hubiese sabido qué responder: ninguno de los dos había elegido su destino, pero ahí estábamos de todas maneras. Enfrentándonos a un enemigo al que no podíamos derrotar.

Sin embargo, Wolfram tenía razón: algunas batallas debían librarse incluso si eran imposibles de ganar.

—Wolfram.

—¿Sí, Ann?

Haciendo acopio de toda mi voluntad, me volví hacia él de nuevo y, en la oscuridad, busqué su mano y la llevé hasta mi propio corazón. Pude notar cómo le temblaba el pulso, pero esperó a que yo continuara y, cuando lo hice, contuvo el aliento.

—Mientras yo viva —susurré presionando sus dedos suavemente—, nunca volverás a estar solo.

23

Diario de Ann

La bruma parecía congelada en los tejados aquella mañana. De no haber sido por las columnas de humo que salían de las chimeneas, hubiese creído que al otro lado de mi ventana había una postal navideña; bostezando todavía, me levanté de la cama y apoyé las manos en el vidrio helado. Berlín se desperezaba como yo, lentamente y con desgana.

Ese día volvería a darles clase a las niñas y, aunque una parte de mí lo deseaba, no tenía ganas de enfrentarme a Kristin. Pero no iba a dejar que una preadolescente me impidiera desempeñar mi trabajo.

Resignada, me lavé, me puse mi vestido gris y me recogí el pelo en un moño tirante. Luego fui a desayunar antes de ir en busca de las niñas.

Me encontré con la señorita Klausen en la cocina, con su pulcro vestido negro y su cuello almidonado, lavando la taza de té que ella misma había usado. Ahora que ha pasado tanto tiempo, quiero recordar que sorprendí un par de miradas furtivas por su parte, miradas cargadas de triunfo; en ese momento, sin embargo, no les di importancia. Si lo hubiese hecho, tal vez hubiese intuido lo que se avecinaba.

Supongo que ya es tarde para saberlo.

—Los señores la esperan en el despacho del señor. —Rompió el silencio de repente.

Yo, que trataba de calentar mis manos en la taza de té humeante, me volví hacia la señorita Klausen con sobresalto. Pero, para cuando quise preguntarle el motivo por el que mis jefes me requerían tan temprano, ella ya se había escabullido.

Maldije para mis adentros, me bebí todo el té de un trago y me apresuré: no era tan ingenua como para pensar que los Hoffmann me habían mandado llamar para decirme algo bueno, pero tampoco recordaba que hubiese hecho nada que pudiera ofenderlos.

Excepto acostarme con su hijo menor.

Inquieta, llamé a la puerta del despacho y aguardé. Un pacífico «adelante» del señor Hoffmann me dio la bienvenida.

Entré.

Los señores Hoffmann estaban allí, él sentado frente a su escritorio y ella de pie, tras él, con las manos en el regazo. Los dos parecían apesadumbrados. A su lado, como un ave carroñera, la señorita Klausen era la única que exhibía un buen humor casi insultante.

—Tenemos que hablar, Ann. —Suspiró el señor Hoffmann.

No me invitó a sentarme. Yo tampoco pedí permiso.

—¿De qué, señor Hoffmann?

Él me dirigió una mirada penetrante.

—No voy a andarme con rodeos: ha desaparecido dinero de mi despacho y eres la única sospechosa de habérselo llevado. ¿Tienes algo que decir al respecto?

Sus palabras me dejaron helada.

—¿Ann? —insistió la señora Hoffmann—. ¿Has sido tú?

—Por supuesto que no —logré articular.

Mi corazón latía con fuerza. Le había dicho a Kristin que disponía de tres días para confesar; ella no solo no lo había hecho, sino que había decidido acusarme a mí. ¿Cómo había podido? ¡Y con la complicidad de la señorita Klausen!

—¿Quién ha sido, entonces? —La señora Hoffmann parecía realmente apenada—. Mira, Ann, no queremos pensar mal de ti, pero…

—Se ha aprovechado de su bondad, señora —la interrumpió el ama de llaves. No me miraba a mí, tenía los ojos clavados en algún punto situado frente a ella—. Esta mujer tiene las manos demasiado largas y, por desgracia para todos, no solo para robar.

Sus palabras fueron seguidas de un duro silencio. Por fin, el señor Hoffmann frunció el ceño.

—¿Qué quiere decir eso, señorita Klausen? Sabe que no me gustan las indirectas.

—Esta mujer —prosiguió ella sin perder el aplomo— ha seducido a sus dos hijos al mismo tiempo.

—¡Por el amor de Dios! —estallé—. ¡Eso es mentira!

—¿Lo es? —El señor Hoffmann no parecía muy convencido.

Mi corazón latía de un modo desagradable.

—¿Cómo se atreven a acusarme de ladrona y prostituta? —Logré que no me temblara la voz—. ¡No he tocado su dinero ni he seducido a nadie!

—Señores, la he visto saliendo del cuarto de Wolfram y restregándose con Berthold en el corredor —dijo la señorita Klausen—. Prefiero ahorrarles los detalles para no escandalizarlos…

—¡Mentirosa! —Me giré hacia los señores Hoffmann—. De todo lo que dice, solo una cosa es cierta: he salido del cuarto de Wolfram, y varias veces, pero no lo he seducido…

—Ann… —La señora Hoffmann suspiró, pero yo no le dejé continuar:

—Quiero a su hijo —admití con dolorosa sinceridad—. A Wolfram. No hay nada entre Berthold y yo, ni lo habrá nunca. En cuanto al dinero que había en la caja, yo no he tenido nada que ver con eso.

Por un momento, pensé que la señora Hoffmann iba a creerme.

Pero el señor Hoffmann me habló con frialdad:

—No recuerdo haber mencionado dónde guardaba el dinero desaparecido, señorita Weigel.

Me insulté a mí misma por haber cometido aquel desliz. La señorita Klausen se hinchó de orgullo; en cuanto a la señora Hoffmann, parecía horrorizada:

—Así que es verdad —gimió—. Oh, Ann, ¿cómo has podido aprovecharte así de nuestra confianza…?

Se me pasó por la cabeza la idea de acusar a Kristin, pero la deseché de inmediato: llegados a ese punto, los Hoffmann no me creerían, y tampoco quería ser yo quien la delatara.

—No he robado el dinero —dije con firmeza— ni he seducido a Berthold. Tampoco he seducido a Wolfram, pero es cierto que le quiero, eso no voy a negarlo.

—Vete de esta casa. —El señor Hoffmann parecía cansado—. No voy a reclamarte el dinero, pero no quiero volver a verte.

—¿Cómo que no va a reclamárselo? —protestó la señorita Klausen, pero su jefe levantó la mano para pedirle silencio.

Yo asentí secamente y di un paso atrás, pero entonces la puerta se abrió de golpe.

Kristin apareció en el umbral. Estaba lívida y apretaba los dedos en torno al pomo.

—¿Kristin...? —empezó a decir su madre, pero ella la ignoró:

—Fui yo —dijo con voz trémula.

Yo la miré sin dar crédito. Sus padres también.

—¿Tú...? —Boqueó el señor Hoffmann.

—¡Yo robé el dinero! —Kristin tenía el rostro contraído, pero no había lágrimas en sus ojos—. ¡Fui yo, no la señorita Weigel!

—Pero... —La señora Hoffmann nos miraba a las dos con aire desorientado.

—La señorita Weigel me descubrió haciéndolo y me dijo que no me delataría, que yo misma debía confesar. Me dio tres días para hacerlo, supongo que para que no os estropeara a todos la Navidad. —Soltó el pomo de la puerta y apretó los puños—. Ella no tiene la culpa de nada.

—¿Es eso cierto? —La señora Hoffmann me miró apurada.

Yo dije que sí con la cabeza. Secamente.

—Dios mío. —La mujer se llevó las manos a la boca—. No sabes cuánto lo sentimos…

—Da igual —atajé—. Sigo siendo una lagarta, ¿verdad, señora Hoffmann? —Levanté la voz sin darme cuenta—. ¿Cómo no iba a serlo? ¿Cómo van a creer ustedes que existe una mujer capaz de enamorarse de Wolfram, la vergüenza de su familia? —Ella abrió la boca para decir algo, pero no se lo permití—: ¡Me da igual lo que piensen, me trae sin cuidado! ¡Él ya sabe que le quiero, le quiero con toda mi alma y ustedes no lo merecen!

Nadie respondió, no enseguida. El señor Hoffmann tenía los ojos clavados en su escritorio; la señora Hoffmann, en él. La señorita Klausen parecía horrorizada y Kristin me miraba con una expresión indescifrable.

—Nos hemos equivocado, Fritz —susurró finalmente la señora Hoffmann—. Con todo.

—Recogeré mis cosas de inmediato —dije intentando parecer calmada—. Yo tampoco les voy a reclamar el dinero que me deben aún. Lo que voy a hacerles es una petición: alejen a ese condenado doctor Brack de Wolfram de una vez. No saben a quién están metiendo en su casa.

—¿Qué sabes del doctor Brack? —preguntó el señor Hoffmann levantando la cabeza.

Yo me quedé mirando sus cejas fruncidas y sus mejillas coloradas y sacudí la cabeza.

—Esa pregunta hágasela a Wolfram. Yo ya no trabajo para ustedes.

—Ann, querida, ¿no hay ningún modo de…?

—No —interrumpí a la señora Hoffmann—. Adiós, señores Hoffmann.

Me temblaban las piernas cuando pasé junto a Kristin, implacable, y abandoné aquella habitación cargada de recelos. Aún pude oír un cuchicheo indignado de la señorita Klausen, y las palabras duras del señor Hoffmann cuando le dijo que se callara. No me volví para mirarlos. No vacilé.

Cuando estaba ya en mitad del pasillo, oí una vocecilla desesperada:

—¡Señorita Weigel!

Creo que solo ella me hubiese hecho detenerme en ese instante.

Abrí la puerta del cuarto de los juegos y la encontré allí, en una butaca, con las piernas en alto y estrujando a Brigitte con nerviosismo. Al verme, relajó la tensión de su cuerpecillo.

—Hola, Louise —dije con una tranquilidad sorprendente.

—¡No se vaya! —Se le llenaron los ojos de lágrimas—. ¡No quiero que se vaya, por favor, no lo haga…!

Dejó de gimotear e hizo un puchero. Yo me agaché para secarle la cara con los dedos.

—Lo siento, tesoro, pero tengo que marcharme. Ya no soy bienvenida aquí.

—¡Sí que lo es! —Ella sacudió la cabeza vigorosamente—. ¡Yo la quiero, y Wolfram también! ¡Sé que la quiere, señorita!

—Y yo os quiero a los dos —contesté con paciencia—. Pero no puedo trabajar para personas que no confían en mí, Louise. Trata de comprenderlo.

—Lo comprendo. —Le sequé los ojos con mi pañuelo—. Pero es que yo no tengo la culpa.

«Yo tampoco», pensé, pero no se lo dije. No quería hacerle daño a una criatura como ella.

Suspiré, le di un beso en la frente y me puse en pie. Esta vez no me pidió que me quedara: me conocía lo suficiente como para saber que los ruegos no funcionaban conmigo.

—Ha sido un placer enseñarte, querida —me despedí desde la puerta.

—Y ha sido un placer aprender de usted. —Louise apretaba mi pañuelo como si fuese un talismán—. ¿Me promete que volveré a verla algún día?

Iba a decirle que sí, aunque no sabía si podría cumplir mi palabra; pero entonces oí una voz a mis espaldas:

—Wolfram no está en casa.

Me giré y contemplé a Kristin, que estaba a escasa distancia de mí, en medio del corredor. Le dirigí una mirada interrogante y ella insistió:

—No está, ha salido con Berthold. ¿Qué quiere que le diga cuando vuelva?

—Dile lo que quieras —contesté con frialdad.

Durante unos segundos, Kristin y yo nos miramos.

Luego ella hizo algo extraño: dio un paso atrás, saliendo del campo de visión de Louise, y movió la mano para pedirme que la acompañara. Estuve a punto de negarme, pero algo en sus ojos me hizo cambiar de idea.

Entramos en su dormitorio. Kristin se quedó de pie, observándome de la misma manera.

—Quiero que sepa por qué robe el dinero.

—No me interesa.

—Sí le interesa. —Su tono de voz era agrio—. Irma y Sabine me pidieron dinero a cambio de dejar en paz a mi hermana.

Aquellas palabras hicieron que se me encogiera el estómago como si hubiese recibido una patada. Tardé unos segundos en asimilarlas, unos segundos durante los cuales Kristin me observó sin decir nada.

—¿Te han chantajeado? —murmuré por fin.

Por toda respuesta, la niña dijo que sí con la cabeza.

—¿Por qué no se lo has contado a tus padres? —pregunté asombrada.

—Porque ellos siempre dicen que son cosas de niños.

Solté un bufido de indignación: era lo mismo que me habían dicho mis colegas de la escuela cuando algunos niños empezaron a molestar a otros. Por supuesto, eso había sido antes de los brazaletes y de mi expulsión. Luego ya nadie se atrevía a poner excusas. Luego ya nadie se atrevía a casi nada.

—¿Y tus hermanos? —dije entonces—. ¿Por qué no hablaste con ellos?

—Berthold cree que tenemos que aprender a defendernos. —Kristin hablaba desapasionadamente—. Y Wolfram ni siquiera sabe protegerse a sí mismo.

—¿Por qué dices eso?

—Usted ha oído lo que dicen de él…

—¿Sabes? He llegado a la conclusión de que no le importa demasiado. —Suspiré—. Pienso que le importaría mucho más saber que esas pequeñas zorras os están atormentando.

Los labios de Kristin formaron una diminuta «o». Durante una fracción de segundo, las dos nos miramos de hito en hito.

—¿«Pequeñas zorras»? —repitió ella finalmente.

Por primera vez desde que la conocía, me pareció ver un brillo divertido en sus ojos.

—Ya no soy tu maestra —dije simplemente.

—Señorita Weigel. —Al ver que me disponía a marcharme, Kristin me llamó—. ¿Por qué no quiere que a Wolfram lo atienda el doctor Brack?

—Porque él tampoco quiere.

—Mis padres creen que es un cabezota.

—Yo creo que las personas tienen derecho a tomar sus propias decisiones.

—¿Me odia, señorita?

Kristin había cerrado los puños en torno a las faldas de su vestido y me miraba con una intensidad que yo no había creído posible hasta ese momento. Me sentí vagamente incómoda y, al mismo tiempo, esperanzada; aquella extraña combinación me turbó hasta el punto de que tuve que desviar la mirada un instante.

—No.

—Gracias.

—¿Por no odiarte?

—Por no odiarme. —Tragó saliva—. Tendría motivos de sobra.

—Cuida de tu hermana, Kristin —dije lentamente—, pero cuida también de ti misma. Y pide ayuda si la necesitas.

—¿Usted pide ayuda si la necesita?

—No siempre. —Sonreí a pesar de todo—. Por eso sé que hay que pedirla antes de que sea demasiado tarde.

—¿Qué le digo a Wolfram cuando vuelva?

—Si puedes elegir, la verdad.

—Le diré la verdad, entonces.

Asentí. Después, como ya no tenía nada que hacer allí, le di la espalda y fui a recoger mis cosas. Ella no me siguió;

tampoco había hecho ademán de disculparse, aunque me dije que lo había hecho a su manera, admitiendo que tenía razones para odiarla. Tal vez otra persona la hubiese odiado. Yo, como adulta, consideraba que no era justo odiar a un niño; en parte me había hecho maestra porque creía que, hasta determinada edad, cualquier persona tenía la oportunidad de enmendarse y ser mejor.

Me pregunté si Kristin llegaría a serlo. Yo, desde luego, no lo veía.

Solo cuando cerré la maleta me permití pensar en Wolfram. ¿Qué sucedería a partir de ahora, cómo sería nuestra relación? Nuestro romance clandestino había resultado ser un secreto a voces, pero, por lo menos, habíamos podido vivir puerta con puerta durante meses; desde ese momento, sin embargo, las cosas cambiarían.

¿Seguiría dispuesto a casarse conmigo? ¿Y yo? ¿Aceptaría o me echaría atrás? Jamás había querido casarme con Günther, me asustaba la idea de atarme a un hombre.

Pero Wolfram nunca me ataría.

«Dímelo y te lo daré», eso me había dicho.

Yo solo quería pedirle una cosa: que fuese como era. Siempre.

Aliviada por ese pensamiento, abandoné el número seis de la Schlossplatz dos meses después de la mañana en la que me había detenido frente a la verja por primera vez en cinco años. No me despedí de nadie: todo lo que había que decir, bueno y malo, estaba dicho ya.

La niebla parecía colarse bajo mi ropa. Me detuve un instante para cerrarme bien el abrigo; tuve que dejar la maleta en el suelo, sobre la nieve parcialmente derretida, y entonces me pregunté qué pensaría Wolfram cuando regresara de dondequiera que estuviese y viese mi habitación vacía. ¿Se sentiría traicionado? ¿Pensaría que tendría que haberlo esperado antes de largarme sin más? ¿Vendría a buscarme?

De pronto, mi corazón latía con una fuerza dolorosa. Ya no había vuelta atrás, no podía quedarme allí; y, sin embargo, no dejaba de pensar que tal vez fuese el final de aquella historia. Si Wolfram no me buscaba, no lo vería más. Yo ya no podría volver a esa casa.

Exhalé un suspiro tembloroso y recuperé mi maleta. Luego miré atrás una última vez, no sé muy bien por qué motivo, y logré distinguir dos rostros en una de las ventanas. Fingí no verlos y, cuando me giré, una lágrima se congeló en mi rostro.

24

Berthold

—Deduzco que te ha enviado tu padre.

El doctor Brack recibió a Berthold en la puerta de su despacho y lo invitó a entrar. Acto seguido, le tendió la mano y el chico se la estrechó con torpeza. Siempre se ponía nervioso en presencia de los miembros de las SS, y más si eran tan importantes como Viktor Brack.

—Está preocupado por Wolfram —admitió Berthold.

El doctor asintió. Era una cabeza más bajo que él, con entradas pronunciadas y mentón hundido, y llevaba gafitas de montura metálica. No obstante, se las arreglaba para resultar imponente.

—Tiene motivos para estarlo... —empezó a decir el doctor Brack, pero entonces su secretaria los interrumpió:

—Tiene una llamada, doctor —dijo asomándose por la puerta.

—Gracias, Greta. —El doctor Brack se volvió hacia Berthold—. Discúlpame, muchacho. Enseguida estaré contigo.

El doctor abandonó el despacho y Berthold se quedó allí de pie, sin atreverse a tomar asiento. Cuando pasaron varios minutos y comprendió que su anfitrión iba a demorarse, se relajó un poco y se dedicó a husmear su biblioteca privada, que se encontraba detrás del escritorio. Repasó con la mirada los autores que formaban parte de ella: Francis Galton, Alfred Ploetz, Ernst Rüdin... No los conocía, claro está, aunque algún nombre le sonaba vagamente. Tomó una revista al azar y leyó el título: *Revista de Razas y Biología Social*.

Intrigado, comenzó a pasar páginas y una carpeta se deslizó hasta la mesa. Sobre el papel marrón alguien había escrito a máquina «AKTION T4».

Berthold tragó saliva y levantó la esquina de la carpeta para atisbar el primer documento que contenía. Solo acertó a leer lo que ponía arriba a la derecha: «Tiergartenstrasse 4».

El joven reflexionó. La Tiergartenstrasse era una calle de Berlín, cercana a la plaza Postdamer, donde había una librería de viejo. El número cuatro, si mal no recordaba, se correspondía con una villa antigua y señorial que se le había confiscado a un matrimonio judío ese mismo año.

—Veo que te interesan mis lecturas, Berthold.

La voz del doctor Brack sobresaltó al joven, que cerró la revista de golpe y la soltó como si le quemara en las manos. Por fortuna, el doctor no parecía irritado; tan solo lo contemplaba con cierta curiosidad.

—No sé nada de estos temas —masculló Berthold con aire azorado.

—Es comprensible, muchacho: tú eres un hombre de

acción. —El doctor se detuvo junto a él y le mostró otro número de la revista que había estado hojeando—. ¿Sabías que la *Revista de Razas y Biología Social* fue la primera publicación sobre eugenesia del mundo? Fue fundada en 1904, antes de que tú nacieses, aunque el concepto de eugenesia es más antiguo. —Señaló uno de los libros que aún reposaban en la estantería—. Francis Galton desarrolló el primer plan de mejora de la calidad genética de la especie humana a partir de los trabajos de Charles Darwin, quien, por cierto, estaba emparentado con él.

—No he leído a Darwin —admitió Berthold, y le asaltó el súbito pensamiento de que Wolfram se hubiese desenvuelto mejor que él en una conversación con Viktor Brack... si no lo hubiese aborrecido de semejante manera.

Recordó su última conversación con Ann y experimentó una súbita incomodidad. ¿Qué era lo que Wolfram y ella sabían acerca del doctor y no habían compartido con él?

—¿Te lo imaginas, Berthold? —siguió diciendo este—. Si se fomentara la reproducción de las razas superiores, en unas pocas generaciones tendríamos una especie humana de primera calidad; y, si a eso le sumáramos la eliminación de los individuos defectuosos, reduciríamos al mínimo las taras genéticas.

Berthold frunció el ceño. Coincidía con el doctor Brack en que la raza aria era superior y en la necesidad de que se reprodujese. Tampoco encontraba ningún inconveniente en que se limitara la reproducción de las razas inferiores, como la judía o la gitana. Ni siquiera le parecía mal que se llevaran a cabo limpiezas de desviados y antisociales en general.

Pero hablar de «individuos defectuosos» era harina de

otro costal. Porque esos podían ser arios y no tener la culpa de su condición.

El joven respiró hondo un par de veces antes de escoger las palabras adecuadas:

—Con el debido respeto, doctor Brack —dijo en voz baja—, defectuosos son los objetos, no los individuos.

El hombre lo contempló por encima de sus lentes y esbozó una sonrisa.

—Tu padre tiene razón, chico: todavía eres un ingenuo.

No había reproche alguno en sus palabras, solo cierta condescendencia. Berthold apretó las mandíbulas y se contuvo para no responder, debatiéndose entre la indignación y una creciente inquietud. ¿Qué quería decir el doctor Brack con ese «todavía»?

—¿Has leído *Mi lucha*, hijo? —le preguntó entonces.

—Por supuesto que lo he hecho.

—«Un día la higiene racial aparecerá como un hecho más grande que las guerras más victoriosas de nuestra era burguesa actual» —recitó el doctor Brack—. No son mis palabras, sino las del *Führer*.

Berthold asintió secamente. Tenía un nudo en el estómago y ni siquiera sabía por qué motivo.

—Perdimos a muchos jóvenes sanos y fuertes en la Gran Guerra —concluyó el doctor—. La medicina moderna tendrá que compensar esa pérdida de algún modo. Pero de eso —añadió sonriendo nuevamente— nos ocuparemos los científicos. Los hombres de acción, Berthold, tenéis una misión diferente. Vuestros sacrificios serán otros.

La palabra «sacrificio» le removió algo por dentro. Quizá porque había estado muy presente en su vida últimamente.

«Estás dispuesto a hacer sacrificios por el Reich, Berthold, ¿no es cierto?», le había preguntado Carl Klein hacía tiempo. Y él, por supuesto, había respondido afirmativamente.

«A veces hay que hacer sacrificios, Ann», le había dicho él a la joven durante su última conversación. «A veces hay que sacrificar a algunas personas por el bien común».

Entonces estaba convencido de que tenía razón, pero las palabras que le había dedicado Ann después de aquello se le habían clavado muy dentro. «Crees que eres intocable porque nadie te ha tocado aún, pero ¿y si un día sucede? ¿Y si un día, cuando se hayan cansado de perseguir a los judíos, a los homosexuales y a cualquier persona que no piense y viva como ellos, los nazis se vuelven contra ti o contra las personas que quieres? ¿Qué harás entonces, Berthold, a quién acudirás? Porque, a este paso, ya no quedará nadie que pueda ayudarte».

A Berthold empezaba a faltarle el aire. Quería abandonar ese despacho y dejar de pensar en… Quería dejar de pensar. Se le daba mejor escuchar, asentir, obedecer. Se le daba mejor confiar que ser traicionado.

—Debo marcharme, doctor —logró articular—. Me esperan en casa.

—Muy bien. —Viktor Brack se sentó frente al escritorio y cogió un fajo de papeles—. Nos veremos pronto, Berthold. Tu hermano me necesita, aunque él piense que no es así.

El joven no contestó.

Ya había anochecido cuando salió a la calle de nuevo. Deambuló durante un buen rato por la Wilhelmstrasse, solo y pensativo, sin decidirse a volver a casa. Se cruzó con varios grupos de funcionarios que salían de la Cancillería y del Ministerio de Asuntos Exteriores, y algunos lo saludaron al verlo con la camisa parda. Él respondió mecánicamente.

Las dudas lo estaban corroyendo. No podía seguir así, indeciso, inseguro, sin saber qué creer y qué no, sin saber si debía fiarse de lo que le decían los demás o de lo que le gritaba su instinto.

Se detuvo frente al Ministerio de Propaganda y contempló su fachada gris amarronada. El gris le recordaba a Carl Klein y sus secretos. El marrón le recordaba a la carpeta oculta de Viktor Brack.

«AKTION T4».

¿Qué significaba eso? ¿Era algún plan secreto de las SS? En ese caso, no le incumbía. Si se había topado con una carpeta que contenía documentos confidenciales, lo único que debía hacer al respecto era borrarla de su memoria para siempre.

Sí, eso era lo que debía hacer.

Sin embargo, lo que hizo fue dirigir sus pasos hacia el número cuatro de la Tiergartenstrasse.

25

Diario de Ann

Lo primero que hice fue contarles lo sucedido a mis padres.
Nos sentamos en la cocina y mi madre me preparó un café bien cargado y mi padre me escuchó con el entrecejo fruncido. Maldijo entre dientes varias veces mientras yo me explicaba, pero mamá le pidió silencio apretándole el hombro; cuando terminé, sin embargo, fue ella la primera que habló:

—Tendrían que haberse lavado la boca antes de hablar de ti. —Tenía las mejillas ligeramente coloreadas—. Fue un error enviarte a esa casa, cariño, y no sabes cuánto lo siento.

—No, mamá. —Tomé su mano entre las mías—. No todo ha sido tan horrible en casa de los Hoffmann.

Y lo decía de corazón: no todo había sido tan malo. Si no hubiese trabajado para los Hoffmann, de hecho, no hubiese podido conocer bien a la pequeña y adorable Louise... ni a Wolfram, claro está.

—¿Ni siquiera los muchachos han hablado a tu favor? —Mi padre sacudió la cabeza.

Pude ver cómo mi madre bajaba la vista. Después de todo, ella me había animado a darle una oportunidad a Berthold.

—No estaban en casa cuando sus padres me han llamado —dije suavemente—. Wolfram lo hubiese hecho.

—¿Wolfram? —Papá levantó una ceja.

Tragué saliva. Aquello no iba a ser fácil.

—Os lo he dicho, igual que a los Hoffmann: él y yo tenemos... algo.

Mi padre resopló y cruzó los brazos sobre el pecho.

—¿«Algo»? ¿Así lo llamáis los jóvenes ahora?

—Dieter. —Mi madre le dirigió una mirada de advertencia.

—No me fío de nadie en esa casa de nazis.

—Wolfram no es nazi —aclaré—, es cualquier cosa menos nazi.

—Viene de donde viene...

—Hacedme caso —dije al ver que mi padre iba a continuar—. No puedo deciros por qué lo sé, pero lo sé: Wolfram Hoffmann está en contra de los nazis. Absolutamente.

Debí de sonar convincente, porque incluso papá se rindió. Yo confiaba en que Wolfram viniese a mi casa antes del almuerzo; entonces podría presentárselo debidamente a mis padres y aclarar las cosas con él. En privado, sin que yo estuviese atada a sus padres ya, lejos de la casa en la que los dos habíamos tenido que escondernos. En cierto modo, y a pesar de lo desagradable que había sido mi conversación con los Hoffmann aquella mañana, todo sería más sencillo ahora.

O eso quería creer yo.

Pero pasaron las horas y Wolfram no apareció. Mi humor fue empeorando a lo largo del día, hasta que comprendí que no podía seguir encerrada en casa mientras mis pensamientos sobrevolaban la ciudad.

¿Dónde se había metido Wolfram? Si había vuelto a su casa, sus hermanas le habrían contado lo sucedido; y, aunque no lo hubiesen hecho, yo estaba segura de que no escucharía solo la versión de su familia. Si sus padres le decían que me habían echado por ladrona o fulana, o por una mezcla de ambas cosas, él no tardaría en venir a buscarme para escuchar lo que tenía que decir al respecto. Ni se me había pasado por la cabeza la posibilidad de que no me creyese… o de que ni siquiera se molestara en buscarme.

Las dudas me atenazaban el estómago, por eso me puse el abrigo para salir. Necesitaba despejarme.

—Si viene Wolfram, dile que me espere —le dije a mi madre mientras abría la puerta.

—¿Que te espere? —Ella me miró preocupada—. ¿No sería mejor que…?

—No —dije rápidamente—. Yo llevo todo el día esperándolo a él. —Le di un beso en la mejilla—. Volveré pronto, solo quiero aclarar mis ideas.

Mamá no insistió. Yo me mezclé con la niebla, con la masa de abrigos y sombreros, con las conversaciones entremezcladas. Dirigí mis pasos hacia el único sitio de Berlín que me apetecía visitar en ese momento, donde los problemas parecían difuminarse entre el humo y el calor, mientras la decepción iba cogiendo forma dentro de mí. Como un lastre que, si no me arrancaban otros, tendría que arrastrar conmigo durante bastante tiempo.

No había nadie junto a la puerta trasera de Eldorado.

Ni bailarinas, ni contorsionistas, ni siquiera admiradores a la espera de un encuentro fortuito con sus artistas favoritos. Nadie. Solo mis pasos y yo en el callejón desierto.

El frío llevaba un rato colándose bajo mi abrigo. No dejaba de subirme los calcetines de lana, pero, por primera vez en mi vida, lamentaba no llevar medias. Tiritando, llamé a la puerta y esperé.

Me abrió la puerta Olivia en persona. Era la primera vez que acudía personalmente a mi llamada y aquello me dejó confundida durante unos instantes.

—Pasa, cariño —dijo encogiéndose en el batín de seda roja—. ¡Qué frío hace!

Entré y comprobé que también aquello estaba vacío.

—¿Dónde está todo el mundo? —pregunté mientras mi amiga nos guiaba en dirección a su camerino.

—Es una buena pregunta —suspiró—. Aún es temprano, pero…

Sí, había un pero. Porque, por muy temprano que fuese, allí no había un alma. Me detuve un instante junto a la puerta que daba al escenario: frente a él, dos hileras de mesas vacías parecían albergar a un centenar de comensales invisibles. Mis ojos fueron de los cubiertos brillantes a la tela que decoraba el escenario, que representaba un paisaje campestre cargado de nubes; todo estaba listo para el espectáculo de esa noche, todo excepto los artistas y el público.

Sentí un escalofrío.

—Deberíamos marcharnos —le dije a Olivia desde donde estaba.

—¿Ann? —Oí la voz de Gustav y, suspirando, arrastré los pies hacia el camerino.

Olivia y ella estaban sentados en la alfombra, Gustav sosteniendo una taza de té. Le temblaba un poco la mano.

—Todo está vacío —fue mi saludo—. ¿No os parece raro?

—Debe de haber alguien ahí fuera… —Mi amiga parecía intranquila.

—No. Acabo de venir y no había nadie. —Fruncí el ceño—. ¿No os habíais dado cuenta?

—Hemos venido hace un rato y no hemos salido hasta que Olivia ha oído la puerta. —Gustav se puso en pie y dejó la taza sobre una mesilla de madera lacada—. Ann tiene razón: tenemos que irnos.

—No podemos irnos ahora. —Olivia sacudió la cabeza.

—¿Por qué? —Yo los miré a Gustav y a ella—. ¿Y por qué habéis venido tan pronto al cabaret? —Entonces se me ocurrió algo—: ¿Los dos habéis quedado con tu amante?

—¿De qué hablas? —Olivia me miró sin comprender.

—Llevas puesto el batín rojo. —Suspiré—. Bueno, da igual: aquí está pasando algo malo…

Dejé de hablar cuando se oyeron golpes en la puerta. Golpes temblorosos.

—¿Quién…? —empezó a decir Gustav, pero Olivia lo silenció con un gesto y susurró:

—¿Esperas a Anders?

El chico dijo que no con la cabeza.

Entonces mi amiga se agachó junto a la misma mesilla de madera lacada en la que Gustav había dejado su taza de té. La mesilla tenía un solo cajón y, cuando Olivia lo abrió, extrajo de él una combinación de lencería, un frasquito de aceite aromático y un diminuto revólver.

Ahogué un jadeo de sorpresa; Olivia, por su parte, comprobó que el arma estuviese cargada y, sin vacilar, se dirigió hacia la puerta.

—Esperadme aquí —ordenó.

Yo hice ademán de seguirla, pero Gustav me sujetó de la muñeca. Cuando me volví hacia él, sacudió la cabeza.

Contuve el aliento.

Oímos cómo se abría la puerta. Olivia murmuró unas palabras, por lo que me relajé un poco; pero, cuando regresó, estaba lívida.

Me quedé de piedra al ver quién la acompañaba.

—¡Gretel! —exclamó Gustav.

Yo no conocía a esa muchacha, pero me la había cruzado en más de una ocasión: era la joven de las trenzas pelirrojas, la que había detenido su bicicleta frente a la ventana de los Hoffmann para escuchar el piano. También la había visto garabateando en un cuaderno, y recorriendo las inmediaciones del cabaret.

Pero ese día me hubiese costado reconocerla. Tenía la cara hinchada y cubierta de sangre seca. Y lloraba.

—Siéntate, querida. —Olivia le ofreció una silla y le rodeó los hombros con el brazo. Sin soltar la pistola—. ¿Qué te ha pasado?

Una idea iba cogiendo forma en mi mente. Y, conforme lo hacía, mi nerviosismo aumentaba.

—Es una trampa —dijo Gretel con un hilo de voz—. Lo saben todo.

Olivia y Gustav se miraron. La muchacha rompió a llorar; Olivia la estrechó suavemente, pero sin dejar de contemplar a mi amigo.

—Ella también es de la resistencia, ¿verdad? —dije lentamente—. Ella os trae los mensajes de Wolfram.

Al oírme, Gretel sollozó. Olivia me dirigió una larga mirada.

—¿Wolfram te lo ha contado?

Inspiré profundamente. De pronto, todas las piezas encajaban: los mensajes cifrados, la presencia de Gretel en la Schlossplatz y en Eldorado, el hecho de que Wolfram visitara el cabaret a menudo.

—El batín rojo —susurré mirando a Olivia—. No te lo ponías para encontrarte con ningún amante, sino con otros miembros de la resistencia, ¿verdad?

—Siempre has sido muy lista, Ann —respondió ella con tono impaciente—. Pero no es un buen momento para pedir explicaciones.

Gretel, que se había recostado contra ella, gimió:

—Han rodeado el cabaret. No hay salida…

En ese instante, como si la hubiesen escuchado, golpearon la puerta. Y esta vez no fue una simple llamada.

—¡Abran! —Oímos una voz áspera al otro lado.

Mis ojos fueron de la expresión desencajada de Gustav a las piernas de Gretel, que estaban mojadas. Se había orinado encima.

Mi cuerpo había dejado de ser mío, ya no respondía. La sangre que corría por mis venas parecía hielo. Fue la primera vez que comprendí que podía morir, que podían matarme; que, tal y como había temido en el fondo de mi corazón, ni siquiera yo estaba a salvo. Nadie estaba a salvo.

Los golpes continuaban. Supe, sin necesidad de que nadie me lo dijera, quiénes eran los hombres que rodeaban el edificio, y creí saber lo que harían con nosotros si lograban cruzar esa puerta. Y una frágil hoja de madera era todo lo que nos separaba de ellos.

—Hay salida —dijo Olivia entre dientes.

Y, mientras los golpes se repetían, retiró su preciada y suave alfombra.

Debajo había una trampilla.

Por muchos años que viva, jamás olvidaré lo que sentí al ver aquel cuadrado oscuro sobre las tablas del suelo. Cuando Olivia tiró de la argolla ennegrecida, un olor acre invadió el camerino.

—No será un paseo agradable. —Mi amiga ayudó a Gretel a ponerse en pie—. Gustav, hazte cargo de ella.

—¡Deprisa! —susurré cuando los golpes se volvieron rítmicos. Ya estaban intentando echar la puerta abajo.

Gustav y Gretel ya habían saltado por el agujero; quedábamos Olivia y yo.

Pero mi amiga me miró con una sonrisa amarga.

—Alguien tiene que cerrar la trampilla, cariño.

«No», pensé.

—No —le dije. Casi desafiante.

Olivia dio un paso hacia mí. Todavía empuñaba el revólver; a juzgar por los ruidos que oíamos ahí fuera, no tardaría en tener que usarlo.

—Lo siento.

—¿Qué sientes? —Tiré de su brazo hacia la trampilla—. ¡Vamos!

Ella se zafó de mi agarre.

Oí crujir la madera de la puerta, casi podía imaginarla astillándose. Mi corazón enloqueció de pánico.

—¡Olivia, por favor! —gemí.

—¿Puedo besarte? —Ella ni siquiera parecía nerviosa—. Será un buen final.

—No vas a morir aquí.

Sacudí la cabeza. No estaba dispuesta a aceptar aquello, de ningún modo. Miré alrededor en busca de una salida; entonces me fijé en el hornillo que Olivia usaba para calentar el té. Y en las dos docenas de frascos de aceites aromáticos que reposaban en su tocador.

—¿A qué esperas, Ann? —Oí susurrar a Gustav desde algún punto situado a mis pies.

Por toda respuesta, yo me abalancé sobre el tocador y estrellé los frascos de aceite en el umbral de la puerta del camerino.

—¿Qué haces, boba? —siseó Olivia—. ¡Métete por ese agujero o te meteré yo a patadas!

Sin prestarle atención, agarré el hornillo con las dos manos. El metal quemaba, pero me aguanté.

Un último golpe derribó la puerta de los artistas. Los gritos llenaron el corredor de los camerinos. Ignorando las maldiciones de Olivia, estrellé el hornillo contra los aceites.

El primer fogonazo me calentó el rostro; luego las llamas lo invadieron todo y me cegaron. Noté un tirón en el brazo cuando Olivia me arrastró hacia la trampilla y, finalmente, dejé de pisar el suelo.

Caí sobre Gustav con un grito ahogado. Él me ayudó a levantarme y comprobó que estuviese bien; mientras, Olivia estaba cerrando inútilmente la trampilla. Un humo negruzco se colaba a través de ella.

—Estás loca —repetía una y otra vez—. Estás como una cabra...

Yo me miré las manos ennegrecidas y suspiré. La única luz, débil y grisácea, provenía de algún punto lejano. A juzgar por el olor, debíamos de estar en las cloacas de la ciudad.

—Deprisa. —Olivia me empujó para que echara a andar. Yo obedecí mecánicamente.

Quería creer que, para cuando los nazis localizaran la trampilla, ya estaríamos lo bastante lejos.

Corrimos sin aliento durante un buen rato, hasta llegar a un sumidero que estaba al aire libre. Para entonces, las aguas fecales ya nos llegaban por la cintura y yo había tenido que detenerme a vomitar un par de veces. Gretel parecía al borde del desmayo, pero Gustav hacía chistes espantosos para impedir que cundiera el pánico.

—Estamos lejos del cabaret —dijo Olivia en cuanto pisamos la acera.

Nos encontrábamos en un barrio industrial; no recordaba haber estado allí nunca, pero, al menos, la noche sería nuestra aliada.

—Será mejor que vengáis a mi casa. —Gustav estaba temblando de frío—. No podéis ir por ahí oliendo a mierda congelada.

Olivia asintió secamente y Gustav, ella y yo echamos a andar. Pero Gretel no nos siguió.

—Vamos, querida. —Mi amiga la abrazó y trató de empujarla suavemente—. Lo peor ya ha pasado, y tú lo has hecho todo muy bien. Pronto estaremos calientes y a salvo, y podremos curarte esas heridas tan feas...

—Saben lo de Wolfram.

Sus palabras me hicieron detenerme en seco. Olivia y Gustav se miraron; yo solo podía contemplar a Gretel, cuyos ojos estaban clavados en las puntas de sus pies. Había perdido un zapato durante la huida.

—¿Lo de Wolfram? —susurré.

—Van a ir a por él —dijo Gretel con un hilo de voz. Y sus palabras se me clavaron en el pecho.

—No —me oí contestar—. Ya han ido.

Por eso Wolfram no había venido a mi casa: no había podido hacerlo. Los nazis ya le seguían la pista.

Recordé la promesa que le había hecho, la pistola que guardaba él en el cajón. ¿Y si ya la había disparado con sus propias manos?

¿Y si estaba muerto?

—Debo ir a por él —dije con voz ronca.

Gustav fue el primero en adelantarse:

—Iremos todos.

«Todos». «Todos» éramos una cabaretera, un estudiante homosexual, una adolescente que se había orinado encima y una maestra fracasada. ¿Qué podíamos hacer contra un grupo de nazis armados, contra esa máquina de destrucción que Alemania había puesto en marcha con sus votos, con su egoísmo, con su silencio?

Sí, la culpa la tenía el silencio. Aquel silencio que había invadido Berlín y que había hecho que los asesinos que nos gobernaban se sintieran impunes.

Y, sin embargo, ese «todos» era lo único que me quedaba, lo único a lo que podía aferrarme. Por eso, cuando Olivia me cogió de la mano y echó a correr, fui tras ella sin dudarlo. Dispuesta a enfrentarme a mi propia cordura, a mantener viva la esperanza de que Wolfram siguiese vivo. Aún.

26

Diario de Ann

No quería perder ni un minuto, pero me convencieron de que no llegaría muy lejos empapada y congelada, por lo que hicimos una breve parada en casa de Gustav. Sus padres, los Bremen, a los que yo apenas conocía, nos recibieron amablemente; sin embargo, pude oír cómo discutían con su hijo mientras Olivia, Gretel y yo nos cambiábamos de ropa. Creí oír la palabra «armario» y, presa de una súbita intuición, ignoré deliberadamente el pesado armario de madera que había en el salón. Tenía la sensación de que yo no era la única que guardaba secretos.

No tardamos en salir de nuevo; ahora yo llevaba puesto un vestido de la señora Bremen y un abrigo viejo del propio Gustav. La ropa estaba seca y caliente, pero temblaba de todas maneras. Y no de frío.

Ya había anochecido y, cuando llegamos a la Schlossplatz, había luces tras las ventanas, incluida la de Wolfram.

—Esperadme aquí —les dije a Olivia y Gustav. Gretel se había quedado con los Bremen.

—¿Seguro? —Gustav me miró dubitativo—. ¿No te acompaño?

Olivia ni siquiera se ofreció: ya solo su peinado ofendería a la señorita Klausen.

—Gracias, encanto —le dije a Gustav—, pero iré sola.

Los dos se quedaron junto a la verja, prudentemente alejados de las farolas, esperándome. Yo eché a andar tratando de ignorar los latidos acelerados de mi corazón.

Hacía tan solo unas horas que me había marchado de esa casa decidida a no volver jamás. Y ahora me veía obligada a tragarme el orgullo por un bien mayor. Mientras esperaba a que me abriesen, miré hacia arriba, hacia la ventana de Wolfram, y vi que seguía iluminada; si hubiese muerto, pensé febrilmente, no habría luz en su cuarto, ¿verdad?

Tenía náuseas otra vez. Afortunadamente, la espera no se prolongó demasiado.

Creo que la señorita Klausen esperaba cualquier cosa menos verme en el umbral de la puerta. Cuando lo hizo, arrugó la nariz y volvió a entornarla.

—Váyase, señorita Weigel.

—Espere… —empecé a decir.

Pero el ama de llaves me cerró la puerta en las narices. Con tanta rudeza que estuvo a punto de golpearme.

La insulté en voz alta y volví a llamar. Nadie vino esta vez.

Ignoré el timbre y me puse a golpear la puerta con los puños. Olivia y Gustav murmuraron algo a mis espaldas, pero ninguno de los dos hizo ademán de detenerme; tuvieron que pasar casi diez minutos para que yo me convenciera de que, para mi desgracia, nadie me abriría la puerta ya.

Exhausta y desesperada, me apoyé en la hoja y me tapé la cara con las manos.

—Mierda —dije amargamente.

—¡Oye, Ann, mira eso!

Algo en el tono de Gustav me hizo reaccionar: dejé caer los brazos y seguí el recorrido de su mirada.

Y entonces vi luz en otra ventana, una de las de la planta baja. No luz eléctrica, sino el destello de una linterna. Se encendió, se apagó y volvió a encenderse; al verlo, sentí un cosquilleo de emoción en el pecho.

—¿Es lo que yo creo? —murmuró Gustav.

—Punto, raya, raya, punto, raya, punto... —recité yo entre dientes. Y solté una risa nerviosa—. ¡«Ann»! ¡Es mi nombre!

—¿Wolfram te está llamando? —preguntó Olivia sorprendida—. ¿Por qué iba a hacerlo así?

—No creo que sea Wolfram. —Sacudí la cabeza—. Es el cuarto de los juegos.

Mis amigos me siguieron. Yo temía que la señorita Klausen nos estuviera espiando, pero nadie salió a echarnos del jardín; siempre con cautela, avancé hasta situarme junto a la ventana del cuarto de los juegos.

Cuando me quedaban apenas tres pasos para alcanzarla, se abrió de golpe. Y un rostro conocido apareció al otro lado.

—¡Deprisa, señorita Weigel! —Kristin miró por encima del hombro con aprensión.

Yo eché un último vistazo a Olivia y Gustav, que me hicieron un gesto de asentimiento, y me encaramé a la ventana de un salto. Kristin me ofreció su mano para acceder al cuarto de los juegos.

Caí limpiamente sobre la alfombra. Me incorporé y miré alrededor, pero solo había tinieblas.

—Hola, señorita Weigel. —Oí la vocecilla de Louise, que encendió la linterna otra vez y, por fin, me permitió ver su cara—. ¿Ha venido a salvar a Wolfram?

Escuchar ese nombre me hizo contener el aliento. A la luz de la linterna, vi que las dos hermanas Hoffmann iban en camisón, bata y zapatillas.

—¿Dónde está? —pregunté con nerviosismo—. ¿Le han hecho daño?

Kristin se acercó al haz de luz, que arrancaba destellos de su rubia cabellera. Seguía pareciéndose a un hada, pero era como si hubiese crecido diez años desde esa mañana.

—El doctor Brack ha venido poco después de que usted se marchara. —Me dirigió una mirada llena de emoción contenida—. Y lo ha drogado.

—Padre dice que es para que no sufra… —empezó a decir Louise, pero su hermana la interrumpió con un bufido desdeñoso.

—Eres tonta si te lo tragas —declaró—. El doctor Brack es un asesino.

La palabra «asesino», pronunciada con esa frialdad y por esos labios tan suaves, me provocó un estremecimiento.

—¡Yo no soy tonta! —protestó Louise.

—¿Qué quieren hacer con él? —Miré a Kristin con urgencia—. ¿Cuándo piensan llevárselo?

La niña me agarró del abrigo.

—Esta noche. —Apretó los labios—. No les deje, señorita Weigel, no deje que se lo lleven. Él no quería…

—Lo sé —dije con un hilo de voz.

—Ha intentado impedir que lo drogaran —prosiguió Kristin con tono sombrío—. Han tenido que sujetarlo entre dos, casi lo ahogan…

—¿Está inconsciente? —pregunté espantada.

—Prácticamente. No puede defenderse, desde luego. —La niña me dirigió una mirada implorante—. Por favor...

—No se lo llevarán —dije con firmeza—. No se lo permitiré.

No, no lo haría: iría a buscar a Wolfram de inmediato, me las arreglaría para cargar con él hasta el cuarto de los juegos y les pediría a Olivia y Gustav que me ayudaran a llevarlo hasta mi propia casa. Una vez allí, esperaríamos a que se le pasaran los efectos de la droga y trazaríamos un plan. Pero lo más importante era alejarlo de aquel lugar lo antes posible. Allí corría peligro.

—El doctor Brack ha dicho que mandaría a dos de sus ayudantes a por él —susurró Kristin mientras se dirigía hacia la puerta de puntillas—. No creo que venga él en persona.

—Mejor —suspiré.

—¿Cómo puede ser tan malo el doctor? —Louise parecía asombrada.

Kristin se llevó un dedo a los labios, pidiéndonos silencio a las dos, y abrió la puerta unos centímetros.

Volvió a cerrarla de inmediato.

—La señorita Klausen está patrullando el corredor —nos dijo entre dientes— y, como sigamos aquí con la luz apagada, se dará cuenta de que pasa algo raro y vendrá a husmear.

—¡Tengo una idea! —susurró Louise con aparente entusiasmo—. Creo que podría funcionar...

—Louise, no tenemos tiempo para esto. —Kristin chasqueó la lengua con impaciencia, pero yo me incliné hacia Louise.

—¿Qué propones?

La niña dirigió una mirada triunfal a su hermana mayor y, decidida, comenzó a explicarse.

Podía oír los gritos desde mi escondite:

—¡Kristin, esto ya pasa de castaño oscuro! —El señor Hoffmann parecía fuera de sí—. ¿Primero lo de esta mañana y ahora esto?

—¿Qué vamos a hacer contigo? —se lamentaba su esposa.

Mientras tanto, Louise lloriqueaba de una forma muy convincente:

—¡Me ha dicho que era la niña más tonta del mundo!

—¡Eso no es verdad! —protestó Kristin—. ¿Quieres dejar de llorar?

—¡La más tonta, eso me has dicho!

—¡Para ya, llorica!

—¡No soy ninguna llorica!

—¡Llorica, llorica y llorica!

—¡Basta, niñas!

Yo resoplé para mis adentros. Las dos hermanas estaban representando una pantomima excelente; de haber sabido que actuaban tan bien, pensé, les hubiese propuesto hacer teatro cuando era su maestra. Aunque sospechaba que gran parte del éxito de todo aquello se debía a la desesperación que sentíamos las tres. Al miedo que teníamos de lo que pudiese pasarle a Wolfram.

Que, por cierto, seguía solo en el piso de arriba.

Ya solo tenía que librarme de la señorita Klausen, aunque no iba a ser complicado: con lo que le gustaba cotillear, supuse que tendría la oreja pegada a la puerta del salón durante todo el tiempo que durara la discusión de los Hoffmann.

Aun así, no iba a correr riesgos innecesarios. Me descalcé antes de cruzar el pasillo y subí las escaleras tan rápido como pude; nada más llegar al piso de arriba, vi que la puerta de Wolfram estaba entreabierta.

Contuve el aliento al ver que un haz de luz dorada se proyectaba en el suelo. Una de las tablas crujió bajo mis pies y solté una maldición, pero seguí mi camino igualmente. Con el corazón encogido y el miedo erizándome el vello de la nuca.

Había vivido una persecución en mis propias carnes esa misma tarde y, sin embargo, no era lo mismo que enfrentarme a lo que podría encontrar en esa habitación.

Olía a enfermedad. Cuando empujé la puerta, encontré a Wolfram tumbado en la cama que tantas veces habíamos compartido, con los ojos cerrados y una arruga surcando su frente. Iba vestido con una camisa blanca, pero alguien se la había remangado. «Para inyectarle la droga», pensé angustiada.

Alarmada, me incliné sobre la cama y le puse las manos en las mejillas. Estaban frías.

Entonces él reaccionó: con un murmullo ininteligible, se removió entre las sábanas y, finalmente, logró entreabrir los párpados.

Tenía los ojos vidriosos.

—Ann —susurró.

Parecía costarle un gran esfuerzo respirar, podía oír cómo silbaba su pecho. Ningún sonido me había parecido tan aterrador como ese, pero me obligué a mantener la calma.

—Estoy aquí —susurré acariciándole el rostro—. Las niñas me lo han contado todo.

—Tu… promesa. —Wolfram trató de incorporarse, pero enseguida volvió a desplomarse sobre la almohada—. Por favor…

—La recuerdo, pero no será necesario cumplirla —dije inclinándome hacia él—. Voy a sacarte de aquí.

Sin darle tiempo a protestar, me agaché para colocar su brazo alrededor de mis hombros. Pesaba más de lo que creía y no estaba en condiciones de colaborar, por lo que pronto me arrepentí de haber enviado a Kristin a entretener a sus padres.

Sudaba cuando logré que Wolfram se levantara del todo, pero apenas podía avanzar un paso sin perder el equilibrio.

—La pistola —jadeó él. Su pecho seguía silbando—. Cógela…

Iba a pedirle que se callara, que se centrara en colaborar en la medida de lo posible; pero, cuando quise hacerlo, oí algo que me provocó una oleada de pánico.

El timbre.

Había alguien abajo. Y estaba segura de que no eran Olivia ni Gustav.

—No —susurré espantada.

—Ya vienen… —Wolfram giró el rostro para mirarme. Nunca había visto tanta angustia en sus ojos, jamás—. Por favor, Ann, dámela… Por favor…

Frustrada, lo dejé caer sentado en la cama y abrí el cajón de la mesilla de noche. Me temblaban las manos con violencia. ¿Eso era todo, ahí se acababa nuestra historia? ¿Iba a tener que darle la pistola? ¿Podría disparar él mismo o, finalmente, yo me vería obligada a hacerlo?

Agucé el oído y oí voces ásperas en el rellano. Y pisadas dirigiéndose hacia las escaleras. «No», gemí, o quizá solo lo dije para mis adentros. Wolfram me miraba desde la cama, sentado como un niño al que acaban de abandonar, y todo mi cuerpo se rebeló contra la idea de arrancarle la vida.

Pero él extendió su mano y asintió en silencio.

—Tiene que haber otra manera —susurré sin soltar la pistola—. Tiene que haberla…

—Por favor —insistió Wolfram—. No quiero que lo hagan…

—¿Y si solo te llevan a…?

—¡Ellos me han hecho esto! —quería gritar, pero apenas podía emitir aquel silbido sin desfallecer. Cerró los ojos y se apoyó en el cabecero de la cama; cuando volvió a abrirlos, las lágrimas rodaban por sus mejillas—. Han empeorado… mi enfermedad… Soy un experimento, siempre lo he sido…

Enmudecí de horror. Y así, muda y temblorosa, me encontraron los Hoffmann y los dos nazis uniformados.

—¿Señorita Weigel? —dijo la señora Hoffmann al verme.

—¡Por el amor de Dios! —El señor Hoffmann se llevó las manos a la cabeza—. ¿Qué está haciendo aquí?

—Apártese —ladró uno de los nazis dando un paso al frente.

—Ann. —Wolfram no tenía fuerzas para gritar, solo me miraba implorante—. Por favor…

Entonces uno de los nazis se fijó en mi pistola e intercambió una mirada con el otro.

Y, de pronto, un grito nos sobresaltó a todos:

—¡No lo hagáis!

Oímos un estruendo de pisadas en las escaleras y, momentos después, Berthold irrumpió en el dormitorio. Tenía la cara roja y brillante de sudor y el pelo pegado a la frente, como si hubiese corrido una larga distancia en los últimos minutos. Se apoyó en el quicio de la puerta, jadeando, y miró a sus padres con el rostro desencajado.

—¡Wolfram tenía razón, he descubierto lo que les hacen…! —jadeó señalando a los dos hombres uniformados—. ¡No os acerquéis a él, no toquéis a mi hermano!

—¿Berthold? —balbuceó su padre—. ¿Qué diantres…?

—Suelte esa pistola, señorita —dijo uno de los nazis con frialdad—, y nadie saldrá herido.

Mientras hablaba, sacó su propia pistola y me apuntó directamente a la cabeza.

Entonces Wolfram se puso en pie, interponiéndose entre mi atacante y yo. Temblaba como una hoja a punto de desprenderse de la rama de un árbol.

—Está bien —gimió—. Iré, pero no disparéis.

—¡No! —Berthold rugió y, sin previo aviso, se abalanzó sobre el nazi desarmado y le propinó un puñetazo en el rostro.

El otro giró sobre sus talones y, sin parpadear, le disparó a la pierna. Berthold se derrumbó con un grito mientras el primer nazi se arrastraba hacia la pared, con la mirada perdida y la nariz sangrando profusamente.

—¿Qué coño haces? —le espetó a Berthold el de la pistola—. Traidor de mierda…

Le disparó a la otra pierna. Berthold soltó un alarido es-
tremecedor; los Hoffmann se habían puesto pálidos.

—¡Deténgase! —bramó el señor Hoffmann por fin.

Pero el nazi se limitó a mirarlo con desprecio.

—Cállese, viejo.

Yo no podía apartar los ojos de él, ni del arma con la
que apuntaba a Berthold. A Berthold, que había descubierto la verdad cuando ya era tarde. A Berthold, que no había
querido ver el peligro hasta que su familia y él se habían
visto amenazados. A Berthold, que no había comprendido
a tiempo que, cuando se libera a un monstruo, nadie está a
salvo. Nunca.

—Los gasean —gimió Berthold desde el suelo, pálido y
con el rostro contraído de dolor—. Se los llevan y… los ma-
tan… A todos, también a los alemanes... Programa Aktion
T4, lo llaman…

Wolfram seguía a mi lado. Yo sabía que ya no me pediría
que le disparara, no si mi propia vida corría a peligro. Y,
sin embargo, podía cumplir mi promesa, podía aprovechar
aquella momentánea distracción para acabar pacíficamente
con su vida. Para evitarle un final doloroso y cruel.

¿Cuándo había empezado a llorar? Ni siquiera me había
dado cuenta, y eso que los sollozos hacían temblar todo mi
cuerpo.

La pistola seguía en mi mano. Solo tenía que dispararla…

—Wolfram… —llamó Berthold con voz ronca.

¿Tardaría mucho en desmayarse por culpa del dolor? ¿O
recibiría un disparo en la cabeza antes de poder hacerlo?

Tal vez fuera en el estómago. A los nazis no les gustaban las muertes rápidas.

El nazi de la pistola se volvió hacia nosotros. Miró a Wolfram y sonrió.

Yo apreté el gatillo.

Hubo gritos, y polvo. Aterrada, vi que había fallado el primer tiro y aún disparé varias veces, todas las que pude. Descargué la pistola y luego la solté, me dejé caer sentada en el suelo y rompí a llorar.

Durante unos segundos, solo se oyeron mis sollozos y los gemidos de dolor de Berthold.

Recordé aquella primera tarde, en el salón, cuando Wolfram les había pedido a sus padres que quitaran «esa cosa» de la pared. El retrato de un asesino. Recordé también nuestras primeras conversaciones privadas, lo que nos habíamos confesado mutuamente, el olor del pan recién hecho. Recordé *La Internacional* y todas aquellas melodías desacompasadas que me habían acompañado en mis tardes de soledad. Recordé el tacto de sus dedos, y el de sus labios, y lo que me había dicho la última vez que nuestros cuerpos se habían enredado entre sus sábanas calientes.

Noté cómo me rodeaba con sus brazos, pero yo tenía la vista nublada por culpa de las lágrimas.

—Ya está —me susurró al oído—. Están muertos, ya no pueden hacernos más daño.

27

Diario de Ann

Reinaba un pesado silencio en el salón.

Pensé que todos parecíamos sacados de algún cuadro del romanticismo alemán. Los señores Hoffmann estaban sentados muy juntos y con las manos entrelazadas, pálidos por primera vez en su vida; Berthold se retorcía bajo las atenciones de un médico que no iba uniformado, pues lo había traído Anders; Gustav y él se miraban el uno al otro, resignados, mientras Olivia se paseaba por el cuarto. A las niñas las habíamos mandado a dormir, aunque yo estaba segura de que ninguna de las dos pegaría ojo.

En cuanto a Wolfram, su pecho iba dejando de silbar lentamente, conforme la droga y el agotamiento desaparecían. Su cabeza reposaba en mi pecho, y yo apoyaba los labios en su melena mientras escuchaba lo que Olivia nos decía a todos:

—No creo que encuentren los cuerpos, pero los buscarán. —Mi amiga se daba golpecitos en la barbilla con aire pensativo—. El doctor Brack, sin ir más lejos, cuando descubra que sus hombres han desaparecido y que Wolfram sigue respirando.

Sus palabras me hicieron estrechar el abrazo en el que envolvía al joven; él, sin embargo, esbozó una débil sonrisa.

—Suponiendo que siga respirando...

—Tenemos hasta mañana —lo interrumpió Olivia— para sacaros de aquí, daros un pasaporte falso y llevaros hacia la frontera, como hicimos con Hans y con el resto. Cada minuto cuenta.

Mi corazón se aceleró dolorosamente. ¿Significaba eso lo que yo creía? ¿Wolfram y yo teníamos una oportunidad?

—¿Hacia la frontera? —balbuceó la señora Hoffmann—. ¿Eso quiere decir que se marcharán de Alemania?

—Wolfram ya estaba condenado y Ann ha cometido un asesinato. Uno que todos los presentes celebramos, me parece, pero que dudo que haga mucha gracia a los nazis. Por no hablar de que nuestra pequeña célula de la resistencia se ha ido al cuerno. —Sonrió con tristeza—. Me temo que la pequeña Gretel y yo también tendremos que buscarnos la vida. Gustav, al menos, cuenta con la protección de Anders.

Anders apretó el brazo de su amante con una suavidad que no pasé por alto. Gustav permanecía cabizbajo, y solo entonces me di cuenta de lo joven que era en realidad. De lo grande que le quedaba todo aquello.

Bastante tendría con sobrevivir. No las tenía todas consigo en los tiempos que corrían.

—De los pasaportes y el desplazamiento me encargo yo,

aún tengo contactos —prosiguió Olivia—, pero el dinero lo pondrán ustedes.

Dijo eso último mirando a los Hoffmann, que parecían tan desorientados que casi me inspiraron lástima. Casi.

—No puedo creerlo —dijo la señora Hoffmann por enésima vez esa noche—. No puedo creer que hayan intentado matar a nuestro hijo. ¡A nuestro hijo! —Miró a su esposo con estupor—. ¡A un miembro de nuestra familia!

—Qué vergüenza, señora Hoffmann. —Olivia la contempló con incredulidad—. Todo era mucho mejor cuando solo mataban a otra gente, ¿verdad?

La señora Hoffmann le dirigió una mirada altanera, pero yo intervine sin poder contenerme:

—¿Van a quitar esa cosa de ahí ahora o esperarán a que vengan a por su otro hijo? —Señalé el retrato de Hitler, que parecía observarnos desde la pared—. Hasta esta misma mañana, señores Hoffmann, ustedes estaban de acuerdo con sus compañeros de partido. Les parecía maravilloso que asesinaran a gente inocente… mientras no les tocara a ustedes.

—¡Eso es ridículo! —farfulló el señor Hoffmann—. Nosotros no sabíamos…

—Oh, por supuesto que lo sabían —atajé—. Lo sabían, pero creían que había que limpiar Alemania. Eso fue lo que me dijiste tú, ¿no, Berthold? —Miré al joven, que se dejaba atender por el médico con una docilidad impropia de él—. Había que hacer sacrificios por el bien común. No esperabais que el sacrificio tuviese la misma sangre que vosotros.

—No —murmuró Berthold. Me sorprendió que contestara en su estado, por lo que le dejé hablar—. No lo esperábamos…

No creíamos que fuese posible. Y lo provocamos. Nuestros votos, nuestra complicidad, nuestro silencio… —Cerró los ojos y se estremeció—. Nosotros somos los culpables.

Durante unos segundos, el salón quedó en silencio. Solo se oían el goteo de la sangre de Berthold, los resoplidos del señor Hoffmann, la respiración entrecortada de Wolfram. Y, de vez en cuando, una tos del médico, que curaba las heridas de Berthold con sus dedos largos y hábiles; los Hoffmann intentaban no mirar el brazalete que llevaba cosido al abrigo, pero yo sabía que lo habían visto desde el primer momento.

Así eran las cosas: a la hora de la verdad, un judío estaba curando las heridas provocadas por los nazis. Uno de esos a los que, según Berthold, había que expulsar de Berlín.

Qué irónico. Qué triste.

—Alimentasteis a la bestia. —Wolfram rompió el silencio—. Y ahora es tan grande que puede devorarnos a todos.

Berthold abrió los ojos de nuevo y giró el rostro hacia él. El médico chasqueó la lengua para pedirle que se estuviera quieto, y el joven obedeció dócilmente, pero sin dejar de contemplar a su hermano. ¿Parecía divertido o eran imaginaciones mías?

—Siempre fuiste el más listo de los dos —dijo finalmente.

—Por lo menos, nunca he estado ciego. —Wolfram sacudió la cabeza—. Pero no quiero irme del país enfadado, hermano.

Berthold esbozó una sonrisa agria y dejó caer los párpados.

—Yo tampoco.

—Esto te dolerá, chico —dijo el médico entonces—. Muerde algo para no gritar.

El señor Hoffmann pareció despertar de un letargo. Solícito, se agachó junto a su hijo y le ofreció su pitillera de cuero para que la mordiese.

Desvié la mirada mientras el médico le extraía a Berthold una bala del muslo. Aun así, sus gritos ahogados me revolvieron el estómago.

—Es la hora —dijo Olivia entonces. Se había detenido junto a la puerta y me miraba con gravedad—. Si no nos damos prisa, quizá luego ya no haya tiempo.

—Entonces, ¿os vais? —A la señora Hoffmann le temblaba la voz. Miró a Wolfram, que se estaba incorporando con mi ayuda—. ¿Para siempre?

—No lo sé, madre. —Wolfram sacudió la cabeza con lentitud—. De momento, nos vamos.

—Pero ¿a dónde?

—Es mejor que no lo sepan —intervino Olivia con decisión—. Si los interrogan, no podrán delataros.

El señor Hoffmann levantó la cabeza de golpe.

—¿Interrogarnos? ¿A nosotros?

—¡Por el amor de Dios, buen hombre, le han disparado a un hijo suyo dos veces y han intentado asesinar al otro! —Mi amiga perdió la paciencia—. ¿Cuándo dejará de creerse invulnerable?

—Padre, madre —dijo Wolfram al ver que iban a ponerse a discutir—, no hay tiempo para esto. Despidámonos y confiemos en volver a vernos algún día.

Tras un instante de vacilación, el señor Hoffmann se incorporó para abrazarlo con torpeza. La señora Hoffmann también lo hizo, y Wolfram tuvo la delicadeza de no hacerles ningún reproche. Teniendo en cuenta que habían estado a punto de entregárselo a los carniceros del doctor Brack, pensé, era muy elegante por su parte.

Luego comprendí que, en realidad, Wolfram no esperaba volver a verlos nunca.

Berthold debía de saberlo, porque, cuando su hermano se agachó para darle la mano, le dirigió una mirada extraña. Tragó saliva y su nuez tembló. Incluso yo me apiadé de él al verlo ahí tumbado, en manos de un desconocido, después de haber visto cómo todo aquello en lo que creía se desmoronaba frente a sus ojos.

—Adiós, hermano.

—¡Deprisa! —Olivia se estaba impacientando.

Yo no les dije adiós a los Hoffmann, ni siquiera a Berthold. Simplemente no pude hacerlo. Sí que me acerqué un momento al dormitorio de las niñas, a las que, contra todo pronóstico, encontré dormidas; me permití contemplar sus rostros dormidos durante unos instantes y, finalmente, cerré la puerta.

Flanqueados por Gustav y Anders y dirigidos por Olivia, Wolfram y yo salimos de casa de los Hoffmann en silencio. Los padres de Wolfram aún vinieron a despedirnos a la puerta, pero yo ni siquiera los miré. Era de madrugada y, excepto por algún borracho despistado, las calles de Berlín estaban desiertas.

—¿A qué viene tanta prisa, Olivia? —susurró Gustav en cuanto nos alejamos de la puerta—. Aún tenemos tiempo hasta el amanecer.

Anders y él no caminaban de la mano, pero sí muy juntos, rozándose los brazos. Por algún motivo, esa imagen me provocó un ligero temblor de emoción.

—Yo no estaría tan segura. —Mi amiga se volvió y nos dirigió una mirada sombría—. ¿No habéis notado que faltaba alguien en el salón?

Gustav, Anders y yo nos miramos, pero fue Wolfram quien habló:

—La señorita Klausen, supongo.

No hizo falta decir nada más: por si acaso, todos apretamos el paso.

28

Diario de Ann

Recuerdo las siguientes horas en una nebulosa. Las calles frías de madrugada, el olor del café en la cocina de mis padres, mi madre haciéndome la maleta como si fuese una niña. Olivia hablando con mi padre, explicándole que ellos podían unirse a nosotros si querían, pero que tenía que ser esa noche. Las conversaciones murmuradas, las dudas, la expectación. El sí, finalmente, y el tictac del reloj del salón haciéndonos intercambiar miradas inquietas. El sonido que hizo la llave al girar por última vez en la cerradura.

—¿Lo lleváis todo? —preguntó Olivia con un hilo de voz.

Yo, que me había detenido frente a la solitaria puerta del señor Blumer, asentí distraídamente.

Sé que un coche vino a buscarnos a las inmediaciones de la Alexanderplatz, y que le pregunté a Olivia qué haría ella. Mi amiga me aseguró que sabría cuidarse y, dándome un último beso en los labios, desapareció entre la niebla. La conductora del vehículo, una mujer que decía llamarse Astrid, arrancó con tanta brusquedad que mi pierna chocó con la de Wolfram, que se apretujaba a mi lado. Le habíamos cedido a mi madre el asiento delantero y mi padre, Wolfram y yo íbamos en el de atrás.

Los cristales se empañaron y comprendí que ahí se terminaba todo... y ahí empezaba todo. Dejábamos atrás el Berlín de mi escuela, el de mis niños expulsados del tablero, el de las niñas que recibían palizas. El de las fiestas en las que sonaba el himno nazi y los médicos que, en vez de curar, asesinaban. El de los amantes que debían ocultarse del mundo y las familias que escondían a otras familias en los armarios. El de los desfiles y los disparos, el de la propaganda y las mentiras. ¿Cuánto tardaría en volver a la normalidad? ¿Lo haría algún día, de hecho? ¿Hasta qué punto el daño era imposible de reparar, cómo serían las cicatrices que dejarían aquellas heridas tan profundas?

Yo no lo veía. No volvería a ver a los Hoffmann, ni a Berthold, ni a las niñas. Ni a Anders ni a Gustav. Ni a Olivia. Me marchaba de Alemania en compañía de mis padres y de Wolfram, con papeles falsos y destino desconocido. Astrid nos llevaría a la frontera con Suiza; una vez allí, tendríamos que arreglárnoslas por nuestra cuenta.

Miré de reojo a mi padre, que había sido profesor de universidad y después tabernero, que había vivido en la casa de sus padres y había creído tener el futuro asegurado. Esa noche lo dejaba todo atrás, igual que mi madre, que aún era capaz de conversar con Astrid acerca del tiempo, del coche que conducía y del pañuelo que llevaba en la cabeza. Como si nuestro mundo no se hubiese hecho pedazos, como si aquello fuese otro capítulo más de nuestra historia.

Y quizá lo fuese. Quizá llegáramos vivos al otro lado de la frontera.

En ese caso, me dije impresionada, tendríamos que dar las gracias. Porque otros, como el señor Blumer, no lo habían logrado.

—Privilegiados hasta para escapar de los lobos. —Oí murmurar a Wolfram a mi lado. Como si me hubiese leído el pensamiento.

A tientas, busqué su mano. Nuestros dedos se entrelazaron y entonces vi que mi padre sostenía algo entre los suyos: *El mundo en el que vivo*, libre ya de las tapas de *Mi lucha*. Lo acariciaba como si fuese una criatura que acabara de ver la luz por primera vez.

Puede que, en cierto modo, lo fuese.

Me dormí en algún momento y desperté cuando Astrid detuvo el coche al borde de la carretera. Nos hizo bajar para darles instrucciones a mis padres sobre lo que había que hacer a continuación; yo me quedé un poco apartada, reflexionando acerca de la capacidad que tenemos los hijos, también adultos, de dejarlo todo en manos de los que nos han dado la vida. Mis padres estaban exhaustos y, sin embargo, dejé que Astrid les diera todas las explicaciones a ellos.

Contemplé los campos que se extendían frente a nosotros, verdes incluso bajo el pálido resplandor de la madrugada, y las primeras gotas de lluvia picotearon mis mejillas.

Eché la cabeza hacia atrás, suspirando, y solo entonces volví a sentirme yo.

—¿Disfrutando del paisaje? —Wolfram se acercó a mí por detrás. No me giré para mirarlo, pero busqué la cercanía de su cuerpo. Hacía fresco fuera del coche—. ¿Aún tienes la pistola?

Abrí los ojos sorprendida.

—No, la dejé caer en tu dormitorio. —Entonces sí, me volví hacia él—. Supongo que seguirá allí.

—Ya veo.

—¿Por qué lo preguntas? Si todo va bien, no vamos a tener que matar a nadie para cruzar la frontera.

Intentaba bromear, pero no me salió muy bien. Wolfram desvió la mirada y se metió las manos en los bolsillos. Mi padre le había prestado un jersey y un abrigo, pero las mangas le quedaban demasiado cortas. Se metió las manos en los bolsillos y avanzó por el borde de la carretera, alejándose del coche; yo miré por encima del hombro, pero mis padres y Astrid no parecían necesitarnos, por lo que fui tras él.

Wolfram se detuvo al cabo de un minuto y miró hacia arriba. Ya se filtraban algunas luces blancas entre las nubes, como si quisieran darnos la bienvenida; la lluvia era tan ligera que no empapaba nuestra ropa, aunque me hizo arrugar la nariz más de una vez. Wolfram, por su parte, parecía sereno. Como si hubiese envejecido una década desde esa noche.

—¿Estás más despejado? —le pregunté con cautela.

Él sonrió levemente. Sin mirarme.

—Si te refieres a la droga, creo que ya me he librado de ella. —Hizo una ligera mueca—. Y me siento en paz.

Entonces sí que me miró. De un modo extraño y un poco inquietante.

—Gracias, Ann. Pase lo que pase ahora, ya sé que no voy a morir gaseado en ninguna habitación con olor a mierda. —Parpadeó con lentitud—. Y te lo debo a ti.

—¿Pase lo que pase? —repetí alzando las cejas. Luego di un paso hacia él, cautelosa, y señalé el verde horizonte de praderas—. Mira todo lo que tenemos por delante aún. Empezamos una nueva vida.

—Ann, sigo enfermo. —Wolfram hablaba desapasionadamente—. ¿Estás segura de que quieres cargar conmigo, de que tus padres y tú podéis permitíroslo?

Su pregunta se clavó en algún lugar de mi pecho. Primero lo miré espantada; luego, cuando comprendí lo que estaba insinuando, lo hice con furia.

—¡Demonios, Wolfram, no puedo creer lo que estoy oyendo! —siseé para no alertar a mis padres ni a Astrid—. ¿Piensas que somos como esos nazis, que nos deshacemos de la gente enferma así como así?

—Yo no he dicho… —empezó a decir Wolfram, pero no le permití continuar:

—No estás roto, no eres un producto defectuoso. Eres un hombre y te quiero, y mis padres también te querrán en cuanto te conozcan mejor. Además, sabes hacer cosas, y no me refiero solo al piano.

Él me giró la cara.

—Cuando llevas toda la vida escuchando que eres un inútil…

—Tienes dos opciones —lo interrumpí—: creerlo o no. Si eliges la primera, puedes quedarte aquí, en el campo, y morir de inanición. Si eliges la segunda, puedes venir conmigo a Suiza y ser feliz.

Wolfram me miró con los ojos entornados y sacudió ligeramente la cabeza. La lluvia había humedecido su melena, que se le pegaba al rostro como un halo trigueño. Reprimí el impulso de retirarle un mechón de pelo de la frente y aguardé.

—Sabes que no es tan fácil, ¿no? —me preguntó casi con dulzura.

¿Que si lo sabía? ¿Cuántas veces me había sentido fracasada cuando me consideraban una simple «maestrilla», cuando me miraban por encima del hombro porque ni siquiera había sabido conservar mi trabajo en la escuela? ¿Cuántas veces me había preguntado a mí misma si, después de todo, tenían razón los que decían que me iría mejor si cerrara la boca? Había dudado de mí misma en un centenar de ocasiones; y, sin embargo, sabía que había hecho lo correcto.

—Wolfram —dije suavemente—, ¿puedes mirarte en el espejo todos los días sin avergonzarte de ti mismo?

—Claro. —Él me miró sorprendido.

—En ese caso —suspiré llevando la mano a su mejilla—, no tienes nada que lamentar.

—Entiendo. —Wolfram puso su mano sobre la mía—. Gracias.

Se inclinó para darme un beso en los labios, breve y fugaz, como el aleteo de una mariposa. Después los dos nos quedamos mirando cómo las nubes se derramaban sobre la ladera que había a nuestros pies. En primavera, pensé distraídamente, se llenaría de flores blancas y amarillas, pero nosotros ya no lo veríamos. Estaríamos lejos.

—¡Vosotros dos! —gritó Astrid, haciendo que nos diésemos la vuelta al mismo tiempo—. ¡Ya estamos listos para cruzar la frontera!

Regresamos junto al coche. Mis padres ya habían recibido instrucciones y Astrid nos explicó lo que debíamos hacer nosotros con nuestros pasaportes falsos. Cuando nos subimos de nuevo al vehículo, yo tenía el pulso acelerado a pesar de todo.

Wolfram buscó mi mano sin mirarme. Yo acaricié la suya y suspiré aliviada.

La lluvia golpeó el cristal con fuerza cuando Astrid hizo que el coche arrancara. Cerré los ojos y disfruté de aquel sonido, del rumor de las voces de mis padres, de la respiración de Wolfram tan cerca de mí.

Atrás quedaba el silencio de Berlín. Frente a nosotros, al otro lado de esas colinas sin flores, aguardaban nuevos sonidos.

Quizá también nuevas canciones.

AGRADECIMIENTOS

La semilla de esta historia se plantó en casa de mis padres y hermana, a quienes debo mi vocación por las humanidades, la historia y el arte. Ellos me han enseñado que la cultura es una vacuna contra todas las miserias humanas y por eso están presentes en estas páginas. Gracias, papá, mamá y Ane.

Esa semilla fue regada en un aula de la Facultad de Filosofía y Letras de la Universidad de Zaragoza, donde un joven profesor me habló por primera vez del «corto siglo xx» y me hizo comprender que los nazis eran, en palabras de Hannah Arendt, «terrible y terroríficamente normales». Javier Rodrigo me introdujo de lleno en el Siglo del Terror, un viaje plagado de sombras en el que, sin embargo, también encontré algunas luces. Gracias, maestro, amigo.

Iria, compañera, tú fuiste una de las primeras personas en leer esta historia y creer en ella. Recordaba tus palabras de ánimo cuando me presenté al Premio CREAR, con el que el Gobierno de Aragón, a través del Instituto Aragonés de la Juventud, reconoce la labor creadora de los jóvenes aragoneses. Obtener dicho galardón con *El silencio de Berlín* fue una de mis grandes alegrías literarias, y eso me lleva a mencionar a los dos escritores que formaron parte del jurado, mi querido Ramón Acín y Luisa Miñana. Gracias a los dos por vuestro apoyo, vuestros abrazos y vuestro aliento.

Que este libro se haya publicado con el sello HarperF se lo debo a estupendo equipo de HarperCollins Ibérica, y en especial a Elisa y María Eugenia. Gracias por vuestra confianza y profesionalidad, que hacen el trabajo mucho más fácil. Estoy segura de que aún nos quedan muchas historias que compartir.

Por último, no puedo escribir unos agradecimientos sin incluir en ellos a mi fantástico marido, la persona que más me ha apoyado nunca, y a nuestro pequeño y brillante sol, que me recuerda cada día por qué merece la pena seguir escribiendo finales felices.

Notas finales

El texto citado que aparece en el capítulo 15 de esta novela corresponde a la obra *El mundo en el que vivo*, de Hellen Keller, publicado por Ediciones Atalanta, cuyo editor, Jacobo, tuvo la amabilidad de permitirme reproducir en *El silencio de Berlín*.

Aunque esta novela pretende ser fiel al Berlín de la época, tanto a la hora de reflejar sus escenarios como de narrar los eventos que tuvieron lugar entre finales de 1938 y principios de 1939, Eldorado, el cabaret en el que transcurren varios capítulos de esta historia, había sido clausurado por los nazis para entonces. Mi Eldorado es, en realidad, una reconstrucción ficticia de los cabarets más famosos del Berlín de Entreguerras.

Por otro lado, algunos de los personajes que aparecen en esta historia, como Gustav y Anders, lo hacen también en mi novela juvenil *El cielo entre nosotros* (en la que, a su vez, se menciona a Ann y Wolfram). Se podría decir que los dos libros están conectados, aunque lo correcto sería leer primero este.

Finalmente, uno de los temas más duros con los que me he encontrado como historiadora y escritora es el infame programa Aktion T4. Su primera víctima, asesinada mediante inyección letal el 25 de julio de 1939, fue Gerhard Herbert Kretschmar, de tan solo cinco meses de edad. Que sirvan estas breves líneas como humilde homenaje al pequeño.